MICHELLE MARTIN

Die Klassefrau

Buch

Für andere Menschen mögen Träume ja Schäume sein, aber das gilt auf keinen Fall für den 36-jährigen Peter Drake. Der smarte Polizist von der San-Francisco-Mordkommission hat nämlich übersinnliche Fähigkeiten, und er hat gelernt, sich voll und ganz auf seine Eingebungen zu verlassen. Daher ist sich Peter beim Aufwachen sicher: Heute wird er die Frau seines Lebens kennen lernen. Voller Vorfreude fiebert er der schicksalhaften Begegnung entgegen. Doch die lässt zunächst noch auf sich warten. Erst als er seinen von ein paar Mafiagangstern übel zugerichteten BMW zur nächsten Werkstatt abschleppen lässt, wird Peter schlagartig klar: Er ist am Ziel seiner Träume … Aber wie soll er der widerspenstigen Automechanikerin Mallory Atkinson bloß klar machen, dass sie beide füreinander bestimmt sind? Und dass die wunderschöne Mallory glaubt, ebenfalls über eine hellseherische Fähigkeit zu verfügen, macht für Peter die Sache auch nicht leichter. Mallory hat nämlich schon oft in ihren Träumen gesehen, dass die Liebe ihr immer nur großes Unglück bringen wird …

Autorin

Michelle Martin lebt in Albuquerque, New Mexico. Hier sammelt sie auch die Inspirationen für ihre Romane.

Von Michelle Martin ist bereits erschienen

Die Schwindlerin. Roman (35331), Keine Zeit für Millionäre. Roman (35330), 48 Stunden bis zum Glück. Roman (35724), Männeralarm. Roman (35957)

Michelle Martin

Die Klassefrau

Roman

Deutsch von Ingrid Klein

BLANVALET

Die Originalausgabe trägt den Titel »Dream Lover«

Umwelthinweis:
Alle bedruckten Materialien dieses Taschenbuches
sind chlorfrei und umweltschonend.

Der Blanvalet Verlag ist ein Unternehmen
der Verlagsgruppe Random House.

1. Auflage
Deutsche Erstveröffentlichung April 2005

Dieses Werk wurde vermittelt von der Literarischen Agentur
Thomas Schlück GmbH, 30827 Garbsen.
Umschlaggestaltung: Design Team München
Umschlagfoto: ZEFA/Imageshop
Satz: DTP Service Apel, Hannover
Druck: GGP Media GmbH, Pößneck
Verlagsnummer: 36139
Redaktion: Andrea Brandl
UH · Herstellung: Heidrun Nawrot
Printed in Germany
ISBN 3-442-36139-7
www.blanvalet-verlag.de

1

Mit einem glücklichen Lächeln wachte Peter Drake auf. Heute würde er sie endlich finden. Noch nie war er sich einer Sache so sicher gewesen. Er stand auf und tänzelte geradezu ins Badezimmer unter die Dusche. Das Geräusch des Wassers, das über seine Haut strömte, klang wie Sirenengesang in seinen Ohren. Mit den Gedanken noch immer bei seinem Traum, seifte er sich mechanisch ein und wusch sich das Haar mit Shampoo und Spülung. Sein siebter Traum.

Der erste Traum war verschwommen gewesen, mehr von Gefühlen als von klaren Bildern bestimmt, von Gefühlen reinen Glücks und der Freude. Mit jeder Nacht waren die Träume detaillierter und genauer geworden, bis er beim vierten Traum endlich ihre Bedeutung verstanden hatte: Er würde schon bald seiner zukünftigen Ehefrau begegnen. Die letzte Nacht hatte die endgültige Bestätigung gebracht. Es war der erotischste Traum gewesen, den er je gehabt hatte. Nicht wegen irgendwelcher sinnlicher oder gar pikanter Einzelheiten, nein, sondern wegen der körperlichen, emotionalen und seelischen Bindung zu dieser Frau in seinen Armen. Er würde diese Frau, seine Seelenverwandte, finden, und zwar heute. Die Zahl sieben hatte den Ausschlag gegeben.

Und heute war der siebte Januar.

Aus voller Kehle schmetterte Peter Drake *Some En-*

chanted Evening, stellte die Dusche ab, griff nach einem Handtuch und trocknete sich ab. Endlich hätte dieser Schmerz, diese Leere in seinem Inneren ein Ende. Endlich würde er glücklich werden. Eine Ehefrau würde die Sehnsucht in ihm stillen und Freude in sein Leben bringen. Sie musste es einfach. Etwas anderes hatte nicht funktioniert.

Er zog sich in aller Hast an, da er es kaum erwarten konnte, dass dieser Tag und diese Zukunft, nach der er sich so lange gesehnt hatte, endlich begannen. Er musste sich geradezu überwinden, ein Glas Milch als Frühstück hinunterzustürzen. Dann nahm er seine Schlüssel, seine Brieftasche, seine Pistole und seine Dienstmarke, zog sein Jackett an und – nach einem Blick aus dem Fenster, das den Blick auf die Bucht und einen bleiernen Himmel freigab – einen Regenmantel. Zwei Stufen auf einmal nehmend, lief er wenig später hinaus in den kühlen Morgennebel, der über San Francisco hing.

Sein schwarzer BMW 325 reagierte umgehend auf die leichte Drehung des Schlüssels im Zündschloss, genau wie es die deutschen Ingenieure vorgesehen hatten. Wie gewohnt genoss Peter die Geschmeidigkeit der weichen Ledersitze, spürte die kraftvolle Vibration des Motors und stieß einen tiefen Seufzer der Befriedigung aus. Fünf Jahre hatte er jeden übrigen Dollar gespart, aber dieser Wagen war es wert gewesen.

Um sieben Uhr früh war noch nicht allzu viel los, doch dreißig Minuten später würden die zahllosen verschlafenen Pendler für ein völlig anderes Verkehrsbild sorgen. Aber jetzt musste Peter den Ampeln und den anderen Verkehrsteilnehmern noch keine allzu große Aufmerksamkeit schenken, sondern konnte sich voll und ganz auf den vor ihm liegenden wunderbaren Tag konzentrieren.

Eine Frau. Endlich. Seit neun Jahren war er auf der Suche nach ihr und wartete auf das vertraute Zeichen, das ihm sagte: »Sie ist es!« Doch es hatte sich nie bemerkbar gemacht. Es hatte charmante Rendezvous gegeben, lustvolle Affären, kluge und reizende Kolleginnen, aber keine von ihnen war die Richtige gewesen. Das hatte er immer auf der Stelle gewusst.

Peter blinzelte und trat voll auf die Bremse. Glücklicherweise war kein Wagen hinter ihm.

Er hatte überhaupt keine Ahnung, wie sie aussah! Er wusste nicht, wie groß sie war, welche Haarfarbe sie hatte, ob ihre Augen blau oder braun waren. Er wusste nicht einmal, wie sie hieß!

»Verdammt«, brummte er. »Und was mache ich jetzt? Soll ich mich an die belebteste Straßenecke stellen und darauf warten, dass sie vorbeikommt?«

Abgesehen von der Tatsache, dass er zur Arbeit musste, war die Idee gar nicht mal so schlecht. Er würde sie auf den ersten Blick erkennen, so viel stand fest. Seine übersinnliche Wahrnehmung – die auch für seine Zukunftsträume verantwortlich war – hatte ihn noch nie getrogen. Sie hatte dafür gesorgt, dass er auf die richtigen Footballteams gesetzt hatte und mit fünfzehn Jahren mit der Absicht zu Becky Lamont gegangen war, seine Jungfräulichkeit zu verlieren. Und diese übersinnliche Wahrnehmung hatte ihn auch in Geldangelegenheiten noch nie im Stich gelassen. Jetzt, im Alter von sechsunddreißig, vertraute Peter Drake ihr voll und ganz.

Er würde heute seine zukünftige Frau finden. Er würde sie erkennen, sobald er sie sah. Mehr brauchte er nicht zu wissen.

Wütendes Hupen hinter ihm brachte Peter zurück auf

den Boden der Tatsachen. Er legte den Gang ein und setzte seine Fahrt zum Dienst fort. Zwei Blocks von der Bryant Street entfernt hielt er vor Leftys, einem Schnellimbiss, und bestellte drei Dutzend Doughnuts. Aufmerksam musterte er Marilyn, die junge Frau, die ihm die Tüten und sein Wechselgeld durchs Autofenster reichte, ohne jedoch das Geringste dabei zu empfinden. Also dankte er ihr und fuhr weiter. Vor Ginas Schnellreinigung parkte er, holte den Anzug und die Hemden ab, die er am Montag vorbeigebracht hatte, und warf einen prüfenden Blick auf die Frau, die hinter dem Tresen stand. Dann ging er zurück zu seinem Auto, legte die Kleidungsstücke in den Kofferraum und fuhr weiter.

»Der Inspector hat euch etwas mitgebracht!«, rief er durch den Flur und warf Sergeant Maggie Flynn eine der Tüten zu. Sie hatte das Zeug dazu eine tolle Ermittlerin zu werden, aber bestimmt nicht seine Frau. Eine zweite Tüte gab er Captain George Bennett, dem dicksten, härtesten, schwärzesten und klügsten Beamten dieser und auch jeder anderen Polizeidienststelle (»Geben Sie den anderen aber was davon ab, Georgie.«), während er die dritte Tüte festhielt, als sich Kollegen um ihn scharten und lautstark um Kokos-, Schokoladen- und Marmeladen-Doughnuts bettelten.

»Zurück mit euch! Ich habe eine Pistole und weiß, wie man sie benutzt!«, übertönte er den Lärm, ehe er sich an ihnen vorbei in sein Büro schob, die Tür zuschlug und sich vorsichtshalber dagegen lehnte, um die Meute davon abzuhalten, sein Zimmer zu stürmen.

»Du hast Frühstück mitgebracht?«, staunte seine Partnerin mit erhobenen Augenbrauen. »Ich glaube, ich habe mich gerade in dich verliebt. Her damit.«

»Oh, du hoffnungslose Romantikerin.« Peter grinste, als er die Tüte vor Inspector Consuela Herrera auf den Schreibtisch fallen ließ. »Was würde wohl dein Ehemann dazu sagen?«

»Er würde dich fragen, warum du keine von diesen Zimtbrötchen mitgebracht hast«, erwiderte Consuela schlagfertig, während sie in der Tüte wühlte. »Ah! Einer mit Zitronencremefüllung. Du liebst mich doch, Peter.«

»Du kannst mir deine ganze Zuneigung schenken, sobald Ernesto aufhört, als Hobby Gewichte zu stemmen. Gibst du mir bitte einen von denen mit Zuckerguss?«

»Du bist so ein Purist«, sagte Consuela, die sich mit einem verträumten Ausdruck in ihren dunklen Augen über ihren Doughnut hermachte. »Es gibt mehr Dinge im Legen als Doughnuts mit Zuckerguss, Peter. Die mit Erdbeer sind einfach göttlich.«

»So einen nehme ich als Nächstes«, meinte Peter mit vollem Mund.

»Wieso spielst du eigentlich den Nikolaus an so einem düsteren kalten Morgen?«, fragte Consuela, lehnte sich zurück, legte die Füße auf den Schreibtisch und biss genüsslich in ihren Doughnut.

»Heute ist der Tag der Tage, Consuela.«

»Nein, ist es nicht. Bis zum Super Bowl sind es noch drei Wochen.«

»Es gibt mehr im Leben als Football, Partner.«

»Erzähl das mal Ernesto. Also, was ist so besonders an diesem Tag?«

»Das ist ein Geheimnis«, meinte er grinsend.

Consuela betrachtete ihn einen Moment lang nachdenklich.

»Wieder eine deiner Ahnungen?«

»Etwas in der Art.«

»Hast du dich schon mal untersuchen lassen, Peter? Mit deinen Fähigkeiten habe ich bei den Football- und Baseball-Wetten ein Vermögen gemacht. So verlässliche Voraussagen sind mehr als schlichte Vorahnungen.«

»Ich habe mich wirklich untersuchen lassen, in meinem ersten Studienjahr in Stanford.«

»Und?«

Peter fuchtelte mit dem Rest seines Doughnuts vor ihrer Nase herum. »Es gibt mehr Dinge zwischen Himmel und Erde als du dir vorstellen kannst. Die Kurzfassung ist: Ich bin Hellseher. Aber sag das ja nicht George, sonst zwingt er mich noch, mindestens zweimal am Tag zu Dr. Nigel Hawthorpe zu gehen, unserem geliebten Polizeipsychologen.«

»George glaubt ausschließlich an das, was er mit eigenen Augen sehen kann«, bestätigte Consuela nickend.

»Ein Wunder, dass er an die Existenz der Antarktis glaubt. Schließlich ist er nie da gewesen.«

»Er hat Fotos gesehen«, sagte Consuela, die in der Tüte nach einem weiteren Doughnut kramte. »Er hat ein Abo von *National Geographic* und liest gern Artikel über Angloamerikaner in ihrem heimatlichen Lebensraum. Hier, versuch mal den mit der Erdbeerglasur.«

»Danke. Oh, Mann«, sagte Peter unvermittelt. »Gleich kommt's.«

»Drake! Herrera!«, bellte Captain George Bennett aus seinem Büro herüber. Sämtliche Polizisten auf dem Revier waren sich einig, dass er es gewiss mühelos schaffen würde, nur mit seiner Stimme die Golden Gate Bridge in die San Francisco Bay stürzen zu lassen. »Setzen Sie Ihre Ärsche in Bewegung und kommen Sie her!«

Hastig wischten sich Drake und Herrera ihre zuckerverklebten Münder ab und setzten gehorsam ihre Ärsche in Bewegung.

»Was gibt's Neues in Sachen des Uzi-Schützen?«, wollte Captain Bennett wissen, noch bevor sie sich auf die Stühle vor seinem Schreibtisch gesetzt hatten.

»Er ist immer noch auf freiem Fuß«, klärte Peter ihn freundlich auf.

»Moment, das muss ich umgehend an die Presse weitergeben! Es ist jetzt über eine Woche her, verdammt noch mal! Wieso haben Sie den Dreckskerl immer noch nicht geschnappt?«

»Moment mal, Captain«, sagte Consuela, »Drake und ich arbeiten rund um die Uhr an diesem Fall. Sie wissen genau, dass nicht identifizierte Schießwütige, die einfach in eine Menschenmenge ballern, sehr schwer zu kriegen sind. Meine Güte, wahrscheinlich haben wir ihn sogar als Zeugen am Tatort vernommen.«

»Nein«, erklärte Peter im Brustton der Überzeugung, »haben wir nicht.«

Consuela und Captain Bennett starrten ihn einen Moment lang an. Consuela hätte mit der Zunge geschnalzt, wäre sie nicht im Büro ihres Vorgesetzten gewesen. George Bennett, ein äußerst praktisch veranlagter Mensch, hielt es für das Klügste, sich nicht in Peter Drakes undurchschaubare Methoden einzumischen, mit denen er die Verhaftungsstatistik in der Stadt anführte.

»Na schön«, sagte er, »könnte ich dann bitte erfahren, was bei Ihrer Schufterei rausgekommen ist?«

»Eine Beschreibung, die auf jeden Mann zwischen fünfzehn und siebzig mit einer Körpergröße zwischen einssechzig und einsneunzig zutreffen könnte«, sagte Peter. »Jede Menge abgefeuerter 9-Millimeter-Kugeln, die aus keiner in dieser oder einer anderen Stadt registrierten automatischen Waffe stammen. Ein Profil, das auf die meisten Einwohner dieser Stadt zutreffen würde, ein Reifenabdruck vor dem Stonestown-Einaufszentrum, der von mindestens zehntausend in dieser Gegend registrierten Autos stammen könnte, und einundsiebzig Aussagen von Familienangehörigen und Freunden der sechzehn Verstorbenen und neun Verwundeten.«

»Keine einzige lieferte uns irgendeinen Anhaltspunkt für ein Motiv«, warf Consuela ein. »Wenn der Schütze auf jemand Bestimmtes gezielt und die anderen nur zur Tarnung weggepustet hat, haben wir nicht einmal ansatzweise eine Liste von möglichen Feinden unter den Opfern.«

»Wahrscheinlich«, sagte Peter, »ist der Typ einfach ein durchgeknallter Irrer. Die Schießerei trägt keinerlei Merkmal eines Terroristen. Keine Bekennerbriefe an die Presse. Er ist ein ganz alltäglicher Psychopath. Wahrscheinlich sieht er völlig unauffällig aus. Und er ist klug. Zumindest kann er einschätzen, wie eine in Panik geratene Menschenmenge reagiert. Zu irgendeinem Zeitpunkt seines Lebens hatte er genug Geld, um sich eine automatische Waffe und einen Mittelklassewagen zu kaufen. Das ist auch schon alles ... Oh ja, eins noch. Der Kerl ist sehr gründlich. Er hört erst auf, wenn alle Kugeln verschossen sind ... und er benutzt ein Magazin mit sechzig Schuss.«

»Habe ich schon mal erwähnt, dass mir der Bürgermeister wegen dieser Angelegenheit im Nacken sitzt?«, erkundigte sich Captain Bennett.

»Das letzte Mal gestern Abend um 22.23 Uhr, Captain«, half Peter ihm auf die Sprünge. »Bei einem Bier im Tipsy Raven.«

George Bennett starrte ihn an. Peter lächelte freundlich.

»Um 22.23 Uhr?!«, wandte sich Consuela wütend an Peter. »Du hast mir gestern doch versprochen, dass du nicht länger als bis acht Uhr arbeiten willst.«

»Ich habe gar nicht gemerkt, wie spät es ist«, entschuldigte Peter sich achselzuckend.

»Vielleicht solltest du es mal mit einem normalen Leben versuchen«, fauchte Consuela.

»Ich führe doch ein normales Leben.«

»Du hast einen Job. Das ist ein Unterschied. Unsere Arbeitszeit ist von neun Uhr morgens bis sechs Uhr abends, falls du es vergessen haben solltest! Gestern Morgen warst du schon vor acht Uhr hier, das heißt, du hattest einen Vierzehnstunden-Tag. Ich bin gestern Abend um sechs nach Hause gegangen und habe mit meinem Mann zu Abend gegessen – etwas, was du von keinem einzigen Tag dieses Monats von dir behaupten kannst!«

»Natürlich nicht, ich habe schließlich keinen Ehemann.«

»Eure ständigen Streitereien sorgen dafür, dass ich noch ein Magengeschwür bekomme«, seufzte Captain Bennett.

»Versuchen Sie es zu vermeiden, George, denn es kommt noch schlimmer«, warnte Peter.

»Das heißt?«

»Das heißt, dass wir es mit einem Psychopathen zu tun haben, der mit einer geladenen Uzi herumläuft. Und er wird über kurz oder lang wieder das Bedürfnis haben, sie zu benutzen.«

Captain Bennett starrte ihn einen Moment lang an. »Herrgott noch mal, und wieso sitzen Sie beide sich dann immer noch hier drin den Hintern breit? Zurück an die Arbeit, und schnappen Sie diesen Irren endlich!«

Drake und Herrera traten eiligst den Rückzug an.

»Warum müssen noch mehr Leute sterben, bevor wir dieses Ungeheuer zu fassen kriegen?«, fragte Consuela niedergeschlagen, als sie in ihr Büro zurückkehrten.

»Manchmal nervt die Welt einfach, Partner«, antwortete Peter.

»Ich dachte, heute ist der Tag der Tage.«

»Es gibt immer auch Wermutstropfen.«

»Du hast wohl zu viele Wiederholungen von *Kung-Fu* gesehen.«

Zwei Stunden später wurden Drake und Herrera in einen Vorort gerufen, um dort eine Schießerei zu untersuchen, in die ein toter Briefträger und ein durchgedrehter eifersüchtiger Ehemann verwickelt waren, der, obgleich er mit einem Anwalt im Schlepptau auftauchte, die Tat in aller Ausführlichkeit gestand, während ein Arzt der Ehefrau eine Beruhigungsspritze verpasste. Leider rief keine der Zeuginnen, der anwesenden Polizistinnen, Reporterinnen, Anwältinnen oder weiblichen Sanitäter in Peter dieses: »Ja! Du bist es! Lass uns ein Baby machen!« – Gefühl hervor. Stattdessen kehrten er und Consuela zurück in ihr Büro, bestellten sich etwas beim Chinesen, verputzten die restlichen Doughnuts und erledigten etwas Papierkram, während sie auf ihr süß-saures Schweinefleisch warteten.

Die Ermordung des harmlosen Buchmachers Manny Shorr gegen Mittag war Peters Suche nach der Frau seines Lebens noch weniger zuträglich. Keine der Reporterinnen, kein weibliches Mitglied des Teams der Spurensicherung oder die Pathologin ließ sein Herz vor Freude hüpfen. Statt also einen Flug nach Las Vegas buchen zu können, musste er sich mit einer Leiche herumschlagen.

Die Kugel in Manny Shorrs Hinterkopf und das Fehlen

jeglicher Fingerabdrücke sowie jeder Art von Zeugen rochen schwer nach Mafia. Peter hatte es in den vergangenen zwei Jahren mit drei Mafia-Anschlägen zu tun gehabt, die ihm die Vergänglichkeit menschlicher Existenz geradezu überdeutlich vor Augen hielten, insbesondere die seiner eigenen. Die Mafia sah es gar nicht gern, wenn einer der ihren festgenommen wurde.

Peter verließ den Tatort, das kleine vergammelte Büro des Buchmachers, und musste feststellen, dass die Motorhaube seines Wagens geöffnet war. Stöhnend lief er zu seinem Wagen und sah, dass sein Vergaser völlig zerstört war. Seine hellseherischen Fähigkeiten hatten ihn zwar gewarnt, dass er diese Woche noch Ärger mit seinem Auto haben würde, aber er hatte mit einem platten Reifen oder etwas in der Art gerechnet, mehr nicht. Zornig stieß er eine Flut unflätigster Flüche aus, ehe Consuela ihm beschwichtigend den Arm tätschelte.

»Ist ja gut. Wir rufen einen Abschleppwagen, und im Handumdrehen ist er wieder in Ordnung.«

»Mein Baby. Mein armes kleines Baby«, jammerte Peter.

»Reiß dich zusammen, Peter, es ist doch nur ein Auto.«

»Klar, und da Vinci war nur ein Maler.«

Consuela verdrehte ihre Augen und warf ihren Zopf über die Schulter. »Lass deinen heißen Schlitten zu Gutenbergs Autowerkstatt bringen. Du wirst sehen, sie sorgen dafür, dass er nach der Reparatur besser läuft als an dem Tag, als er vom Band kam. Bei meinem VW haben sie wahre Wunder vollbracht. Der macht's bestimmt noch mal zehn Jahre.«

»Gutenbergs?«, grinste Peter. »Das soll wohl ein Witz sein.«

»Peter, würde ich dir etwa einen falschen Rat geben, wenn es um dein Schätzchen geht? Die reparieren dort nur deutsche Wagen, alle Marken. Es ist eine kleine Werkstatt, aber sie ist fantastisch. Am besten rufst du gleich an. Vielleicht hast du Glück und bekommst noch vor dem Memorial Day einen Termin.«

»So gut sind sie?«

»Am Sonntag habe ich mit meinem Käfer einen Ferrari überholt, und zwar bergauf.«

»Mal sehen, ob mein Autotelefon noch funktioniert.«

Die Leitung rauschte und knackte.

»Gutenbergs«, meldete sich eine verärgert klingende Frauenstimme nach dem sechsten Läuten.

»Ähm, hallo«, sagte Peter. »Ich habe einen BMW 325, dessen Motor gerade mutwillig zerstört wurde. Wenn ich ihn gleich zu Ihnen bringen lasse, können Sie dann die Reparatur übernehmen?«

»Das Herbringen ist nicht das Problem. Was die Reparatur betrifft, sieht es allerdings schlecht aus, da unser Terminkalender ziemlich voll ist.«

»Na ja, ich bin Polizist und brauche so schnell wie möglich einen Wagen, der läuft.«

»Was soll das werden? Eine Erpressung? Wollen Sie vielleicht alte Strafzettel wegen Falschparkens ausgraben, wenn ich Ihren Wagen nicht sofort drannehme?«

»Nein, nein, ich brauche einfach nur meinen Wagen! Ich bin einer von den Guten, ehrlich.«

»Ich wette, dass Sie auch noch das bezaubernde Lächeln haben, das dazugehört.«

»Bitte«, sagte Peter, dessen Fingerknöchel weiß hervortraten, »ich will doch nur wissen, ob Sie mich irgendwann noch in diesem Jahrzehnt dazwischenquetschen können.«

Durch die rauschende Telefonleitung hindurch hörte er das Rascheln von Papier, dann herrschte Stille.

»Hallo?«, rief er. »Hallo? Sind Sie noch da?«

»Ich hatte nicht vor abzuhauen.«

»Schade eigentlich«, murmelte Peter.

»Sieht so aus, als hätte jemand seinen Termin für morgen abgesagt. Lassen Sie Ihren BMW gleich herbringen, dann kümmern wir uns morgen darum. Judah Street, Ecke Siebte im Sunset District.«

»Vielen Dank«, sagte Peter mit hörbarer Erleichterung, obwohl die Frau am Telefon ihm nicht gerade Vertrauen zu Gutenbergs Autowerkstatt eingeflößt hatte.

Consuela erbot sich, den Papierkram im Mordfall an Manny Shorr zu übernehmen, damit er sich um seinen Wagen kümmern konnte. Sie ließ sich von einem Streifenwagen zurück zum Revier bringen, während Peter im Abschleppwagen mit zur Garage fuhr.

Er lehnte sich auf dem schmutzigen Kunststoffsitz zurück und ließ den Tag Revue passieren, während der Abschleppwagen langsam die Steiner Street hinuntertuckerte. Man konnte zwar nie wissen, was passierte, aber bisher sah es so aus, als würde er die zukünftige Mrs. Drake nicht durch seine Arbeit finden, was in gewisser Weise eine Erleichterung darstellte. Er war nicht gerade versessen darauf, eine gemeingefährliche Irre zu heiraten. Also blieb nur noch der Abend übrig. Er würde heute ausnahmsweise schon vor sieben Uhr abends verschwinden und irgendwo einen Happen essen. Vielleicht wäre ja eine Kellnerin oder Köchin die Richtige. Wenn nicht, könnte er immer noch ausgehen, vielleicht in einen Club oder so. Und wenn das auch nicht funktionierte, blieb immer noch ein Spaziergang am Strand. Tief in seinem Herzen war er ein Romantiker, und ihm gefiel die Vorstellung, seine Seelenverwandte zu finden, während im Hintergrund das Geräusch der sich brechenden Wellen am Strand zu hören war.

Langsam fuhr der Fahrer von Barneys Abschleppdienst durch ein zweitüriges Gittertor auf ein dunkelgrünes, einstöckiges Gebäude mit einem professionell aussehenden Schild zu, das ihm verriet, dass sie Gutenbergs Autowerkstatt erreicht hatten. Zwei Porsche, ein Audi und ein Mercedes standen auf dem Parkplatz neben dem Gebäude, und Peters Sorge um das Schicksal seines geliebten Wagens ließ ein wenig nach.

Während der Mann vom Abschleppdienst neben dem Mercedes parkte, trat Peter durch die Tür mit der Aufschrift »Eingang« und fand sich in einem sauberen und sorgfältig aufgeräumten Büro wieder, das einem Anwaltsbüro in der Innenstadt in nichts nachstand. Der Holzschreibtisch war groß, die Stühle dahinter und davor sahen stabil und bequem aus. Zwei gesund aussehende Pflanzen hingen in der Nähe des einzigen Fensters des Büros, in dem eigentlich nur eines fehlte: ein menschliches Wesen.

An der zweiten Tür, die aus dem Büro führte, war ein Schild befestigt, auf dem unmissverständlich »Unbefugten Zutritt verboten« stand, aber Peter ließ sich davon nicht beeindrucken. Wenn jemand befugt war, dann er. Er durfte diese Tür öffnen.

Das tat er auch und fand sich staunend im Inneren von Gutenbergs Autowerkstatt wieder. Es gab nur drei Arbeitsbereiche, von denen zwei leer waren. Im dritten befand sich auf einer Hebebühne ein aufgebockter verbeulter VW, an dem ein Mechaniker in einem sauberen weißen

Overall mit den Bremsen beschäftigt war. An den Wänden hingen gerahmte Fotos berühmter deutscher Wagen aus den letzten siebzig Jahren. Die Ausstattung der Werkstatt, von der hydraulischen Hebebühne bis zu den Schraubenschlüsseln, war in einem erstklassigen Zustand. Alles glänzte unter dem hellen Licht der Deckenbeleuchtung, und der Fußboden war absolut makellos.

Hier wäre sein Baby in den besten Händen.

»Was, zum Teufel machen Sie hier?! Raus!«, schrie ihn der Mechaniker plötzlich an. Peter stellte fest, dass es sich um eine Frau handelte – die übellaunige Frau am Telefon war diese stinkwütende Automechanikerin gewesen.

»Ich bin Peter Drake. Ich habe wegen meines BMW angerufen.«

»Sind Sie etwa Analphabet, Drake? Können Sie keine Türschilder lesen?«, fragte sie beim Näherkommen und streifte ärgerlich ihre Gummihandschuhe ab. »Niemand hat hier Zutritt.«

»Aber Sie sind doch auch hier.«

»Ich arbeite hier! Raus mit Ihnen!«

»Ich möchte mit jemandem über meinen BMW reden. Könnte ich bitte mit dem Besitzer sprechen?«

»Der steht vor Ihnen, Drake.«

Peter starrte sie mit offenem Mund an.

Sie lächelte säuerlich. »Der beste Mann für diesen Job ist möglicherweise eine Frau. Und jetzt raus aus meiner Werkstatt, Drake.«

»Nicht bevor wir uns über meinen BMW unterhalten haben. Er ist sehr wichtig für mich.«

»Du lieber Himmel, ein Fanatiker«, stöhnte sie. »Werden Sie mich etwa stündlich anrufen, um sich nach dem Zustand Ihres Lieblings zu erkundigen?«

»Na ja, sagen wir alle zwei Stunden.«

Sie lächelte nicht. Wahrscheinlich hatte sie das seit zwanzig Jahren nicht mehr getan, vermutete Peter.

Ein rascher Blick sagte ihm, dass sie Ende zwanzig, Anfang dreißig und mittelgroß war und einen ziemlich breiten Mund besaß, der im Augenblick unwillig zusammengepresst war. Ihre Augen, die ihn wütend anfunkelten, waren von einem verblüffenden Meergrün. Ihre Haare schienen braun zu sein, jedenfalls nach den Strähnen zu urteilen, die er unter der tief ins Gesicht gezogenen Mütze erkannte. Ihre Figur, die in dem unförmigen weißen Overall steckte, war undefinierbar.

»In Ordnung«, sagte sie widerwillig, »gehen wir ins Büro.«

Galant hielt er die Tür für sie auf, was ihm jedoch nur ein Stirnrunzeln einbrachte, und folgte ihr ins Büro. Er setzte sich auf einen der Stühle vor dem Schreibtisch, schlug die Beine übereinander und wartete mit wachsender Belustigung darauf, dass dieses übellaunige Wesen die erforderlichen Formulare aus einer Schreibtischschublade zog und sich setzte. Sie würdigte ihn keines Blickes. Seine Belustigung wuchs noch weiter, als sie die Stifte, die in der rechten Schreibtischecke in einer Tasse standen, durchsuchte, zwei aussortierte und sich schließlich für einen blauen Kugelschreiber entschied.

»Sie und Consuela müssen Busenfreundinnen sein«, bemerkte Peter. »Sie ignoriert mich auch immer gern.«

Sie kniff ihre blassgrünen Augen zusammen und musterte ihn argwöhnisch. »Consuela Herrera?«

»Meine Partnerin. Gutenbergs genießt einen ausgezeichneten Ruf.«

»Wie kommt ein Bulle an einen BMW?«

»Ach, na ja, kleine Schiebereien, Gaunereien, Drogengeschichten, das Übliche eben.«

»Sie sind ein echter Komiker.«

Sie stellte ihm eine Reihe Fragen nach seinem Namen, seiner Adresse, seiner Telefonnummer, dem Alter des Wagens und den bisherigen Reparaturen, ohne ihn auch nur eines Blickes zu würdigen.

»Hat Ihnen schon mal jemand gesagt, dass Sie ganz hervorragend mit Ihren Kunden umgehen?«, fragte Peter.

»Mein Bedürfnis, mich mit anderen Leuten zu unterhalten, ist gleich null. Deshalb repariere ich ja auch Autos«, blaffte sie ihn an. »Was ist mit Ihrem BMW passiert?«

»Ich glaube, Sie haben mir Ihren Namen noch gar nicht gesagt?«

»Wie?«

»Wie könnte ich meinen geliebten BMW einer völlig Fremden anvertrauen?«

Erschöpft stützte sie ihren Kopf einen Moment in die Hände. »Das war bestimmt das letzte Mal, dass Mike einen zusätzlichen freien Tag bekommen hat.«

»Mike?«

Ihr Gesichtsausdruck hätte mühelos Tahiti zum Vereisen bringen können. »Mein Mitarbeiter im Büro, der gut mit Menschen umgehen kann. Er verhandelt normalerweise mit all den Autobesitzern, damit ich in Frieden meine Arbeit machen kann.«

»Aha. Ich habe mich schon gefragt, wie Sie zu Ihren Kunden kommen. Also, Name?«

»Atkinson«, knurrte sie.

»Das ist doch schon ein Anfang.«

Ms. Atkinson stieß einen tiefen Seufzer aus. »Mallory

Atkinson. Also, was ist nun mit Ihrem Wagen passiert, Drake?

»Ein Handlanger der Mafia hat den Vergaser auseinander genommen.«

Mallory Atkinson starrte ihn einen Moment lang an. »Haben Sie in letzter Zeit irgendwelche Pferdeköpfe in Ihrem Bett gefunden?«

»Nein, in letzter Zeit eigentlich nicht. Ich habe gehört, dass die Mafia neuerdings mehr zu Schweinsköpfen neigt ... sie sind billiger. Das muss an der allgemeinen Rezession liegen. Jeder spart, wo er kann.«

»Zum Ausgleich für Ihre Sprüche verdoppele ich den Stundensatz bei Ihrem Wagen.«

»Prima, ich werfe dafür einen Blick in den Computer. Mal sehen, wie's bei Ihnen mit Falschparken aussieht.«

Was bei jeder anderen Frau ein anerkennendes Lächeln hervorgelockt hätte, veranlasste Mallory Atkinson nur, kurz die Mundwinkel zu heben, bevor sie aufstand.

»Kommen Sie. Sehen wir uns den Schaden mal an.«

Jeder möglichen männlichen Galanterie zuvorkommend trat sie vor ihm ins Freie, wo inzwischen ein leichter Nieselregen eingesetzt hatte. Peter schloss die Wagentür auf, öffnete die Motorhaube und trat dann eilig neben sie, um jede ihrer Bewegungen zu beobachten. Sie fischte ein frisches Paar Gummihandschuhe aus einer Tasche ihres Overalls, zog sie über und beugte sich über den Motor, wobei ihre Finger fachmännisch über Schläuche, Ventile, die Treibstoffeinspritzung und den Vergaser fuhren.

»Übel, ganz übel«, bemerkte sie, als sie den Motor noch gründlicher untersuchte. »Die Mitarbeiter des organisierten Verbrechens sind ziemlich üble Zeitgenossen. Der Vergaser ist ruiniert, und mehrere Schläuche sind zerfetzt, wahrscheinlich aus reiner Zerstörungswut. Es sieht so aus, als sei die Einspritzpumpe ebenfalls beschädigt. Mit Sicherheit ein voller Arbeitstag, möglicherweise zwei. Das kann ich erst genau sagen, wenn ich alles auseinander genommen habe.«

Peter stöhnte.

»Kopf hoch«, befahl Ms. Atkinson und richtete sich auf, »es hätte schlimmer sein können. Sie hätten Schnellkleber in Ihren Benzintank schütten können.«

»Das heitert mich nicht gerade auf.«

»Mehr kann ich für Sie nicht tun, Drake. Ja oder nein, es liegt bei Ihnen.«

»Sie müssen Mike sehr gut bezahlen.«

Ein weiteres anerkennendes Lächeln spielte sekundenlang um Ms. Atkinsons Lippen. »Allerdings. Mal sehen, ob es noch weitere sichtbare Beschädigungen gibt.«

Sie ging um den Wagen herum, ohne sich etwas daraus zu machen, dass aus dem Nieselregen inzwischen ein stetiger feiner Regen geworden war, als sie unter den Wagen kroch. Etwas verwundert beobachtete Peter, wie sie auf dem Rücken liegend mit angezogenen Knien den Kopf unter den Wagen steckte, um die Radaufhängung zu überprüfen.

Mit einem Mal war er von einem warmen, goldenen Licht umgeben. Er sah sich selbst. Nackt lag er im Bett und stemmte sich atemlos der hingebungsvollen Frau über ihm entgegen. Ihr zerzaustes rotbraunes Haar verdeckte teilweise ihr Gesicht, während sie ihn mit wiegenden Bewegungen tiefer und tiefer in sich zog. Ihre Vereinigung war von berauschender Intensität, und sie erschauerten beide vor Lust. Er war dicht davor. Ganz dicht. Das Licht blendete ihn beinahe, die Hitze war schier unerträglich. »Liebling«, stöhnte er und stieß mit aller Kraft zu. »Peter!«, rief sie und warf den Kopf in den Nacken, so dass er ihr Gesicht sehen konnte.

Es war Mallory Atkinsons Gesicht.

Im nächsten Moment löste sich die Vision auf, und Peter stand wieder im Regen und starrte auf Mallory Atkinsons weißen Overall hinab. Sie zog ihren Kopf unter dem Auto hervor und stand langsam auf.

»Keine erkennbaren Probleme«, verkündete sie.

Peter stand da wie vom Donner gerührt. »O mein Gott, Sie sind es!«

»Wie bitte?«

Peter begann zu lachen. »Das ist der größte Witz des gesamten Universums –«

Die künftige Liebe seines Lebens funkelte ihn wütend an. »Was soll das, Drake? Haben Sie einen verspäteten Schock wegen Ihres Wagens?«

Peter lachte so schallend, dass er sich Hilfe suchend an seinem Wagen abstützen musste. Es entging ihm zwar nicht, wie es möglicherweise einem anderen Mann passiert wäre, der aufflackernde Schmerz und die Angst in Mallorys Augen, trotzdem lachte er, bis ihm die Tränen in die Augen stiegen.

»Ich glaube, Sie sind hysterisch, Drake. Ich hole wohl lieber einen Kübel mit kaltem Wasser und kippe ihn über Sie aus«, erklärte Mallory barsch und wandte sich zum Gehen.

»Nein, warten Sie!«, bat Peter und schnappte keuchend nach Luft. »Hatten Sie schon mal das Gefühl, dass die Marx Brothers für Ihr Schicksal verantwortlich sind?«

»Schizophrenie? Multiple Persönlichkeitsstörung? Oder sind Sie einfach nur unzurechnungsfähig?«

»Sowohl als auch«, antwortete Peter, der langsam wieder zu Atem kam. »Es geht mir gut. Wirklich. Und ich bin harmlos. Absolut harmlos.«

»Mike bekommt nie wieder einen zusätzlichen freien Tag, solange er lebt«, murmelte Mallory, während sie auf das Büro zustrebte und sich die Handschuhe von den Händen zog. »Kommen Sie, wir werden nass.«

»Das haben Sie auch schon bemerkt?«

Mallory würdigte ihn keiner Antwort. Artig trottete Peter ihr nach und betrachtete ihren instinktiv selbstsicheren Gang, die Spannung in ihren Schultern und die weiße Haut ihres Nackens. Warum sie? Was könnte er ihr geben? Und was könnte sie ihm geben? War es nichts weiter als eine zufällige Laune der Götter, oder gab es wirklich eine Zukunft mit dieser Frau, die zwar gut mit Maschinen, aber nicht mit Menschen umgehen konnte?

Sie marschierte zurück ins Büro, ohne sich die Mühe zu machen, ihm die Tür aufzuhalten, setzte sich an den Schreibtisch und füllte die Formulare vollends aus. Er nahm wieder ihr gegenüber Platz und beobachtete ihr Gesicht, während sie schrieb. Wenn sie etwas weniger mürrisch dreinblicken würde, könnte man sie durchaus als attraktiv bezeichnen. Ihre Brauen waren dunkel und hübsch geschwungen über diesen verblüffend blassgrünen Augen. Ihre Nase war eher lang und fein geschnitten. Sie besaß ein faszinierendes Gesicht, ein Mosaik aus Flächen und Erhebungen, die bei jeder Veränderung des Lichteinfalls oder des Blickwinkels stärker hervortraten oder abgeschwächt wurden, was sie jedes Mal vollkommen anders aussehen ließ.

»Und ich dachte, wir gehen Hand in Hand am Strand entlang, und die Wellen umspülen unsere Füße«, sagte Peter sich. »Wann werde ich jemals lernen, nicht alles als selbstverständlich hinzunehmen?«

Mallory warf ihm einen sonderbaren Blick zu, ehe sie die Papiere über den Tisch schob. »Ich kann Ihnen erst morgen sagen, was es kostet. Soll ich Sie im Büro anrufen?«

»Das wäre prima«, sagte Peter und überflog die Auftragsbestätigung. Ihre Handschrift war gut lesbar, sicher und kontrolliert. Nur die eine oder andere schwungvolle Schleife bei einem G oder einem Y ließ auf ihre Fähigkeit für leidenschaftliche, vielleicht sogar für tiefe Gefühle schließen. Er unterschrieb das Formular. »Sagen Sie, Ms. Atkinson, mögen Sie eigentlich Kinder?«

Mallory starrte ihn an, als versuchte sie im Kaffeesatz zu lesen. »Ich habe grundsätzlich nichts gegen sie. Warum?«

»Welche Sorte Doughnuts mögen Sie am liebsten?«

»Glasierte, aber –«

»Essen Sie gern chinesisch?«

»Ja, aber –«

»Gut«, sagte Peter und stand auf, »möglicherweise klappt es trotzdem.«

»*Was* klappt möglicherweise trotzdem?«, fragte Mallory stirnrunzelnd, und stand ebenfalls auf.

Peter lächelte unergründlich. »Kann ich von hier aus ein Taxi rufen?«

»Bedienen Sie sich«, sagte Mallory und schob ihm das Telefon gemeinsam mit der Visitenkarte eines Taxiunternehmens zu. Offenbar hatte sie es eilig, ihn endlich loszuwerden. »Ich mache mich wieder an die Arbeit. Auf Wiedersehen, Inspector Drake.«

»Nennen Sie mich ruhig Peter.«

»Nicht mal, wenn Sie meine Zehen in Knoblauchbutter rösten.«

Peter lachte in sich hinein, während sich die Tür mit einem lauten Knall hinter ihr schloss. Trotz ihrer Übellaunigkeit hatte sie so etwas wie Humor. Es wurde immer spannender.

Er rief das Taxiunternehmen an und erfuhr, dass er mindestens fünfzehn Minuten warten musste. Also setzte er sich auf Mallory Atkinsons Schreibtisch, ließ ein Bein baumeln und lauschte dem leisen Klopfen seines Absatzes, der rhythmisch gegen den Schreibtisch stieß.

Was nun? Er könnte zum Beispiel einfach mit seiner täglichen Arbeit fortfahren, abends in einem Restaurant etwas essen gehen und danach einen Club aufsuchen. Er könnte sogar zum Strand fahren, aber keine der Frauen, die er möglicherweise dort treffen würde, würde dasselbe Leuchten in seinem Inneren hervorrufen wie Mallory Atkinson, als sie unter seinen Wagen gekrochen war, um sich das Fahrgestell anzusehen. Sie war die Frau, die ihm seine sieben Träume prophezeit hatten. Seine zukünftige Ehefrau. Peter schüttelte verwundert den Kopf.

»Ich hätte bei meinen Football-Wetten bleiben sollen«, sagte er laut.

Als Erstes musste er mehr über seine Braut in Erfahrung bringen, wofür sich das Büro als durchaus nützlich erweisen könnte. Natürlich hatte er keinen Durchsuchungsbefehl, aber was Mallory Atkinson nicht wusste, würde ihr auch nicht weh tun. Er begann mit dem Schreibtisch.

Die Schubladen enthielten nichts, was sich nicht hundertfach in jedem anderen Schreibtisch fand – Bleistifte, Kugelschreiber, Heftklammern, Notizblöcke, Brieföffner, ein Ordner mit Zahlungsforderungen und einer mit offenen Rechnungen. Das Telefonverzeichnis auf dem Schreibtisch schien hingegen etwas vielversprechender zu sein. Die meisten Karten waren getippt, und auf den wenigen von Hand geschriebenen konnte Peter mühelos Mallorys präzise Handschrift erkennen. Eine Buchhandlung in Clement, eine Tierärztin in South Van Ness, eine Gärtnerei in der Marina und das O'Shays, ein chinesisches Restaurant in Castro, erfreuten sich Mallory Atkinsons persönlicher Aufmerksamkeit. Peter notierte sich eilig Namen, Adressen und Telefonnummern in seinem Notizbuch, steckte es zusammen mit seinem Stift wieder in die Tasche und warf einen Blick auf seine Armbanduhr. Fünf Minuten waren verstrichen, blieben also noch zehn.

Ein rascher Blick auf den großen Ablageschrank enthüllte ihm jede Menge farblich sortierte Kundenordner. Mallory Atkinson wusste mit Sicherheit, wie man ein Geschäft führte.

Wieso gerade sie?, fragte sich Peter zum x-ten Mal. Warum hatte das Schicksal ausgerechnet sie zu seiner Partnerin bestimmt? Wie um alles in der Welt sollte diese heikle Frau es schaffen, seinem Seelenschmerz ein Ende zu bereiten? Hätte er denn nicht ein weniger kratzbürstiges Exemplar finden können, das sich für seinen Sinn für Humor etwas empfänglicher zeigte?

Er trat erneut an die Werkstatttür. Er konnte nicht gehen, ohne noch einmal einen Blick auf sie geworfen zu haben. Er hatte keine Ahnung, was er ihr sagen sollte, aber seine Hand lag bereits auf dem Türgriff, dann war die Tür offen, und er ging über den tadellos gewischten Werkstattboden.

Mallory stand wieder an der Hebebühne, auf der der VW Käfer aufgebockt war, aber sie arbeitete nicht. Stattdessen stand sie einfach nur da und starrte die Bremsen des Käfers an. Peter hätte seinen BMW darauf verwettet, dass sie die Bremsen überhaupt nicht wahrnahm, ja, dass sie nicht einmal einen rosa Elefanten wahrnehmen würde, wenn er vor ihr rumtollte.

»Hallo«, sagte Peter.

Mallory schnappte nach Luft und wirbelte herum. Ihr Gesicht war schneeweiß vor Schreck, ehe sich ihre Wangen rosa färbten, als sie ihn erkannte. Woran hatte sie wohl gerade gedacht?

»Ich werde diese verdammte Tür abschließen«, sagte Mallory und blitzte ihn wütend an. »Was wollen Sie jetzt schon wieder, Drake?«

Er schenkte ihr sein gewinnendstes Lächeln. »Mich ein wenig mit Ihnen unterhalten?«

»Nein.«

»Wie lange gehört Ihnen diese Werkstatt denn schon?«

»Seit vier Jahren. Ich habe diese kleine Unterhaltung wirklich genossen, aber jetzt muss ich mich wieder um meine Arbeit kümmern.«

»Seit vier Jahren. Ich habe diese kleine Unterhaltung wirklich genossen, aber jetzt muss ich mich wieder um meine Arbeit kümmern.«

Peter lachte leise. »Sie sind eine wundervolle Gegnerin, Mallory Atkinson. Sind Sie eigentlich nach der Schriftstellerin genannt worden?«

Sie seufzte schwer. »Nein, ich wurde nach dem Lieblingsonkel meines Vaters genannt, der wiederum den Namen seiner Großmutter bekommen hat, und *sie* war nach der Schriftstellerin genannt worden.«

»Wieso hat man einem Mädchen den Namen seines Onkels gegeben?«, fragte Peter grinsend.

»Wieso unterhalte ich mich mit Ihnen?«

»Weil ich ein Polizist bin. Ich habe gelernt, den Leuten Informationen zu entlocken. Also, warum haben Sie den Namen Ihres Onkels bekommen?«

Mallory seufzte tief. »Weil meine Eltern einen Jungen erwartet und sich keinen Mädchennamen überlegt hatten.«

»Waren sie enttäuscht, dass Sie kein Junge waren?«

»Nein, sie haben sich an mich gewöhnt.«

Lautes Autohupen drang von draußen herein.

Mallory legte eine Hand an ihr Ohr. »Täuschen mich meine Ohren, oder ist Ihre Kutsche angekommen? Also, Inspector Drake, ich denke, es wird höchste Zeit, dass Sie wieder etwas tun, um sich Ihr Gehalt zu verdienen und mich allein lassen, damit ich mir meins verdienen kann!«

»Kein Grund, mich gleich anzuschreien. Ich bin durchaus fähig, einen Wink zu erkennen.«

»Seit wann?«, rief Mallory ihm hinterher.

Peter lachte den ganzen Weg nach draußen zum Taxi. Der Gedanke, verheiratet zu sein, begann ihm allmählich zu gefallen.

2

Als am Mittwochmorgen das Telefon klingelte, zuckte Peter mit keiner Wimper, sondern las ungerührt weiter den gerichtsmedizinischen Bericht über Manny Shorr. Auch Consuela blickte nicht von ihrer Arbeit auf, nahm aber immerhin den Hörer ab.

»Inspector Herrera.« Sie lauschte einen Moment, ehe sie dann Peter den Hörer reichte. »Für dich. Gutenbergs.«

Sofort schoben sich die Träume von Dienstagnacht wieder vor sein geistiges Auge, in denen Mallory Atkinson die Hauptrolle gespielt hatte. Das Herz klopfte ihm bis zum Hals, eine vollkommen neue Erfahrung.

»Hal-lo, Mallory!«, flötete er in den Telefonhörer.

Consuela starrte ihn an, als hätte er sich gerade in ein knallrotes Nilpferd verwandelt.

»Hal-lo, Detective Drake! Mein Name ist Mike.«

Peter starrte verblüfft den Telefonhörer an. Mike war eindeutig ein Mann. Was für eine Enttäuschung!

»Der Mann, der mit anderen so gut umgehen kann?«, fragte er unsicher.

»Genau der«, antwortete Mike heiter. »Mallory hat Ihren Motor auseinander genommen und gesagt, was die Reparatur schätzungsweise kosten wird.«

Er ratterte den Umfang des Schadens herunter, als wäre es eine Führung durch Disneyland. Dann nannte er die Summe, und bevor Peter auch nur zusammenzucken konnte, fuhr Mike fort, als ob er ihm soeben seinen Gewinn beim Pferderennen mitgeteilt hätte. »Mallory geht davon aus, dass sie bis heute Abend um fünf fertig ist. Wir machen um sechs zu. Schaffen Sie das?«

»Äh … klar«, erwiderte Peter, während sich seine Gedanken von seinem misshandelten BMW der weitaus erfreulicheren Aussicht zuwandten, Mallory bald wiederzusehen. »Ich bin pünktlich um fünf da.«

»Prima! Bis später dann.«

Peter starrte den Telefonhörer an, aus dem nur noch das Freizeichen zu hören war, ehe er ihn langsam auf die Gabel legte.

Es gab etwas, worauf er sich freuen konnte, was ebenfalls eine neue und damit beunruhigende Erfahrung war. Wieso hatte es eigentlich bisher nichts in seinem Leben gegeben, worauf er sich freuen konnte?

»Gibt es irgendetwas Neues in Sachen Manny Shoor?«, fragte Peter Consuela, als er ihr den medizinischen Bericht gab.

»Hm … jaaa«, antwortete Consuela, die ihn noch immer neugierig ansah. *Hal-lo Mallory*? Interessant. »Ich habe mit einigen meiner Informanten geredet. Manny hatte einen miesen Ruf in der Gegend. Offenbar hatte er praktischerweise immer dann Gedächtnislücken, wenn er große Summen auszahlen musste.«

»Du meinst, dass er von einem Kunden umgelegt worden ist und nicht von der Mafia?«

»Ich meine, dass Manny nicht sonderlich scharf drauf war, Knete abzudrücken … nicht einmal den prozentualen Anteil, den die Mafia für sich beansprucht.«

Peter starrte seine Partnerin an. »Manny brauchte also dringend Nachhilfeunterricht.«

»Sieht so aus, als hätte er ihn bekommen.«

»Irgendeine Idee, wer sein unzufriedener Arbeitgeber war?«

»Noch nicht.«

»Hm«, sagte Peter, lehnte sich in seinem Stuhl zurück und starrte die Decke an. »Al Dennetti hat eine Reihe von Buchmachern, die für ihn arbeiten, und soweit ich gehört habe, hält er sie an einer ziemlich kurzen Leine.«

»Klar, aber für Sean Monaghan arbeiten noch mehr Buchmacher, und er beschäftigt einen neuen Geldeintreiber, irgendeinen Kerl namens Wilkins, glaube ich.«

»Und dann sind da auch noch die Chinesen. Ist nicht ein neuer Boss aus Hongkong eingetroffen, der sich in Chinatown um das Spielsyndikat kümmert?«

»Ich schätze, wir brauchen Hilfe von außen«, meinte Consuela und zog ihren abgewetzten Regenmantel an. »Befragen wir zuerst die Typen von der Mafia. Morgens sind sie am übellaunigsten und machen eher einen Fehler.«

Fünf Minuten später stand Peter mit verschränkten Armen vor Consuelas rotem Wagen und schüttelte seinen Kopf.

»Nein«, sagte er.

»Peter«, sagte Consuela warnend.

»Ich werde auf keinen Fall in diesem ... diesem *Insekt* fahren.«

»Hör mal, das ist ein Spitzenwagen.«

»Die Leute lachen uns doch aus in diesem Ding. Wie sollen wir uns Respekt verschaffen, wenn sich alle Welt über uns lustig macht? Los, nehmen wir einen Wagen aus der Fahrbereitschaft.«

»Entweder mein Auto, oder du gehst zu Fuß!«, erklärte Consuela grimmig.

»Vielleicht ein Taxi …«

»Rein mit dir!«, befahl Consuela und riss die Beifahrertür auf.

Peter stieg ein. Seine Knie berührten beinahe seine Ohrläppchen. »Das überlebe ich nie«, maulte er, als Consuela den Wagen auf die Straße lenkte.

Offensichtlich herrschten in der kriminellen Unterwelt einige hierarchische Unstimmigkeiten, denn etliche der höherrangigen Mitglieder schienen geradezu darauf zu brennen, sich gegenseitig zu verpfeifen. Gegen drei Uhr nachmittags konnten Peter und Consuela die Chinesen und die Organisation von Mr. Monaghan ausschließen und sich auf die gemütliche kleine Welt von Al Dinetti konzentrieren.

Natürlich hegten sie keinerlei Hoffnung, Mr. Dinetti selbst wegen Mordes an einem mickrigen und unglaublich dämlichen Buchmacher einlochen zu können. Wenn sie ihm zu dicht auf den Pelz rückten, würde er ihnen irgendeinen Handlanger zum Fraß, sprich zur Verhaftung vorwerfen. Aber vielleicht stießen sie ja im Laufe ihrer Ermittlungen auf einen größeren Fisch. Schließlich hätte auch nie jemand geglaubt, dass Al Capone jemals wegen Steuerhinterziehung mit dem Gesicht nach unten in einem Fluss treiben würde!

Den Rest des Tages brachten Peter und Consuela damit zu, noch einmal durchzugehen, was sie bisher über den Amokschützen mit der Uzi zusammengetragen hatten, eine höchst deprimierende Arbeit. Um halb fünf bestellte Peter ein Taxi trotz Consuelas Angebot, ihn in ihrem Käfer zu Gutenbergs zu bringen.

Um viertel vor fünf bemerkte er, dass seine Handflächen feucht geworden waren. Zwei Minuten vor fünf war seine Kehle unerklärlicherweise wie ausgedörrt, als er aus dem Taxi stieg, den Fahrer bezahlte und zum Büro der Autowerkstatt ging.

Peter öffnete die Tür und fuhr entsetzt zusammen, als er den Mann hinter dem Schreibtisch sitzen sah. Mike – es *musste* sich um Mike handeln – war in den Fünfzigern, so kahl wie ein Babypopo, klein, stämmig und besaß ein zerfurchtes Gesicht. Peter hätte ihn für einen der Schlägertypen gehalten, mit denen er im Laufe des Tages zu tun gehabt hatte, wäre da nicht der verschmitzte Ausdruck in den großen brauen Augen gewesen, der in krassem Gegensatz zu seinem beängstigendem Äußeren stand.

»Mr. Drake?«, erkundigte er sich fröhlich.

Peter lachte. Das war genau die Art Frohnatur, die Mallory beschäftigen *musste*, um ihre Kunden bei Laune zu halten. »Hatten Sie schon mal das Gefühl, dass die Marx Brothers für Ihr Schicksal verantwortlich sind?«

»Nein«, erwiderte Mike grinsend. »Ich dachte immer, es müssen die Keystone Cops aus der Stummfilmzeit mit ihren wunderbaren Verfolgungsjagden sein. Ich bin Mike Gramble.«

»Peter Drake«, sagte Peter und streckte die Hand aus, die in der riesigen Pranke des anderen Mannes verschwand. »Boxen Sie?«

»Ein wenig. Ich war mehr für Wrestling. Ist irgendwie mit mehr Körpereinsatz. Ich habe Ihren Papierkram schon fertig. Ihr Wagen ist so gut wie neu. Wanda hat noch einen Ölwechsel gemacht, weil sie sich genauer mit BMWs beschäftigen will und Übung brauchte.«

»Wanda?«

»Unsere Teilzeitmechanikerin. Sie macht nur die Ölwechsel, wechselt das Kühlwasser und solche Sachen. Wir haben auch noch eine Collegestudentin, die nachmittags die Autos wäscht und wachst.«

»Es ist also kein Ein-Frau-Betrieb.«

»Mallory kennt ihre Grenzen ... meistens jedenfalls«, meinte Mike und gab Peter die Rechnung.

Peter stellte mit einiger Belustigung fest, dass Mallory vierundachtzig Dollar unter ihrer Schätzung geblieben war, und begann, einen Scheck auszustellen.

»Kann ich wohl kurz mit Mallory über die Reparatur reden, ich meine, mit Ms. Atkinson?«, fragte er beiläufig, zumindest versuchte er es.

»Tut mir Leid, aber Mallory, ich meine, Ms. Atkinson, ist schon gegangen.

»Was?«, fragte Peter, ohne sich die Mühe zu machen, seine Enttäuschung zu verbergen.«

»Sie hat den ganzen Tag wie eine Besessene gearbeitet. Um halb fünf war sie fertig und ist wie von Furien gehetzt aus der Werkstatt verschwunden. Ich hatte das Gefühl, dass sie unbedingt jemandem aus dem Weg gehen wollte ... ich meine, *etwas*.«

Peter musterte den älteren Mann aufmerksam. »Wie lange arbeiten Sie schon für sie?«

»Vier Jahre. Seit dem Tag, als sie die Werkstatt eröffnet hat.«

»Wo um alles in der Welt hat sie Sie bloß aufgegabelt?«

Mike lachte. »In der Gosse.«

»Wie war das?«

»Also, in Wahrheit war es im Foyer des Apartmentgebäudes, in dem sie damals gewohnt hat«, sagte Mike leichthin. »Ich war damals ein Säufer. Kein Alkoholiker, so kultiviert war ich nicht. Ich war ein Säufer. Aber so blau ich damals auch war, ihren alten Porsche fand ich absolut klasse. Ich musste immer wieder hin und ihn mir aus der Nähe ansehen. Tja, sie hat das mitgekriegt, also haben wir uns ab und zu über Autos unterhalten. Eines Nachts bin ich im Foyer dort bewusstlos geworden und am nächsten Morgen in einer sehr netten, sauberen Klinik für Säufer wieder aufgewacht. Sie hatte mich eingewiesen und sich als meine Tochter ausgegeben.«

Peter grinste. »Und? Sind Sie trocken geworden?«

»Verdammt, nein! Ich bin total ausgeflippt! Sofort nach meiner Entlassung hab ich eine Sauftour veranstaltet, die über eine Woche gedauert hat. Ich bin gerade noch rechtzeitig zu mir gekommen, um mitzukriegen, dass sie aus ihrem Apartment auszog. ›Ich eröffne in ein paar Monaten eine Autowerkstatt‹, hat sie gesagt und einen Karton in ihrem Wagen verstaut. ›Von dem Tag an, an dem du trocken bist, hast du einen Job bei mir ... aber nicht vorher.‹ Dann war sie weg. Zwei Monate später war ich trocken, und seitdem arbeite ich für sie.«

Peter dachte über die Geschichte nach. Mallory schien Freunde offensichtlich nicht gerade mit Samthandschuhen anzufassen, aber sie schienen ihr sehr am Herzen zu liegen. Wie interessant. »Wieso hatte Mallory es heute Ihrer Meinung nach so eilig zu verschwinden?«

Mike lehnte sich zurück in seinem Stuhl und fixierte Peter unverwandt. »Nun ja, irgendwas sagt mir, dass sie Sie nicht wiedersehen wollte. Scheint, als wäre sie nicht gerade scharf auf Ihre Gesellschaft.«

»Ja«, bestätigte Peter und setzte sich auf die Schreibtischkante, »diesen Eindruck hatte ich auch, obwohl es mir absolut unverständlich ist. Ich bin ein Pfundskerl.«

Mike lachte schallend. »Vergessen Sie's, Inspector. Mallory verabredet sich nie mit Kunden.«

»Mit wem denn dann?«

Mike zwinkerte ihm zu. »Mit niemandem, aber ich schätze, das haben Sie inzwischen selbst schon herausgefunden.«

Peter nickte. »Mallory Atkinson macht sich nicht viel aus Menschen.«

»Deswegen hat sie mich ja eingestellt. Ich kümmere mich um die Menschen, sie sich um die Arbeit.«

Peter nickte. »Klingt vernünftig. Aber so gerne ich Sie auch habe, Mike – und langsam fange ich an, Sie für so etwas wie einen Blutsbruder zu halten – würde ich doch lieber mit Ms. Atkinson reden.«

»Schon mal was von *Null Chance* gehört?«

»Pah.«

»Oder wie wäre es mit *Eher friert die Hölle zu?*«

Peter musterte seinen Blutsbruder missbilligend. »Versuchen Sie etwa mich zu entmutigen, Mike?«

»Ihre Schlussfolgerungen sind erste Sahne, Inspector.«

Peter grinste. »Ich werde Mallory Atkinson umwerben, sie erobern und heiraten. Das können Sie ihr gern von mir ausrichten. Und Sie dürfen unser Trauzeuge sein.«

Mike riss die Augen auf. »Sind Sie vielleicht aus einer Irrenanstalt abgehauen?«

»Ich gebe zu, dass Ms. Atkinson sehr abweisend ist. Aber sie hatte es bisher auch noch nie mit Drake, dem Hellseher zu tun. Würden Sie mir bitte meinen Schlüssel geben, Mr. Gramble?«

Mike gehorchte. »Viel Glück, Mr. Drake. Ich glaube zwar nicht, dass Sie die leiseste Chance haben, aber ich hoffe langsam, dass Sie trotzdem eine kriegen.«

»Vielen Dank. Und wären Sie jetzt bitte so freundlich, mir Mallorys Adresse zu geben?«

Mike verschränkte erneut die Arme über seiner massigen Brust. »Nein.«

»Ach, kommen Sie schon, Mike!«

»Nichts da. Ich wünsche Ihnen zwar das Allerbeste, aber ich bin Mallory gegenüber absolut loyal. Daran gibt es nichts zu rütteln. Von mir bekommen Sie nur moralische Unterstützung, mehr nicht.«

Peter runzelte die Stirn. »Das mit dem Trauzeugen nehme ich hiermit zurück.«

Er stürmte aus dem Büro zu seinem Wagen, der glänzte, obwohl die Sonne nicht schien. Hier wurde also nicht nur das Auto repariert, sondern man sorgte auch für eine erstklassige Autowäsche und Politur. Sehr gründlich. Eine weitere wichtige Information über Ms. Atkinson, die er sich merken musste.

Im Hinblick auf die anderen Informationen … nun ja, schließlich gab es immer noch den Polizeicomputer. Natürlich war so etwas gegen die Vorschriften, aber mit dem Schicksal als Mitverschwörer, zögerte Peter keine Sekunde, sich diese Möglichkeit zunutze zu machen.

Er steckte den Schlüssel ins Zündschloss, ließ den Motor an und – es verschlug ihm den Atem. Dieses melodiöse Summen! Dieses Gefühl von Kraft, das sich vom Bodenblech aus ausbreitete! Sein Baby war so gut wie neu. Sogar noch besser, korrigierte er sich, nachdem sein Fuß das Gaspedal leicht berührt hatte. Sein BMW war bereit, zum Mond zu fliegen. Peter grinste. Consuela hatte nicht übertrieben – Mallory Atkinson war ein Genie, was Autoreparaturen betraf. Jetzt musste er nur noch herausfinden, was sie sonst noch war.

Gegen zehn Uhr abends war er wieder in seinem Apartment. Er machte sich ein Bier auf, legte die Füße auf den

Couchtisch und grübelte über das nach, was er mittlerweile über Mallory Atkinson wusste. Sie war einunddreißig, hatte keine Vorstrafen und sich keine Verkehrsdelikte zuschulden kommen lassen, und sie besaß ein Haus in der Nähe des Mission Dolores Park im Mission District. Laut Geburtsurkunde war sie als Tochter von Tom und Edna Atkinson in Oakland, Kalifornien geboren. Sechs Pfund, fünfzig Gramm. Ihr zweiter Vorname war Rose, genau wie bei ihrer Mutter.

Nach ziemlich langer Suche hatte er auch etwas über ihr Studium herausgefunden. Vor elf Jahren hatte sie als eine der besten ihres Jahrgangs an der Universität von Berkeley ihren Abschluss als Diplomingenieurin gemacht. Laut Sozialversicherungsnummer hatte sie seit ihrem sechzehnten Lebensjahr gejobbt, meistens an Tankstellen, aber auch in chinesischen Restaurants, als Bademeisterin, als Taxifahrerin und, vor der Eröffnung von Gutenbergs, als Chauffeurin bei einem städtischen Limousinen-Service. Sie war zweimal außerhalb der Staaten gewesen, beide Male in Deutschland.

Es war nicht gerade viel für ein einunddreißigjähriges Leben, aber es war ein Anfang. Peter trank sein Bier aus und ging ins Badezimmer. Morgen würde er sich daran machen, der Kronzeugin persönliche Informationen zu entlocken.

3

Am Donnerstag, kurz vor Mittag, betrat Peter erneut das Büro von Gutenbergs Autowerkstatt.

»Hi, Mike.«

Mike legte den Ordner mit den offenen Rechnungen beiseite und blickte überrascht auf.

»Hi. Sagen Sie bloß nicht, dass irgendetwas mit Ihrem Wagen nicht in Ordnung ist?«

»O nein, alles bestens, danke. Mit meinem Liebling ist alles in Ordnung, ganz im Gegensatz zu meinem Mittagessen. Bisher hat sich noch niemand gefunden, mit dem ich es einnehmen könnte, deshalb bin ich hergekommen, um das zu ändern.«

Mike schüttelte ungläubig den Kopf. »Welche Chance hat Ihrer Meinung nach ein Eiswürfel im Fegefeuer?«

»Sie kennen meine umfassenden Fähigkeiten noch nicht, ebenso wenig wie meinen unglaublichen Charme, Mr. Gramble. Würden Sie mich jetzt bitte entschuldigen? Meine zukünftige Braut erwartet mich.«

Peter stieß die Verbindungstür auf und schlenderte in die Werkstatt.

Mallorys Arme steckten bis über die Ellbogen in den Eingeweiden eines Audi, ihre Stirn war vor Konzentration gerunzelt, eine Baseballkappe der Giants saß auf ihrem Kopf (eines Tages würde er zu gern ihr Haar sehen), und ein Ölfleck zierte ihren weißen Overall.

»Zeit zum Mittagessen!«, verkündete er.

Anerkennend stellte er fest, dass sie sich nicht den Kopf an der Motorhaube anstieß, als sie hochfuhr und ihn entsetzt anstarrte.

»Ignorieren Sie von Natur aus jegliche Art von Türschildern?«, blaffte sie. »Verschwinden Sie hier, Drake!«

»Oh, genau das hatte ich auch vor ... mit Ihnen an meinem Arm. Es ist Mittag, *ma chère* Mechanikerin. Zeit für ein kleines Festessen, um sich von der morgendlichen Last und Mühe zu erholen. Wie wäre es mit The Windmill?«

»Nein.«

»Gordos?«

»Nein«, wiederholte sie grimmig, stützte ihre behandschuhten Hände in die Hüften und funkelte ihn an.

»Sie haben eine viel zu negative Grundeinstellung, Mallory Atkinson. Sie wissen, dass Sie hungrig sind, Sie wissen, dass Sie gern etwas essen würden, und Sie wissen, dass ich ein reizender Gesellschafter bin. Was hindert Sie also?«

Mallory starrte ihn wütend an. »Hat Ihnen schon mal jemand gesagt, dass Sie ein arroganter Mistkerl sind?«

»Arrogant? *Moi*?!«

»Verschwinden Sie, Drake, bevor ich Sie rausschmeißen lasse.«

»Mallory, Mallory, Mallory«, meinte Peter und schüttelte traurig den Kopf, »warum wehren Sie sich dagegen? Es ist Kismet, Schicksal, Bestimmung, dass wir heute zusammen zu Mittag essen.«

»Mike!«, brüllte Mallory.

Mr. Gramble kam durch die Tür getrottet.

»Wirf diesen BMW-Typen hinaus«, befahl Mallory.

Gehorsam trat Mike auf Peter zu.

»Mallory, tun Sie nichts, was Sie später bereuen«, warnte Peter.

»Sie rauswerfen zu lassen wird mein Highlight dieser Woche sein«, erklärte sie zuckersüß.

»Gehen Sie mit mir Mittagessen, und vielleicht schaffe ich es ja, Ihnen eine ganz andere und bessere Art von Highlight zu bescheren.«

Mallory stockte der Atem vor Empörung. »Haben Sie eigentlich jemals Erfolg mit Ihren platten Sprüchen gehabt?«, fragte sie.

»Ich muss in aller Bescheidenheit zugeben, dass ich ziemlich beliebt bei der weiblichen Bevölkerung bin.«

»Mein Respekt vor dem weiblichen Geschlecht schmilzt dahin wie Butter an der Sonne. Wirf ihn raus, Mike, und geh nicht zu sanft mit ihm um.«

Mike machte Anstalten, ihn zu packen, und Peter sah zu, dass er aus seiner Reichweite kam.

»Mallory, das kann doch nicht Ihr Ernst sein!«, rief er. »Ich will doch nur mit Ihnen Mittagessen gehen.«

»Und ich will nur, dass Sie hier verschwinden, damit ich in Ruhe weiterarbeiten kann!«

»Nicht mal ein Hot Dog?«, fragte Peter mit seinem treuesten Hundeblick.

»Nicht einmal eine Laugenbrezel. Und jetzt raus!«

Peter war so verblüfft, dass er sich widerspruchslos von Mike hinausführen ließ.

»Haben Sie schon mal etwas von dem sprichwörtlichen *Elefanten im Porzellanladen* gehört?«, erkundigte sich Mike, ehe er die Tür hinter sich zuzog.

Peter starrte die geschlossene Tür ungläubig an. Sie hatte ihn tatsächlich hinausgeworfen! Als hätte er nicht die geringste Bedeutung für sie! In seinen sieben Träumen hatte es nicht die kleinste Andeutung gegeben, dass er bei der Suche nach seiner Frau fürs Leben auf Hindernisse stoßen könnte. Er wünscht sich eine Frau, seine Träume hatten ihm eine Frau versprochen, also würde er auch eine Frau finden. Ende der Geschichte.

Aber offenbar hatte jemand versäumt, Mallory dieselbe Botschaft zukommen zu lassen.

Wütend stürzte er nach draußen und versetzte seinem Vorderreifen einen kräftigen Fußtritt.

Er würde Mallory Atkinson schon noch dazu kriegen, bei seiner Lebensplanung zu kooperieren, und wenn es das Letzte wäre, was er tat! Der direkte Weg hatte nicht funktioniert. Na gut, er konnte durchaus raffiniertere Methoden anwenden, wenn die Situation es erforderte. Mallory Atkinsons Starrsinn würde seinem zukünftigen Glück jedenfalls nicht im Wege stehen.

Peter starrte blicklos auf Dutzende Karteikarten auf dem Schwarzen Brett, das den größten Teil der einen Bürowand einnahm. Die Karten enthielten Informationen über den Uzi-Schützen, alles, was sie bisher über ihn gesammelt hatten, was leider nicht besonders viel war.

Letzte Nacht hatte er wieder von Mallory Atkinson geträumt. Die ganze Nacht. Sein Traum spiegelte in manchen Punkten die sieben Träume wider, die er gehabt hatte, ehe er ihr begegnet war. Die Gewissheit, dass er in Zukunft mit ihr leben würde, war in seinem Traum ebenfalls vorgekommen, und auch Lebenslust und Liebe hatten eine Rolle gespielt. Aber jedes Mal – ob sie sich nun in einem Raum befanden, den er noch nie zuvor gesehen hatte, in ihrer Werkstatt oder am Strand – verschwand Mallory, sobald er sie umarmen oder sie auch nur berühren wollte.

Streckte er hingegen seine Arme nicht nach ihr aus, blieb sie bei ihm. Sobald er sich bewegte, wenn er ihr auch nur eine Haarsträhne aus der Stirn streichen wollte, verschwand sie erneut. Und er folgte ihr. Er fand sie immer wieder. Und immer wieder verließ sie ihn – frustrierende, nicht enden wollende Verfolgung. Mallory blieb die ganze Nacht bei ihm und ließ sich doch niemals einfangen.

Ärgerlich und reichlich beunruhigt wachte er auf. Er schleppte sich unter die Dusche und stellte sich unter das siedend heiße Wasser. Sein Leben lang hatte er immer genau gewusst, was als Nächstes passieren würde. Die Tatsache, dass er eine Frau finden würde, stellte da keine Ausnahme dar. Er hatte sie gefunden, na schön, aber das war auch alles. Fälschlicherweise war er davon ausgegangen, dass es sich dabei um die bekannte Geschichte »Mann trifft Frau, Mann heiratet Frau, Mann lebt glücklich bis ans Ende seiner Tage« handelte.

»Davon bin ich ausgegangen«, brummte er angewidert, als er das Wasser abdrehte. Wie um alles in der Welt hatte er es eigentlich angestellt, Inspector zu werden?

Mallory Atkinson, dieser einsame Wolf einer Mechanikerin, hatte fein säuberlich alle seine Vermutungen zerlegt und ihm die Einzelteile auf einem Servierteller zurückgereicht. Wenn der Traum von letzter Nacht eine Bedeutung hatte, dann die, dass er sich noch sehr anstrengen musste, um Mallory auch nur ein Lächeln zu entlocken, ganz zu schweigen, von einem Schwur, ihn bis ans Ende ihrer Tage zu lieben.

Das war ein gewaltiger Schock für Peter, der noch nie für irgendetwas richtig hart hatte arbeiten müssen. Klar, er machte eine Menge, manchmal auch sehr strapaziöse Überstunden, das schon, aber die Arbeit selbst, die einzelnen Beweise zusammenzufügen, die zu einer Verhaftung führten, war ein Kinderspiel. Schule, Jobs, Freunde, Liebschaften, all das war immer völlig problemlos gelaufen. Zu problemlos.

Aber Mallory Atkinson passte nicht in dieses Schema. War sie es wert?, fragte sich Peter, während er sich eilig anzog. Er liebte sie noch nicht. Er war sich nicht einmal sicher, ob er sie überhaupt mochte. Schließlich war er ein Mann mit einem freien Willen. Er konnte diese Träume abstellen, dafür sorgen, dass sie verschwinden. Und er konnte sich davon distanzieren. In der Vergangenheit hatte er einige seiner Prophezeiungen ignoriert, und es hatte nicht in einer Katastrophe geendet. Er hatte keine bleibenden Schäden, weder körperlicher noch geistiger Natur, davongetragen, sondern sein Leben so ruhig und gelassen wie zuvor weitergeführt.

Das könnte er jetzt auch tun. Schließlich war sein Leben doch gar nicht mal so übel. Seine Arbeit befriedigte ihn, er hatte eine Menge Freunde, und seine Nächte konnte er sich je nach Bedarf versüßen lassen. Warum sollte er sich dieses harmonische Dasein durch eine übellaunige Furie verderben lassen, die nicht einmal seinen Sinn für Humor schätzte? Bestimmt gab es noch andere Gefährtinnen auf der Welt. Er musste einfach eine finden, die besser zu ihm passte und die Leere in seinem Leben auszufüllen vermochte.

Peter ging in die Küche und nahm Brot, Eier und eine Honigmelone aus dem Kühlschrank. Wieso sollte er sich einer Frau aufdrängen, die nicht wollte, dass sich ihr jemand aufdrängte? Warum sollte er sich an Mauern, die die legendären Mauern von Babylon weit in den Schatten stellten, eine blutige Nase holen?

Seine Eltern würden demnächst ihren vierzigsten Hochzeitstag feiern, und sie sahen einander immer noch verliebt an und konnten nicht voneinander lassen. Das war es, was Peter wollte, nicht irgendein Frauenzimmer, das lieber mit Autos als mit Menschen zusammen war.

Er gab die Rühreier auf einen Teller, aß mechanisch sein Frühstück und fuhr durch den grauen Nieselregen zur Arbeit. Consuela interpretierte seine Stimmung absolut richtig und wünschte ihm weder einen guten Morgen noch fragte sie ihn, warum er keine Doughnuts besorgt oder ob er inzwischen irgendwelche Eingebungen bezüglich des Super Bowl hatte. Stattdessen fiel ihr wieder ein, dass sie wegen Manny Shorr unbedingt der Gerichtsmedizin einen Besuch abstatten musste, und sah zu, dass sie aus dem Büro kam.

Peter zog seinen Regenmantel und sein Jackett aus, legte die Füße auf den Schreibtisch und starrte die Wand an, wo ihre gesammelten Informationen über den Uzi-Schützen hingen. Aber er nahm nichts wahr. Seine Stimmung war immer noch auf dem Tiefpunkt, als Consuela eine Stunde später zurückkam und sich so leise und unauffällig wie möglich an ihren Platz setzte.

»Siehst du schon irgendein Muster?«, fragte sie ihn.

»Nein«, knurrte Peter, und das war ihre gesamte Unterhaltung während der nächsten Stunde.

Sogar als sie zum South Market Area gerufen wurden, um einen fehlgeschlagenen Selbstmord zu untersuchen, konnte er nicht aufhören, an Mallory zu denken, führte im Stillen Streitgespräche mit ihr, verfluchte sie dafür, die Dinge so zu verkomplizieren. Während Consuela die grauhaarige, zarte alte Dame verhörte, die versucht hatte, sich gemeinsam mit ihrem Mann, mit dem sie seit einundfünfzig Jahren verheiratet war, das Leben zu nehmen, beschloss Peter, dass Mallory Atkinson es einfach nicht wert war. Eines Tages würde er eine andere Frau finden, die besser zu ihm passte, und diese Frau würde er heiraten. Ms. Atkinson konnte ihren Werkzeugkasten mit ins Grab nehmen, wenn es nach ihm ging.

Leider erreichte diese Botschaft weder sein Unterbewusstsein noch seine Zukunftsvisionen. In der folgenden Nacht träumte er erneut von Mallory, die ganze Nacht hindurch. Noch nie hatte er einen solchen Traum gehabt. Die ganze Zeit über schienen sie beide in goldenes Licht getaucht zu sein, das sie umhüllte und sich schützend um sie legte, sobald ein Anflug von Panik in Mallorys blassgrünen Augen aufflackerte oder irgendein Zweifel ihn beschlich. Er hatte noch nie so eine Freude, so eine Leidenschaft und Harmonie erlebt.

Während sie sich liebten, spürte er eine solche Erfüllung – nicht nur eine körperliche, sondern auch eine gefühlsmäßige –, wie er es nicht für möglich gehalten hatte. Es war unglaublich!

Als er am nächsten Morgen aufwachte, beschloss er, Mallory und dem Schicksal noch eine Chance einzuräumen.

Der Samstag präsentierte sich der Welt, wie es sich für einen Samstag gehört: mit strahlendem Sonnenschein, mit einem wolkenlosen Himmel und klarer, kalter Luft. Schließlich war immer noch Januar. Peter zog Jeans, bequeme Halbschuhe und einen blauen Wollpullover an, stürzte ein Glas Milch zum Frühstück hinunter und wollte gerade nach seinem Jackett und seinen Schlüsseln greifen, als das Telefon klingelte. Seufzend nahm er den Hörer ab.

»Hallo, Mom«, sagte er.

»Wie *machst* du das nur?«, fragte seine Mutter.

»Ich bin Hellseher, schon vergessen?«

»O ja, richtig. Es ist so irritierend. Aber wo wir gerade beim Thema sind ... Peter, weißt du, welcher Tag heute ist?«

»Samstag, der 11. Januar.«

»Sehr gut, Peter. Und weißt du auch noch, wann du das letzte Mal deine Eltern besucht hast, die jeden Tag älter werden?«

»Hm –«

»Ich gebe dir einen Hinweis: Weihnachten war es nicht. Da musstest du arbeiten. Geh ein klein wenig weiter zurück. Wie wäre es mit Thanksgiving? Nein, nein, da musstest du auch arbeiten! Mal sehen ... Halloween?«

»Ich musste arbeiten, Mom.«

»Du musst immer arbeiten, mein Lieber. *Ich* weiß, wann wir dich das letzte Mal zu Gesicht bekommen haben ... im September! Du bist zum Abendessen gekommen und wurdest über deinen Piepser zu irgendeinem grässlichen Mordfall gerufen, in dem du ermitteln solltest. Peter, Liebling, weißt du, dass wir in derselben Stadt wohnen und uns in den vergangenen fünf Monaten nicht länger als dreißig Minuten gesehen haben?«

»Mom, es tut mir wirklich Leid, ich habe einfach so viel –«

»– zu tun, ja, mein Lieber, ich weiß. Du arbeitest wie ein Verrückter. Aber was dein Vater und ich gern wissen würden – natürlich nur unter uns – ist, *warum* du das tust? Weil bewegliche Ziele schwerer zu treffen sind? Weil du glaubst, du kannst Freundschaften, Liebe, Lebenslust, Beziehungen, *Kindern* aus dem Weg gehen, wenn du dich schneller bewegst als sie?«

Peter verstummte. »Äh … Mom –«

»Denk darüber nach, Schatz. Bis dann.«

Peter starrte den Hörer einen Moment an. »Ich bin *kein* bewegliches Ziel, und ich bemühe mich nach Kräften um eine Heirat, so viel zu diesem Thema«, sagte er und knallte den Hörer auf die Gabel.

Er machte sich erneut auf die Suche nach seinen Schlüsseln und stieß auf seine Dienstmarke. Automatisch steckte er sie in die Tasche, ehe er innehielt. Wann hatte er das letzte Mal einen Samstag nicht im Büro verbracht? Hm. Entschlossen schob er diesen unliebsamen Gedanken beiseite, nahm stattdessen die Schlüssel und ging hinaus, um sich seinem Schicksal erneut zu stellen.

Und dieses Mal wusste er, wie es aussah.

Das Problem war nur, dass sein Schicksal ebenfalls wusste, wie er aussah, und dieser Anblick schien Mallory bisher nicht gefallen zu haben. Nach dem verpatzten Mittagessen am Donnerstag machte sie vielleicht eine Ausnahme und ging mit ihm frühstücken, wenn er vor ihrer Tür erschien. Nein, eher nicht, das wäre zu simpel für die schwierige Ms. Atkinson, da musste er sich schon etwas Besseres einfallen lassen. Ein zufälliges Treffen zum Beispiel. Er musste sie nur bei ihren Samstagsbeschäftigungen, woraus auch immer sie bestanden, beschatten und dann ganz zufällig mit ihr zusammenstoßen … und zwar möglichst heftig.

Natürlich wusste sie auch, wie sein BMW aussah. Aber er war schließlich Polizist und verdiente seinen Lebensunterhalt mit diesen Dingen. Wenn sie ihn beim Beschatten erwischte, würde er seine Dienstmarke freiwillig zurückgeben.

Mallory Atkinson wohnte in der Dolores Street in der

Nähe der 21. Straße. Ihr viktorianisches Haus war das kleinste und bunteste des Wohnblocks und erinnerte ihn an ein frisch gestrichenes Lebkuchenhaus. Blau, purpurrot, weiß ... Peter konnte kaum die Farben zählen, die sich zu einem lebendigen Ganzen fügten. Der Anstrich ihrer Garagentür erinnerte an eine viktorianische Rosentapete, während die Eingangstür aus Eichenholz eher der eindrucksvollen Besitzerin glich. Der auf Hochglanz polierte Löwenkopf des Türklopfers schimmerte im Sonnenlicht.

Peter betrachtete die sorgfältig gepflegten und in allen Farben leuchtenden Blumenbeete im Vordergarten, den Zitronenbaum in der Mitte des Rasens, der immer noch riesige Früchte trug, und den üblichen Briefkasten neben dem Bürgersteig, der knallrot gestrichen war.

Das Haus der ansonsten höchst wortkargen Mallory sagte allerlei über sie aus.

Er musste eine Stunde auf das Erscheinen der zukünftigen Liebe seines Lebens warten, und auch dann sah er nur ihr Auto und hoffte, dass sie es war, die am Steuer saß. Ihr Garagentor schwang auf, und ein grasgrüner 1962er Mercedes Benz 300 SL Sportwagen fuhr rückwärts aus der Garage auf die Straße. Peter wendete schnell und folgte dem Wagen vorsichtig.

Ging sie einkaufen? Sie könnten gemeinsam Tomaten pürieren. Oder vielleicht etwas zum Anziehen? Es gab einige Dinge, bei denen er ihr gern bei der Anprobe zusehen würde. Oder besuchte sie vielleicht Freunde? Das war nicht gut. Damit wäre ein Zufallstreffen hinfällig. Vielleicht wollte sie ja segeln gehen, überlegte Peter, als Mallory zum Yachthafen einbog. Das könnte riskant werden. Ein falsches Wort von ihm, und sie würde ihn zweifellos über Bord werfen. Und wie sollte er auf dem Wasser zufällig mit ihr zusammenstoßen? Er konnte nicht segeln, und Schwimmen war bei diesen Temperaturen alles andere als verlockend.

Zu seiner Erleichterung bog Mallory auf den bereits überfüllten Parkplatz des großen Pflanzencenters ein. Aus sicherer Entfernung beobachtete er, wie sie ausstieg, und atmete erleichtert durch. Sie war es tatsächlich. Keine andere Frau bewegte sich mit dieser unbewussten Selbstsicherheit und Anmut.

Er wartete, bis sie in dem weitläufigen einstöckigen Gebäude verschwunden war, ehe er aus dem Wagen stieg, und ihr folgte, während er im Geiste verschiedenste Annäherungsversuche durchspielte. Es war ein kniffliges Unterfangen, weil er nicht das Geringste über Pflanzen wusste. Er konnte gerade mal eine Rose, ein Gänseblümchen und eine Tulpe identifizieren, mehr aber auch nicht. In Anbetracht der üppigen Blumenbeete vor ihrem Haus, war Mallory Atkinson wahrscheinlich in der Lage, im Zweifel stundenlang über die verschiedenen Techniken des Mulchens zu reden, also musste er die Unterhaltung möglichst schnell in sicherere Bahnen lenken. Der Steckbrief der gesuchtesten zehn Verbrecher schoss ihm durch den Kopf.

Er ließ die frische sonnige Januarmorgenluft hinter sich, betrat die warm-feuchte Gärtnerei und war umhüllt von dem Duft blühender Blumen und feuchter Erde. Die an den Decken befestigten Ventilatoren drehten sich langsam über seinem Kopf. Die Gärtnerei war ein Labyrinth von Gängen, in denen es alles gab, vom 25-Kilo-Sack Blumenerde über Tontöpfe bis zu üppig blühenden Pflanzen. Während er einen prüfenden Blick über die Reihen mit dem Gärtnereibedarf warf, sah er den Freiluftbereich des Gartencenters, der genauso groß wie der Parkplatz war und in dem es noch größere Säcke mit Blumenerde und noch größere Pflanzen gab.

Mallory war nirgends zu sehen.

Peter geriet nicht in Panik – schließlich war er ein Profi –, sondern beschleunigte nur seine Schritte ein wenig.

Endlich entdeckte er sie, und da war sie wieder, diese Erschütterung, die ihm durch Mark und Bein ging.

Ihr Haar war tatsächlich rotbraun. Es fiel ihr bis auf die Schultern und war im Moment hinter zwei entzückend geformte Ohren geklemmt. Ihre ausgeblichenen schwarzen Jeans schmiegten sich eng an kräftige, wohlgeformte Beine und ein entzückendes rundes Hinterteil. Sie trug eine alte Bomberjacke aus Leder und darunter einen grünen Pullunder – und keinen BH. Ihre Brüste waren … nun ja, kleine, köstliche Leckerbissen.

Peter rang nach Atem. Sein Herz schien einen Schlag auszusetzen und sein ganzer Körper stand in Flammen.

Darauf war er nicht gefasst gewesen, nicht einmal nach dem Traum von letzter Nacht.

Keuchend drehte er sich um und rang um seine Fassung. Seine Hände zitterten, und er verbarg sie und alle weiteren Beweise seiner unmissverständlichen Erregung unter dem Jackett, das er über dem Arm trug.

Was passierte hier mit ihm? Noch nie hatte er eine Frau so begehrt. Noch nie war er so überwältigt von Verlangen gewesen, das ihn schier um den Verstand brachte. Am liebsten hätte er sie hier und jetzt auf dem Boden der Gärtnerei genommen. Hätte gern gespürt, wie sie sich gegen ihn drängte und auf jede seiner Berührungen reagierte und ihn ebenfalls berührte … überall.

»O Gott«, stöhnte er und ließ sich gegen ein Regal mit Tontöpfen sinken. Es war ihm nie in den Sinn gekommen, dass er sich durch die Tatsache, die Frau seines Lebens gefunden zu haben, körperlich angreifbar machen könnte. Dass er emotional verletzbar werden könnte. Hatte er sich einem menschlichen Wesen gegenüber überhaupt jemals verletzbar gefühlt?

Er sah zu ihr hinüber, als sie die verschiedenen blühenden Pflanzen im Angebot prüfte. Dabei kannte er sie nicht einmal. Liebte sie nicht einmal. Und dennoch war da bereits … dies hier.

Sie war nicht einmal schön. Ihr Mund war zu voll, ihre Nase zu lang, die Konturen ihres Gesichtes eher faszinierend als schön. Dennoch verlangte sein Körper förmlich danach, sich für alle Zeit mit dieser Frau zu verbinden. Keine andere Frau würde ihm genügen. Er wollte Mallory Atkinson … auf der Stelle.

»Was bin ich doch für ein Narr«, murmelte er und rang mit aller Macht um seine Beherrschung. Er hatte davon geträumt, die Frau seines Lebens zu finden und hatte sich blind auf die Suche nach ihr gemacht, ohne auch nur einmal über die Konsequenzen nachzudenken. Es war ihm *nie* in den Sinn gekommen, dass die Leidenschaft ihm den Verstand rauben, dass sein Herz allen möglichen Gefahren und jedem nur vorstellbaren Schmerz ausgeliefert sein könnte.

Es war ihm niemals in den Sinn gekommen, dass er zum ersten Mal in seinem Leben sein Innerstes bloßlegen würde wie irgendein trunkener Cowboy, der sein Hemd aufriss und dem Kopfgeldjäger zubrüllte: »Hier! Erschieß mich!« Sein Leben lang hatte er darauf gewartet, ein so großes Risiko einzugehen, und jetzt, wo er es getan hatte oder zumindest im Begriff stand, es zu tun, war er an ein zorniges Weibsstück geraten, das wahrscheinlich den Spitznamen Todesengel trug.

»Du Idiot!«, murmelte er.

War er dabei, sein Herz, seinen Körper und seine Seele für eine Frau aufs Spiel zu setzen, die mehr Schutzmauern um sich errichtet hatte als Fort Knox? War er drauf und dran, sich zum Narren zu machen, indem er einer Frau nachlief, die nicht wollte, dass jemand ihr nachlief? War er dabei, alles zu riskieren für diese … Mechanikerin?

Er beobachtete sie, als sie eine Topfpflanze langsam in ihren schlanken Händen drehte und von allen Seiten begutachtete.

Es lohnte sich, das Risiko in Erwägung zu ziehen. Kein Zweifel.

Er holte tief Luft, um sich zu beruhigen, und trat hinter sie. »Wie schön, dass ich Sie hier treffe!«, verkündete er munter.

Der Blumentopf hüpfte in ihren Händen, als sie herumwirbelte.

»Drake!«, stieß sie erschrocken hervor. Eine feine Röte breitete sich auf ihren Wangen aus, und ihre blassgrünen Augen weiteten sich ein wenig.

»In Fleisch und Blut. Ich wollte mich nach einem …« Peter zermarterte sich das Hirn nach einem Pflanzennamen »… einem Ficus umsehen, und stattdessen habe ich Sie gefunden. Das nenne ich Glück. Am Donnerstag hatte ich ja keine Gelegenheit, mich persönlich für Ihre fantastische Arbeit an meinem BMW zu bedanken. Meinem Schätzchen geht es großartig. Besser als das. Es schnurrt vor Glück und unterdrückter Kraft. Ich könnte Ihnen nicht dankbarer sein. Was ist denn das? Ein Stiefmütterchen?«

»Ein Veilchen«, erwiderte sie mit zusammengebissenen Zähnen.

»Richtig. Veilchen. Ich bin eher ein ... ähm ... Nelkenmann.«

»Sie sind die Pest. Verschwinden Sie.«

»Das kann ich nicht«, schüttelte Peter bedauernd seinen Kopf. »Zuerst muss ich einen Ficus finden. Mein Apartment schreit förmlich nach Pflanzen. Nach großen grünen Blättern, dekorativen Farben, nach all diesem Sauerstoff, den Pflanzen erzeugen. Mm! Genau das, was ich auch brauche.«

»Was Sie brauchen –«, begann Mallory stirnrunzelnd, wobei sie das Veilchen wie eine Waffe schwang.

»– ist Ihre Hilfe beim Aussuchen der richtigen Pflanzen für mein einsames Junggesellen-Apartment«, half Peter ihr freundlich auf die Sprünge. »Natürlich können Sie erst genau wissen, was ich brauche, wenn Sie meine Wohnung gesehen haben. Warum begleiten Sie mich nicht, ich zeige Ihnen alles, wir essen zu Mittag, ich erzähle Ihnen meine Lebensgeschichte, und dann können Sie wieder herkommen und mir das passende Grünzeug kaufen.«

»Da fällt mir als Erstes die Hemlocktanne ein, aus der man Schierling gewinnt«, fauchte Mallory ihn mit funkelnden grünen Augen an. »Sie sind ja hartnäckiger als Blattläuse.«

Peter hatte das dumpfe Gefühl, gerade beleidigt worden zu sein, beschloss aber, nicht näher darauf einzugehen.

»Beim Mittagessen können Sie mir Ihre geheimsten Gedanken über Ficusse und Veilchen mitteilen«, sagte er mit seinem bezaubernsten Lächeln.

Es schien, als wollte Mallory ihm gerade erklären, wohin er sich sein bezauberndes Lächeln stecken konnte, als ein mit einer braunen Vinylschürze bekleideter Verkäufer auf sie zukam.

»Ms. Atkinson!«, rief er mit einem breiten Lächeln. Er war Mitte zwanzig, hatte breite Schultern und Sommersprossen – mit anderen Worten, genau die Art Mann, die Frauen gern an ihre Brust drücken. Peter konnte ihn von der ersten Sekunde an nicht leiden. »Wie schön, Sie wieder einmal zu sehen.«

»Hallo, Jerry«, sagte Mallory und kehrte Peter demonstrativ den Rücken zu. »Ich habe von den Angeboten gehört und konnte nicht widerstehen.«

»Ich dachte mir schon, dass Ihnen diese Veilchen gefallen«, sagte Jerry, nahm ihr die Topfpflanze aus der Hand und drehte sie bewundernd hin und her. »Ich meine mich zu erinnern, dass Sie vor einigen Wochen erwähnt haben, dass Sie gern noch einige Veilchen in Ihrem Esszimmer hätten.«

»Kommen Sie häufig hierher?«, fragte Peter Mallory höflich und zwang sich, jede Art von Mordgelüsten an einem Verkäufer aus seinen Gedanken zu verbannen.

Sie ignorierte ihn. Jerry nicht.

»Ms. Atkinson ist wahrscheinlich unsere beste Kundin«, erklärte er eifrig. »Es ist toll, eine Kundin zu haben, die sich nicht nur mit Pflanzen auskennt, sondern ihre Schönheit und Vielfalt wirklich zu schätzen weiß. Die meisten, die hierher kommen, suchen nur Dekorationsmaterial.«

Peter zuckte zusammen, fuhr aber tapfer fort. »Ms. Atkinson ist also eine echte Pflanzenliebhaberin?«

»Mehr als das«, erwiderte Jerry, während Mallory im Stillen vor Wut schäumte. »Sie vollbringt wahre Wunder bei Pflanzen. Sie schafft es nicht nur, eine kranke Pflanze wieder aufzupäppeln, sondern hat den berühmten grünen Daumen und bringt einfach alles zum Wachsen. Alles. Ohne Treibhaus. Sie ist wirklich unglaublich.«

»Sie deckt sie zweifellos liebevoll mit Tüchern zu«, sagte Peter, »gibt jedem einen Namen wie Percy oder Annabel und singt ihnen jeden Abend Schlaflieder vor. Ich habe von solchen Leuten schon gehört. Wahrscheinlich fällt es ihr leichter, mit Pflanzen eine Beziehung aufzubauen, als mit Menschen.«

»Ein Blumenbeet ist eine sehr viel angenehmere Gesellschaft«, schoss Mallory mit gerecktem Kinn zurück. »Und ich gebe ihnen keine Namen!«

Peter grinste sie an. »Sie überprüfen jeden Morgen den Zustand Ihrer Erde und lassen den Fernseher an, damit Sie sich tagsüber nicht so allein fühlen.«

»Das tue ich nicht, Sie – Sie –«

»Flegel?«, kam Peter ihr zur Hilfe.

»Ich hatte etwas wesentlich Derberes im Sinn.«

»Lassen Sie nicht zu, dass Ihr wunderbares Temperament, das wir alle kennen und lieben, mit Ihnen durchgeht. Also, Jerry«, sagte Peter zu dem Verkäufer, »sind Ms. Atkinson und ihr grüner Daumen der Stolz des örtlichen Gartenclubs?«

»Das könnte sie sein«, antwortete Jerry. »Sie könnte mit einigen ihrer Pflanzen an jedem Wettbewerb teilnehmen und würde den ersten Preis gewinnen. Sie hat mir einmal eine ihrer Rosenzüchtungen mitgebracht. Rosen zu züchten ist fast unmöglich in San Francisco, müssen Sie wissen.«

»Tatsächlich?«

»O ja. Aber Ms. Atkinson spazierte eines Tages mit der

größten und schönsten Madame Isaac Pereire herein, die ich je gesehen habe.«

»Mit wem?«

»Das ist eine spezielle Rosensorte«, klärte Jerry ihn grinsend auf. »Sie hat auch fantastische Veilchen Blau.«

»Das glaube ich gerne«, gab Peter zurück und musterte Mallory von oben bis unten und weidete sich daran, dass sie errötete. »Und was ist nun Ihr Geheimnis?«, fragte er sie.

»Musik«, sprang Jerry ein.

»Verzeihung?«

»Pflanzen lieben Musik«, erklärte Jerry. »Ms. Atkinson und ich haben uns einen ganzen Nachmittag darüber unterhalten, welche Pflanzen welche Musik bevorzugen. Es gibt sogar wissenschaftliche Untersuchungen zu diesem Thema.«

»Und welche Art von Musik mögen Ihre Pflanzen, Ms. Atkinson?«, erkundigte sich Peter. »Richard Wagners *Ring*?«

»Sie sind ganz verrückt nach Ravel«, antwortete Mallory schnippisch. »Insbesondere nach *Bolero.*«

»Ah. Summen Sie es ihnen vor?«

»Ich habe Stereo-Lautsprecher im Garten.«

»Oho!«

»Was wollen Sie mit diesem ›Oho‹ andeuten?«, erkundigte sich Mallory, die ihn mit verschränkten Armen wütend anfunkelte.

»Dass Sie Ihre Pflanzen verhätscheln.«

»Lebewesen das zu geben, was sie brauchen, hat nichts mit verhätscheln zu tun!«

»Angenommen, Ihre Theorie stimmt«, sagte Peter ruhig, ohne den Blick von ihren funkelnden Augen zu nehmen, »dann ist zum Beispiel das Verleugnen des menschlichen Bedürfnisses nach Wärme und Gesellschaft gleichbedeutend mit Körperverletzung.«

Einen Moment lang musterte sie ihn verwirrt, ehe sie den Blick senkte. »Ich nehme zwei hiervon, Jerry«, sagte sie und wandte sich ab.

»Gern«, sagte Jerry. »Und was ist mit Ihnen, Mr. … Mr. …?«

»Drake. Ich nehme ein Dutzend.«

»Ein Dutzend?!«, fragten Mallory und Jerry wie aus einem Munde.

»Man kann nie genug Veilchen haben«, belehrte Peter und hob einen Veilchentopf hoch, um ihn von allen Seiten zu betrachten. »Hm, ich glaube, du bist eher ein Gershwin-Typ, nicht wahr?« Amüsiert betrachtete er Mallory, die vor Wut kochte. Doch das störte ihn nicht im Mindesten, im Gegenteil, wenn er sie so leicht auf die Palme bringen konnte, dann konnte er ihr alles andere als gleichgültig sein. Er versuchte es erneut mit seinem gewinnenden Lächeln. »Was passt am besten zu Veilchen? Ein Ficus oder Tulpen?«

Zu seiner Verblüffung lachte sie plötzlich schallend und musste sich Hilfe suchend gegen die Regale lehnen, um nicht das Gleichgewicht zu verlieren. »Mein Gott, Drake«, stieß sie atemlos hervor, »haben Sie auch nur die leiseste Ahnung von Pflanzen?«

»Nein«, gab er grinsend zu. »Aber ich weiß, welche ich mag.«

Jerry, der ihm Anweisungen zum richtigen Licht, dem richtigen Dünger und das Gießen gab, half Peter sein Dutzend Veilchen zu seinem Wagen zu tragen, aber Peter hörte ihm nicht zu. Sein Blick folgte Mallory, die ihre beiden

Veilchen zu ihrem Mercedes trug, sie vorsichtig in den Kofferraum stellte und die Wagentür aufschloss.

Peter dankte Jerry eilig, schwor ihm, ihn zum Patenonkel des ersten Babyveilchens aus seiner Züchtung zu machen, schlug den Kofferraumdeckel zu, setzte sich hinters Steuer und folgte Mallory unauffällig auf ihrem Weg zurück zu ihrem Haus. Er musste lächeln, als sie in die Clement Street einbog. Aha, die Buchhandlung!

Sie fand ohne größere Mühe einen Parkplatz. Peter hatte weniger Glück und musste dreimal um den Block fahren, bevor er einen Chevy erspähte, der sich wieder in den Verkehr einfädelte. Schnell fuhr er in die Parklücke, lief im Zickzack über die verkehrsreiche Straße und betrat Cannibal Books. Er sah Mallory praktisch sofort. Sie war in der Fantasy-Abteilung. Das wurde ja immer besser!

Lächelnd ging er durch den Gang und griff nach einem Dick Francis, zwei Romanen von Martha Grimes sowie einer gebundenen Ausgabe von Lawrence Block. Er hielt sich ganz rechts, ehe er sich abrupt umwandte, so dass sie gegen ihn stieß.

»Tut mir Leid, ich –«, fing sie an, unterbrach sich aber sofort und kniff ihre grünen Augen zusammen. »Sie schon wieder!«

»Ms. Atkinson«, sagte Peter unschuldig, »wie nett Sie hier zu sehen. Ich hätte Sie längst in Ihrem Garten vermutet.«

Sie öffnete schon den Mund für eine scharfe Erwiderung, verkniff sie sich jedoch. Er konnte die Unsicherheit in ihren Augen sehen. Sie fragte sich offenbar, ob er sie reingelegt hatte. Sein Lächeln wurde noch breiter. Er neigte den Kopf, um den Titel des Buches, das sie in der Hand hielt, lesen zu können.

»Sie sind also auch ein Fan von Sue Grafton? Ich liebe ihre Bücher. Für meinen Geschmack hätte sie allerdings etwas weniger Sexualforschung à la Kinsey betreiben und sich die Todesfälle nicht bis zum Schluss aufheben sollen. Na ja, aber irgendwie muss sie wohl die Spannung aufbauen. Der Roman *K* würde Ihnen gefallen. Ich habe ihn auf einmal durchgelesen. Sie scheint mit jedem neuen Krimi besser zu werden. Ich kann es kaum erwarten, was ihr zum Buchstaben Z einfällt. *Z wie Zebra* vielleicht?«

»Ich bin sicher, sie hat etwas mehr Fantasie«, antwortete Mallory und eilte an ihm vorbei zur Kasse.

Peter heftete sich an ihre Fersen. »Und was macht sie mit *Y*? *Y wie Yeti?* Darauf wäre ich auch neugierig.«

»Ich dachte immer«, meinte Mallory, während sie der Kassiererin eine Zwanzigdollarnote reichte, »dass Polizisten nicht gern Krimis lesen.«

»Natürlich lesen wir gern Krimis! Am liebsten solche, in denen Detectives die Hauptrolle spielen. Warum haben wir uns Ihrer Meinung nach wohl für diesen Beruf entschieden?«

»Vielleicht aus Todessehnsucht?«, fragte Mallory zynisch und steckte ihr Wechselgeld ein.

»Polizeiarbeit ist nur im Fernsehen gefährlich.«

»Erzählen Sie das mal Ihrem BMW.«

»Vandalismus kann jedem passieren«, erwiderte Peter und reichte der Kassiererin seine Bücher. Langsam entwickelte sich das Ganze zu einem ziemlich teuren Samstag. »Schullehrern, Bibliothekaren, Mechanikern.«

»Das war wirklich eine interessante kleine philosophische Unterhaltung, Drake, aber jetzt muss ich nach Hause und meine Veilchen umtopfen. Ich schlage vor, dass Sie dasselbe tun. Die Blumen gehen ein, wenn Sie sie zu lange im Wagen stehen lassen.«

»Wie wär's mit einem gemeinsamen Umtopfen bei einem frühen Mittagessen?«

»Lieber würde ich einen Ficus verspeisen«, erwiderte Mallory zuckersüß, ehe sie den Laden verließ.

Na gut, dachte Peter, als er zweiundzwanzig Cent auf seinen Fünfziger herausbekam, aber der Tag hatte trotzdem gut begonnen. Und er war immer noch jung. Er nahm Mallorys Warnung ernst und folgte ihr nicht nach Hause, um ihr beim Umtopfen der Veilchen zuzusehen. Stattdessen hörte er auf die schwachen kleinen Stimmen in seinem Kofferraum, die sich über die Hitze und den Mangel an Sauerstoff beschwerten, fuhr mit seinen Veilchen ebenfalls nach Hause und sah sich nach einem geeigneten Platz für sie um, der weder zu sonnig noch zu zugig noch zu feucht war. Pflanzen waren komplizierter, als sie aussahen.

Nach einer Weile gab er auf und stellte sie vorläufig auf seinen Esstisch, stieg wieder in seinen BMW und fuhr zurück in Mallorys Stadtteil, wo er einige Blocks entfernt von ihrem Haus parkte. Zwanzig Minuten später setzte der Mercedes wieder rückwärts aus der Garage, fuhr in die andere Richtung, und Peter machte sich erneut vorsichtig an seine Verfolgung. Sechs Häuserblocks weiter bog sie in die South Van Ness Avenue ein, und Peter ging im Geiste seine Notizen durch. South Van Ness? South Van Ness? Ah, die Tierärztin!

Eigentlich hatte er damit gerechnet, dass Mallory sich einen riesigen, grimmig aussehenden Rottweiler als Schoßhündchen hielt und war fast gekränkt, als er sah, dass sie auf dem Parkplatz der Tierärztin einen Katzenkorb aus dem Wagen nahm. Nun ja, auch Hellseher konnten sich irren. Er wartete ungefähr fünf Minuten, nachdem sie in die Tierarztpraxis gegangen war, ehe er ihr langsam folgte.

Das Wartezimmer war leer, doch von irgendwo aus dem Haus drang Hundegebell. Es hörte sich wie das Kläffen eines Yorkshire Terriers an, der untröstlich war, weil er zum Mittagessen keine *Leberpastete* bekommen hatte.

»Kann ich Ihnen helfen?«, erkundigte sich die junge Frau im weißen Kittel hinter dem Empfangstresen.

»Nein danke. Ich ... äh ... warte auf jemanden.«

»Okay«, sagte sie und beugte sich wieder über ihre Ablage.

Zehn Minuten später wurde eine Tür geöffnet, und Mallory trat heraus, gefolgt von einer Frau, mit der sie sich unterhielt.

»Ich muss immer daran denken, wenn ich doch nur –«, sagte sie.

»Machen Sie sich keine Vorwürfe, Ms. Atkinson«, beruhigte die Frau sie. »Katzen stellen die verrücktesten Dinge an. Sie sind mindestens so unfallgefährdet wie Pferde. Horace geht es schon bald wieder besser. Sie können ihn am Montag abholen, wann immer es Ihnen passt.«

»Vielen Dank, dass Sie mir so schnell einen Termin gegeben haben, Doktor Brier. Ich –«

Mallory unterbrach sich und starrte Peter an. Sie wollte sich schon auf ihn stürzen, besann sich jedoch eines Besseren, wandte sich um, dankte der Tierärztin noch einmal und ging zur Eingangstür.

Als sie an ihm vorbeikam, packte sie ihn am Arm und zerrte ihn mit nach draußen.

»Was bilden Sie sich eigentlich ein, *verdammt noch*

mal?«, fauchte sie ihn an, sobald die Tür ins Schloss gefallen war.

»Ich überprüfe Tierärzte«, antwortete Peter leichthin.

»Was?«

»Ich finde, dass man sich erst nach reiflicher Überlegung und umfassender Recherche ein Haustier anschaffen sollte. Man sollte sich genauestens über die Gewohnheiten des jeweiligen Tieres informieren, sollte wissen, welches Futter das richtige ist, wie viel Wasser sie brauchen und welche Schlafgewohnheiten sie haben. Und natürlich muss man einen guten Tierarzt an der Hand haben, der einem auch in Notfällen sofort zur Verfügung steht. Doktor … hm …«, er warf einen Blick auf das Messingschild an der Tür, »… Brier wurde mir wärmstens empfohlen.«

»Durch wen?«

»Von wem«, korrigierte Peter sie.

Mallory sah aus, als hätte sie ihn am liebsten eine Ohrfeige verpasst.

»Das glaube ich nicht.«

»O doch«, fuhr Peter unbeirrt fort. »Jede Menge Leute haben sie mir empfohlen. Manny Shorr, Al Dinetti, Sean Monaghan –«

»Ich glaube Ihnen kein Wort.«

»Und worum handelt es sich Ihrer Meinung nach dann, Ms. Atkinson?«

»Um Belästigung?«, schlug sie vor.

»Ich soll die Frau, die sich so liebevoll um meinen geliebten BMW gekümmert hat, belästigen wollen? Blödsinn!«

»Um geistige Verwirrung?«

»Wärmer«, sagte Peter, lehnte sich an die Hauswand

und steckte die Hände in die Taschen seiner Jeans. »Versuchen Sie es noch einmal.«

So etwas wie Angst blitzte in ihren grünen Augen auf, verschwand aber sofort wieder. »Nein.«

»Nein, ich habe auch nicht angenommen, dass Sie der Typ Frau sind, der gerne Spielchen spielt.«

Das verblüffte sie.

»Warum folgen Sie mir, Drake?«, fragte sie.

»Sagen wir, tief in meinem Inneren weiß ich einfach, dass ich Sie besser kennen lernen muss.«

Sie trat hastig einen Schritt zurück, als hätte sie einen Schlag abbekommen. »Das läuft nicht«, sagte sie.

Peter lächelte sie freundlich an. »Sie kennen mich noch nicht sehr gut, Mallory Atkinson. Ich kann sehr hartnäckig sein. Wie eine Blattlaus. Deshalb bin ich auch so gut in meinem Job.«

»Und Sie kennen mich nicht sehr gut, Peter Drake! Ihre Hartnäckigkeit wird Ihnen nichts bringen.«

»Das würde ich nicht sagen. Ich habe Sie heute lachen sehen. Das hat mir sehr gut gefallen.«

»Wieso unterhalte ich mich hier überhaupt mit Ihnen?«, schnaubte Mallory, drehte sich abrupt um und stolzierte zu ihrem Wagen.

»Hat mich sehr gefreut, Sie wiederzusehen«, rief Peter ihr hinterher.

Wütend knallte sie ihre Autotür zu.

»Außerordentlich reizbar«, murmelte Peter und lächelte zufrieden, als er in seinen BMW stieg. Noch ein paar freundliche Schubser seinerseits, und sie wäre an dem Punkt, sich von der Chinesischen Mauer zu stürzen.

In diesem Moment meldete sich sein Piepser, und sein Herz begann zu hämmern. Seine Hände zitterten leicht.

Er brauchte nicht einmal zurückzurufen, um zu erfahren, warum sein Wochenende vorzeitig beendet war.

Der Amokschütze mit der Uzi hatte wieder zugeschlagen.

4

Mallory nahm einen Teller und knallte die Küchenschranktür zu, dann holte sie sich ein Messer aus der Schublade und schlug auch sie lautstark zu, ehe sie das Hühnchen, die Mayonnaise und den Senf aus dem Kühlschrank nahm und die Kühlschranktür zuwarf. Sie war diese Art von Gewaltanwendung jedoch nicht gewohnt und sprang wieder auf. Mallory fluchte und gab ihr einen wütenden Fußtritt. Das half.

Sie wusste, dass sie ihren Ärger nur benutzte, um von den Gefühlen abzulenken, die unter der Oberfläche brodelten, aber das störte sie nicht. Wie konnte er es *wagen*, so einfach in ihr Leben zu platzen und ihren gesamten Tagesablauf zu stören? Sie hatte die letzten vier Nächte sogar von ihm geträumt.

»Verdammt, verdammt, verdammt!«, schäumte Mallory und riss ihr Sandwich mit einem Ruck in zwei Hälften.

Er war ein arroganter, egoistischer Mistkerl, und sie wollte nicht an ihn denken, geschweige denn von ihm träumen.

Mallory goss sich ein Glas eisgekühlten Kräutertee ein, stellte den Krug zurück in den Kühlschrank, verkniff es sich diesmal jedoch, die Tür wieder zuzuknallen, nahm eine Serviette und ihren Teller mit dem Sandwich und ging in das Zimmer, wo der Fernseher stand. Vielleicht gab es ja einen Boxkampf in einem der Sportsender, bei dem sie sich ausmalen konnte, dass es Peter Drake war, den einer der Boxer zu Brei schlug.

Ihr Fernsehzimmer hatte früher als Gästezimmer gedient, doch nun standen ein großer Fernseher, ein Videorecorder, einige Pflanzen, ein smaragdgrünes Sofa und ein billiger kleiner Teakholztisch darin. Sie stellte ihr Mittagessen auf dem Tischchen ab, ließ die Rollos des einzigen Fensters des Zimmers herunter, damit das Sonnenlicht nicht auf den Bildschirm fallen konnte, und machte es sich auf dem Sofa bequem.

Sie musste nur wieder ihrer täglichen Routine folgen – Autos reparieren, im Garten arbeiten, fernsehen, sich um Horace kümmern – und schon würden ihr Leben und ihre Träume in ihre gewohnten Bahnen zurückkehren.

Sie biss in ihr Sandwich, trank einen Schluck Tee und schaltete den Apparat an. Aber irgendetwas stimmte nicht, und Mallory nahm an, dass sie Horace auf ihrem Schoß vermisste, der es sich auf ihrem Oberschenkel für einen gemütlichen und ausgiebigen Fernsehnachmittag bequem machte, während ihre Beine unter den gut zehn Kilo Lebendgewicht langsam abstarben. Sie wollte lieber nicht darüber nachdenken, ob noch irgendetwas anderes nicht stimmte.

Also begann sie, sich durch die verschiedenen Kanäle zu zappen: Werbung, *Highway to Heaven*, wieder Werbung, eine entsetzlich schlechte Kinoschnulze mit Joan Crawford, Peter Drake.

Peter Drake? Mit hämmerndem Herzen stellte sie den Ton lauter.

»Kommen Sie schon, Inspector«, umgarnte ihn der renommierteste Reporter der Gegend gerade, »raus mit der Sprache. Wir haben es hier mit einem Wahnsinnigen zu tun, der mit einer automatischen Waffe durch die Gegend läuft und auf alles feuert, was ihn schief ansieht.«

»Mr. Waring«, sagte Peter. Er trug immer noch die Jeans, die seine muskulösen langen Beine betonten, und den blauen Pullover, der so gut zu seinen blauen Augen passte. Sein dichtes blondes Haar sah aus, als hätte er es sich mehr als nur einmal mit seinen langen Fingern gerauft. »Es tut mir Leid, aber ich bin im Moment nicht befugt, einen Kommentar zu diesem Fall abzugeben. Und ich bitte Sie als maßgebenden und verantwortungsbewussten Bürger alles in Ihrer Macht Stehende zu tun, um die Einwohner dieser Stadt zu beruhigen, statt sie in Panik zu versetzen. Der Amokschütze bevorzugt überfüllte Einkaufszentren. Das stimmt. Wenn Ihre Zuschauer also etwas zu ihrem Schutz tun wollen, sollten sie ihre Einkaufsgewohnheiten für einige weitere Wochen ändern, bis wir diesen Kerl geschnappt haben.«

»*Wochen?*«, stammelte Mr. Waring, »haben Sie eine Ahnung, wie viele Menschen in ein paar Wochen getötet werden könnten, während Sie Däumchen drehen?«

»Und wissen Sie, wie viele Menschen Sie möglicherweise mit Ihrer Panikmache in Gefahr bringen, wenn Sie sich weiterhin wie ein drittklassiger Horrorschreiber aufführen?«, fuhr Peter ihn an und holte tief Luft. »Mr. Waring, es ist ein schwieriger Fall, aber wir werden den Schützen fassen, und zwar hoffentlich bevor weitere Menschen sterben müssen. Und wenn Sie mich jetzt bitte entschuldigen würden, ich muss wieder an die Arbeit.«

Peter wandte sich von der Kamera ab und verschwand, während Sidney Waring die Ereignisse der letzten Stunde zusammenfasste. Der Amokschütze hatte die Filiale von Neiman Marcus auf dem Union Square betreten und das

Feuer eröffnet. Achtzehn Tote, dreiundzwanzig Verwundete. Die Kamera zoomte näher an den Tatort. Polizisten, Sanitäter, Reporter, benommene, aber trotzdem sensationslüsterne Zeugen drängten sich auf dem Bildschirm. Sie konnte gerade noch sehen, wie Peter in den Laden zurückging. Sidney Waring erklärte, Inspector Drake leite die Ermittlungen in diesem Fall.

Mallory schaltete den Fernseher aus und starrte auf den leeren Bildschirm. Wie kam ein so liebenswerter und humorvoller Mann nur auf die Idee, als Detective Mordfälle zu untersuchen? Sie hatte zwar auch schon mit Tod zu tun gehabt, sogar regelmäßig, aber nicht täglich, und kam alles andere als gut damit zurecht. Wie konnte er es ertragen, täglich damit konfrontiert zu sein?

Warum tat er sich das an?

Obgleich sie sich seit einer Ewigkeit kannten, konnte sie diese Frage nicht beantworten.

Seit einer Ewigkeit?

Mallory vergrub den Kopf in ihren Armen und stöhnte. Am Dienstag hatte er auf ihrem Parkplatz gestanden, sich gegen seinen BMW gelehnt und sich vor Lachen ausgeschüttet, und seitdem war er so oft in eine andere Rolle geschlüpft, dass sie kaum nachkam. Sie kannte alle seine Rollen, jedes einzelne Leben dahinter ganz genau. Es gab eine Verbindung zwischen ihr und Peter Drake, eine, die schon seit Jahrhunderten existierte. Aber warum trafen sie jetzt erneut aufeinander?

Um es richtig zu machen.

Mallory erschauderte und hob den Kopf. Sie brauchte nicht zu meditieren, um sich all diese anderen Leben vor Augen zu rufen. Ihr Geschlecht und ihre Nationalitäten hatten sich mit jedem neuen Leben verändert, aber eines war konstant geblieben: Stets hatte der Tod ihre Verbindung unterbrochen, ehe sie sie richtig genießen konnten.

Eine Woge der Übelkeit stieg in ihr auf. Aber ihr gegenwärtiges Leben war nicht dafür vorgesehen, es endlich richtig zu machen, wie ihr bisheriger Weg nur allzu deutlich bewies. Möglicherweise ging es im nächsten Leben darum, aber nicht in diesem. Sie würde sich den hartnäckigen Peter Drake vom Leib halten. Zwar plante er zweifellos noch weitere »zufällige« Begegnungen mit ihr, aber sie würde es nicht mehr dazu kommen lassen. Peter Drake würde die ruhigen Gewässer ihrer Existenz nicht länger stören. Ende der Diskussion.

Nur … irgendwie schien er auch sie wiedererkannt zu haben.

Sagen wir, tief in meinem Inneren weiß ich einfach, dass ich Sie besser kennen lernen muss.

Wieder erschauderte Mallory. Obgleich sie ihn hatte abblitzen lassen, hatte Mallory dennoch bei jeder ihrer Begegnungen den Kern dieses Mannes erfasst. Er war alles, was sie sich einst erträumt hatte: ehrlich, lustig, intelligent, liebenswert, loyal und ehrenhaft. Aber das war doch Wahnsinn! Sie würde ihn genauso wenig lieben, wie sie ihre Werkstatt in die Luft jagen würde. Sie würde ihm ebenso wenig erlauben, ihr nahe zu kommen, wie sie Mike mit einem Abschleppwagen überfahren würde.

Sie wollte mit diesem Kerl von der Mordkommission nichts zu tun haben. Dieser Peter Drake, der weder von Haustieren noch von Pflanzen die geringste Ahnung hatte und obendrein einen völlig albernen Humor besaß, hatte nichts in ihrem Leben zu suchen. Nichts.

Diese Worte wiederholte sie wie ein Mantra bis kurz nach sieben am Sonntagmorgen, als sie sich zu ihrer Laufrunde im Golden Gate Park aufmachte, wie immer mit einer Dose Tränengas bewaffnet. Mallory Atkinson war auf Ärger vorbereitet.

Aber sie war nicht auf Peter Drake vorbereitet, obwohl sie seine Gegenwart bereits fünfzehn Sekunden, bevor er zu ihr aufschloss, gespürt hatte.

»Wenn Sie wieder ›Wie nett, Sie hier zu sehen‹ sagen, gehe ich auf Sie los«, knurrte Mallory, ohne ihn anzublicken.

Er lachte. Oh, er besaß ein wundervolles Lachen, bei dessen Klang ihr ganz warm ums Herz wurde.

»Ich brauche also einen neuen Spruch?«, fragte er bekümmert.

»Sie brauchen ein neues Leben!«, fuhr Mallory ihn an. »Haben Sie nichts Besseres zu tun, als harmlose Mechanikerinnen zu belästigen?«

»Nein.«

Sie warf ihm einen Seitenblick zu – ein großer Fehler. Trotz des kalten, nebligen Morgens trug er knappe Laufshorts, die einem die Röte ins Gesicht trieben, und ein ärmelloses T-Shirt, das eine glatte, straffe Haut und seine perfekt geformten Muskeln enthüllte. Sein dichtes blondes Haar war zerzaust, so als ob er gerade aus dem Bett aufgestanden wäre, und seine erstaunlich blauen Augen waren auf sie gerichtet.

»Ich habe eine Dose Tränengas dabei«, informierte sie ihn.

Er grinste. Oh, musste das sein? Warum tat er ihr das an? Wann immer er sie so angrinste, schmolz sie förmlich dahin.

»Ich werde mich bemühen, Sie nicht ins Gebüsch zu zerren«, erklärte er. »Obwohl es bei dem, was Sie da anhaben, verdammt schwer ist, an etwas anderes zu denken.«

Mallory sah ihn verblüfft an. Sie trug Jogginghosen und eine offene Joggingjacke über einem T-Shirt. »Haben Sie vielleicht Röntgenaugen?«

Sein Grinsen konnte man nicht anders als anzüglich nennen. Entschlossen wandte Mallory ihren Blick wieder dem Weg zu. Er *hatte* Röntgenaugen.

»Muss ich Ihnen erst eine Tracht Prügel verabreichen?«

»Das will ich nicht hoffen.«

»Warum geht es einfach nicht in Ihren Schädel, dass ich nichts mit Ihnen zu tun haben will?«

»Wie können Sie das behaupten, wo Sie mich noch gar nicht kennen?«

»Ich *möchte* Sie nicht kennen lernen!«

»Nein, nein, Mallory, Sie sollten wenigstens auf Ihre Wortwahl achten. Sie haben *Angst* davor, mich kennen zu lernen, das ist etwas völlig anderes.«

Mallory stolperte, fing sich aber rasch wieder und blieb wie angewurzelt stehen, um Peter Drake anzustarren.

»Ich glaube kaum, dass Sie promovierter Psychologe sind«, erklärte sie grimmig.

»Stimmt.«

»Dann sparen Sie sich diesen Amateur-Psychokram und lassen mich in Ruhe!«

»Wenn Sie aufhören, ständig nur wegzulaufen, und mir eine Chance geben, Sie kennen zu lernen, höre ich auf mit diesem … Amateur-Psychokram. Sie in Ruhe zu lassen ist einfach unmöglich.«

Sie starrte ihn an. Sein schönes Gesicht war so ernst, und seine blauen Augen zwangen sie geradezu, nachzugeben, flehten sie inständig an, ihm zu glauben.

Sie holte etwas zittrig tief Luft. »Ich bin eine gemeingefährliche Verrückte, Drake. Das läuft einfach nicht.«

»Natürlich tut es das! Wir laufen ja schon gemeinsam.«

Um ein Haar hätte sie laut aufgelacht – dieser Mann und sein verdammter Humor! –, beherrschte sich aber gerade noch. »Haben Sie einen Hörschaden, Drake? Sie haben wirklich eine einzigartige Fähigkeit, jedes Nein aus meinem Mund zu überhören.«

»Ihr sinnlicher Mund mag zwar Nein, Nein, Nein sagen, aber Ihr Herz ... Oh, Mallory, Ihr Herz sehnt sich danach, Ja zu sagen.«

Mallory blinzelte gegen die Tränen an, die plötzlich in ihr aufzusteigen drohten, und rang um Atem. Sie mochte starrsinnig sein, aber sie erkannte die Wahrheit, wenn sie ausgesprochen wurde. Hatte nicht genau diese Wahrheit ihre Träume in den vergangenen fünf Nächten bestimmt?

»Hören Sie«, sagte sie und bemerkte verärgert, dass ihre Stimme ein wenig unsicher klang, »möglicherweise sind Sie ein echt toller Bursche –«

»Oh, das bin ich!«

»– aber ich will es wirklich nicht herausfinden«, fuhr Mallory grimmig fort. »Ich mag mein derzeitiges Leben sehr gern, und darin gibt es keinen Platz für Sie oder einen anderen Mann. Ich lege keinen Wert auf Verabredungen, ich will keine Beziehung, und will Sie nicht jedes Mal sehen, wenn ich mich auch nur umdrehe! Muss ich erst eine Horde Bodyguards anheuern, oder habe ich mich klar ausgedrückt?«

»Glasklar«, gab Peter zu.

Mallory seufzte, drehte sich um und begann, die zwei Meilen zurück zu ihrem Wagen zu joggen. Es überraschte sie nicht allzu sehr, als sie spürte, wie Peter wieder aufschloss.

»Sie haben wirklich hohe Mauern um sich herum errichtet, Ms. Atkinson. Heißt das, irgendein Idiot hat Sie in der Vergangenheit verletzt?«

»Ich hatte ein außerordentlich glückliches Liebesleben, danke der Nachfrage.«

»Verdammt!«, stieß er hervor, und Mallory hatte Mühe nicht loszuprusten. »Dann müssen Sie eine unheilbare Krankheit haben und versuchen, mich davor zu beschützen, um mir nicht das Herz zu brechen.«

»Ich bin kerngesund, Drake. Ich bin nicht Ali McGraw.«

»Zum Glück. Ich habe nämlich nicht den Ehrgeiz, in Ryan O'Neals Fußstapfen zu treten. Er hat ein Gewichtsproblem, wissen Sie. Jetzt weiß ich's! Sie sind mit einem Mafiaboss verheiratet, und als Sie die Wahrheit über sein kriminelles Leben herausgefunden haben, sind Sie weggelaufen, haben sich die Haare gefärbt, Ihren Namen geändert und leben seitdem in Angst und Schrecken.«

»Sie haben zu viele schlechte Filme gesehen, Drake.«

»Zeugenschutzprogramm?«

»Nein.«

»Sie verstecken sich vor der angedrohten Zwangsheirat mit dem neuen Geschäftspartner Ihres Vaters.

»Nein.«

»Jetzt hab ich's: Sie waren campen, Bigfoot hat Sie entdeckt, und sich unsterblich in Sie verliebt, und seitdem sind Sie auf der Flucht.«

Mallory konnte sich ein Kichern nicht verkneifen. Doch dann blieb sie stehen und bedachte Peter, der sie erwartungsvoll ansah, mit dem finstersten Blick, den sie zustande brachte. »Hören Sie, Drake, wenn ich Ihnen die Wahrheit sagte, hören Sie dann auf mit diesem Kreuzverhör?«

»Bei meiner Pfadfinderehre.«

»Waren Sie denn jemals bei den Pfadfindern?«, fragte Mallory misstrauisch.

Peter grinste. »Klar, ich habe sogar noch die kleine Mütze als Beweis.«

»Okay«, sagte Mallory und holte tief Luft. »Es sieht folgendermaßen aus: Ich bin eine hochrangige Wissenschaftlerin, und arbeite für die Regierung. Ich halte mich versteckt, um mir die Typen vom Hals zu halten, die mich zwingen wollen, die Formel für das Mittel zu vernichten, das ich zufällig entdeckt habe und mit dem sich die evolutionäre Entwicklung jedes männlichen Wesens im Umkreis von fünfhundert Meilen stoppen ließe und es wieder auf den Stand von Neandertalern reduzieren würde, was in etwa Ihrem Niveau entspricht.«

Peter lachte, was, wie Mallory widerwillig bemerkte, ihre Absicht gewesen war. Sie liebte sein Lachen.

»Oh, ich mag Sie, Mallory Atkinson. Ich mag Sie wirklich sehr«, sagte Peter und blickte sie freundlich an. »Ich kann Ihnen gar nicht sagen, wie froh ich bin.«

Mallory erschauerte innerlich und starrte hastig auf ihre Joggingschuhe hinunter. Sie brauchte unbedingt neue Schuhbänder.

»Also, wie sieht es aus mit einem Mittagessen?«

»Nein.«

»Abendessen?«

»Nein!«

»Sie haben Recht«, sagte er feierlich, »Frühstück wäre eindeutig besser.«

Die Vorstellung all dessen, was sie mit dem Tag und der Nacht anstellen könnten, die *vor* diesem Frühstück lagen, ließ Mallory bis zu den Haarwurzeln erröten.

»Eindeutig Frühstück«, murmelte Peter mit sinnlicher und dennoch entschlossener Stimme.

Mallory hob ihre Tränengasdose hoch. »Verschwinden Sie, bevor ich dafür sorge, dass Sie einen Notarzt brauchen!«

Doch Peter zeigte nicht einmal den Hauch von Angst, sondern blickte sie mit unvermindertem Enthusiasmus an. »Ich kriege Sie noch!«, flüsterte er. »Bei allen Göttern im Pantheon. Sie haben es mir wirklich angetan!«

»Noch einen Schritt, und ich schreie!«

»Oh, wie rasch diese Mauern einstürzen, Mallory Atkinson«, sagte Peter und trat zwei Schritte auf sie zu.

Mallory schrie. So laut sie konnte, mindestens zehn Sekunden.

Peter betrachtete sie voller Bewunderung. »*Sehr* gut!«, murmelte er.

»Vielen Dank«, sagte Mallory schnippisch. »Haben Sie Ihr Abzeichen dabei?«

»Dienstmarke«, korrigierte sie Peter. »Und, äh … nein.«

»Gut. Da hinten kommt ein berittener Polizist, der ziemlich beunruhigt aussieht, und glauben Sie mir, Drake, ich habe keinerlei Skrupel, Sie der versuchten Vergewaltigung zu bezichtigen und einsperren zu lassen, wenn Sie mich nicht endlich in Ruhe lassen!«

Peter grinste. »Sie gewinnen vielleicht diese Schlacht, Mallory, aber den Krieg gewinne ich.«

Er trabte davon, als der berittene Polizist hinter Mallory auftauchte.

»Alles in Ordnung, Miss?«, erkundigte er sich.

»Oh, alles bestens, Wachtmeister«, murmelte Mallory.

Als sie wieder in ihrem Mercedes saß, fuhr Mallory nicht nach Hause, sondern ins Fitnesscenter, wo sie so viele Bahnen schwamm, dass sie vor Erschöpfung beinahe ertrank. Doch Peters aufregendes Lächeln geisterte noch immer in ihrem Kopf herum, also ging sie zu den Geräten, und traktierte sie, bis jeder Muskel ihres Körpers um Entlassung aus dieser Folterkammer flehte. Aber Peters sanfte Stimme ließ sie immer noch erschauern.

Sie versuchte, ihn in der Sauna auszuschwitzen. Erst als ihr schwindelig wurde, schleppte sie sich unter die Dusche. Doch Peters herrlicher Körper ließ sich nicht aus ihrer Fantasie vertreiben. Sein Lachen erwärmte immer noch ihr Herz, und seine blauen Augen hatten sich in ihre Seele gebohrt.

Während ihrer gesamten fünfzehnminütigen Fahrt nach Hause bedachte sie ihn im Geiste mit jedem Schimpfwort, das ihr einfiel, und aufgrund der Tatsache, dass sie in einer Männerdomäne arbeitete, gab es davon einige in ihrem Wortschatz. Wütend fuhr sie in ihre Einfahrt und öffnete das automatische Garagentor mit der Fernbedienung, die an der Sonnenblende des Mercedes angebracht war. In diesem Augenblick nahm sie etwas Buschiges, Grünes wahr, das auf ihrer Türschwelle stand.

Wenigstens nicht Peter Drake, dachte sie, als sie in die Garage fuhr. Es sei denn, er hatte sich verkleidet. Sie stieg aus, ließ das Garagentor per Knopfdruck herunter, ging durch ihre Waschküche ins Haus und von dort zur Eingangstür. Vorsichtig öffnete sie diese und stand vor einem wunderschönen Ficus in einem Blumenkübel.

»O nein«, stöhnte sie.

Behutsam – Pflanzen waren ja so sensible Lebewesen –

nahm Mallory ihre letzten Kräfte zusammen, trug den Kübel ins Haus und schleppte ihn nach oben in ihr Schlafzimmer. Dort war der perfekte Platz, links neben ihrem … Mallory hielt inne, während ein schrecklicher Verdacht in ihr aufkeimte. Hatte er etwa von diesem Platz in ihrem Schlafzimmer gewusst?

Nein! Das war unmöglich! Sie war paranoid, mehr nicht.

Doch nachdem sie den Ficus in ihr Schlafzimmer gestellt hatte und vollkommen erledigt aufs Bett gesunken war, zwang sie sich, ein Auge zu öffnen und die Pflanze argwöhnisch zu mustern. Keine Karte. Aber das war auch nicht nötig. Der Ficus war nicht als Entschuldigung für das rücksichtslose Benehmen dieses verflixten Kerls gedacht, sondern sollte dafür sorgen, dass sie an ihn dachte.

»Als täte ich das nicht bereits«, brummte Mallory.

Ihre Laune war auf dem Tiefpunkt, als sie am nächsten Morgen um halb acht Uhr zur Arbeit kam. Mike war bereits da, wie immer.

»Hast du kein Zuhause?«, knurrte sie ihn an und sah sich die beiden Aufträge an, die er bereits angenommen hatte. Zylinder auswechseln und eine Bremse reparieren, ein Kinderspiel.

»Ich liebe meine Arbeit, Mallory, das weißt du ja«, antwortete Mike. »Bist du heute mit dem falschen Fuß aufgestanden?«

»Das geht dich gar nichts an!«, fuhr Mallory ihn an und pfefferte die Aufträge auf seinen Schreibtisch.

»Geht es vielleicht Peter Drake etwas an?«

Mallory starrte ihn an. »Was weißt du über Drake?«

»Nichts. Nur, dass er glaubt, wir wären Blutsbrüder.

Und dass er hoch und heilig versprochen hat, und zwar hier in diesem Büro, dass er dich umwerben, dich erobern und heiraten wird. Er hat gesagt, das soll ich dir ausrichten. Er hat mir sogar versprochen, dass ich euer Trauzeuge sein darf.«

Mallorys Miene verriet Entsetzen. »Männerfreundschaften sind doch nur ein Mythos, hat dir das noch keiner gesagt?«

Mike lehnte sich zurück und musterte sie. »Ich mag den Burschen, Mallory. Und was noch wichtiger ist, ich glaube, du magst ihn auch. Ich bin nur froh, dass ich keine Schwäche für Wetten habe. Sonst würde ich noch meinen letzten Dollar verlieren.«

»Du wirst gleich noch viel mehr verlieren, wenn du nicht den Mund hältst«, zeterte Mallory und machte sich auf den Weg in die Werkstatt.

»Und was ist nun mit dem Trauzeugen?«

Doch statt einer Antwort knallte sie nur die Tür zu.

»Ich sollte mir rechtzeitig einen Smoking leihen« ,murmelte er, während er sich wieder den unbezahlten Rechnungen widmete.

Mallory arbeitete den ganzen Montag wie eine Besessene und war dankbar für die Arbeit, die ihre Gedanken wenigstens zum Teil von einem gewissen Inspector der Mordkommission abzulenken vermochte, der weder von Haustieren noch von Pflanzen die geringste Ahnung hatte und obendrein einen höchst albernen Humor besaß. Der Audi mit den neuen Zylindern, die Reparatur der Bremsen an dem Porsche, das Problem mit der Elektrik bei dem VW und der Vergaser des Mercedes fanden ihre ungeteilte Aufmerksamkeit.

Dass sie für alle diese Arbeiten doppelt so lange brauchte wie sonst, entging ihr jedoch nicht. Den ganzen Tag über wanderten ihre Gedanken auf geradezu heimtückische Weise immer wieder zu dem edlen Ficus-Spender. Diese verdammte Pflanze hatte beinahe ein Gefühl der Verletzlichkeit in ihr ausgelöst, und sie hatte praktisch die ganze Nacht vergeblich versucht, Schlaf zu finden. Dass seine Energie bereits in ihr Schlafzimmer gedrungen war, war ein schwerer Schlag gewesen. Sie hatte geglaubt, ihre sexuellen Bedürfnisse schon vor sieben Jahren ad acta gelegt zu haben, aber scheinbar reichte bereits eine winzige, mickrige Pflanze aus, um ihre Hormone in Aufruhr zu versetzen.

Na ja, es war etwas unfair, dem Ficus die Schuld zuzuschieben. Stattdessen sollte sie sie lieber dem wahren Grund ihrer fiebrigen Fantasien anlasten – Mr. Peter Drake. Sie war der festen Überzeugung gewesen, ausreichend hohe Schutzmauern um sich errichtet zu haben, doch Peter Drakes prächtiger Körper und sein aufreizendes Lächeln hatten sich gemeinsam mit ihrer schlummernden Libido gegen sie verschworen und mindestens eine davon zum Einsturz gebracht. Mit jeder Minute ihrer Bekanntschaft hatte sich ihr Körper jedes Detail seines Körpers besser eingeprägt. Seine blauen Augen, die von einer Sekunde auf die andere ihren Ausdruck wechseln konnten – von lachend zu herzerweichend ernsthaft bis hin zu unverhohlen verlangend –, hatten eine geradezu verheerende Wirkung auf sie. Sein sinnlicher Mund war ein einziges erotisches Versprechen. Und seine Hände waren lang und schlank und vermittelten das Gefühl, dieses Versprechen erotischer Stunden in Jahrzehnte sinnlichen Vergnügens verwandeln zu können. Seine sehnigen Arme schienen dafür geschaffen zu sein, sie an seine breite Brust zu drücken und zu halten. Seine Beine – die Hitze schoss in Mallorys Wangen – waren lang und muskulös und bedeckt mit blonden Härchen, die sich wunderbar an ihren eigenen Beinen anfühlen würden … Falls sie ihnen je die Möglichkeit dazu gäbe … Was sie natürlich nicht tat.

Sie warf einen verzweifelten Blick auf den Vergaser des Mercedes, der immer noch auf der Arbeitsbank lag. Es war zwecklos. Wie sehr sie auch versuchte, sich auf den Vergaser zu konzentrieren, ständig schob sich Peter Drakes Gesicht mit diesem verschmitzten Lächeln und diesen blauen Augen in ihr Gedächtnis, die vor unterdrücktem Lachen blitzten und sie aufforderten mitzulachen. Das Schlimmste jedoch war, dass sie sein Gesicht so gern betrachtete – dieses Gesicht, das ein Leben voller Liebe und Glück verhieß. Wie sollte eine normale Frau sich von einem solchen Mann nicht angezogen fühlen?

»Verdammt!«, murmelte sie.

»Ihnen auch einen schönen guten Tag«, ertönte eine angenehme Stimme hinter ihr.

Mallory fiel beinahe vom Stuhl. Was sollte das nun wieder. Konnte sie neuerdings etwa zaubern? Sie dachte an ihn, und schon stand er vor ihr?

»Können Sie nicht lesen, Drake? Sehen Sie nicht, was auf dieser Tür steht?«, fragte sie, ohne aufzublicken. Es war schwer, ihm ins Gesicht zu sehen und dabei weiter böse auf ihn zu sein, und Ärger war im Moment ihre einzige Verteidigung. »In der Werkstatt hat niemand etwas zu suchen, der hier nicht arbeitet.«

»Oh, *das* heißt das also!«, erklärte er unschuldig.

Mallory begann, im Geiste bis zehn zu zählen, schaffte es aber nur bis drei. »Hören Sie, Sie armselige Ausgabe eines Bullen, ich gebe Ihnen genau –«

»Zeit, Feierabend zu machen«, unterbrach Peter sie munter.

»Was?«

Er ergriff ihre Schulter und drehte sie herum, so dass sie die Uhr an der Wand über einem Poster eines Mercedes CIII sehen konnte. »Es ist siebzehn Minuten nach sechs. Offiziell ist Ihre Arbeitszeit beendet.«

In Mallorys Ohren rauschte es. Sie wusste, dass er etwas zu ihr sagte, bekam aber nicht mit, was es war. Er hatte sie aufgefordert, irgendwo hinzusehen, aber ihr Blick war verschleiert durch ein diffuses goldenes Licht, das die Welt ausblendete und nur das Gefühl von Peters starker Hand auf ihrer Schulter zurückließ.

Es war das erste Mal, dass er sie berührte. Das Zittern begann in ihren Knien und brachte sie fast um den Verstand. Sie rang hörbar nach Luft, riss sich los und strebte in Richtung Tür und die Freiheit, die dahinter lag.

»Lassen Sie mich in Frieden, Drake«, sagte sie und warf ihre Handschuhe in einen Mülleimer. »Was haben Sie vor? Wollen Sie sich eine Klage wegen Belästigung einhandeln?«

»Nein«, ließ sich seine Stimme hinter ihr vernehmen. »Ich versuche nur, ein Rendezvous mit Ihnen zu bekommen.«

Mallory blieb abrupt stehen, wirbelte herum und starrte ihn verblüfft an. »Ein Rendezvous? Sind Sie zu blöd, zu stur oder zu selbstgefällig, um zu kapieren, dass ich nichts mit Ihnen zu tun haben will?!«

Er hob die Hand und verschloss ihren Mund mit den Fingerspitzen.

»Haben Ihre Eltern Ihnen nie beigebracht, nicht zu lügen?«, fragte er leise und durchbohrte sie mit seinen blauen Augen, als blicke er in die Tiefen ihrer Seele.

Ihr Verstand drohte für einen Moment auszusetzen. Und von ihren Mitarbeitern konnte sie auch keine Hilfe erwarten, da sie bereits Feierabend gemacht hatten. Sie spürte die pulsierende Hitze seiner Finger auf ihren Lippen und das Verlangen in sich, als sie zu ihm aufsah und in seine Augen starrte.

»Sie sind der arroganteste Kerl, der mir je begegnet ist«, presste sie hervor. »Sind Sie so daran gewöhnt, dass sich die Frauen Ihnen in die Arme werfen, dass Sie meinen Mangel an Interesse einfach nicht nachvollziehen können?«

»Schhh«, sagte er ohne den Druck seiner Finger auf ihren Lippen zu verringern. »Du bist interessiert. Du musst es sein. Spürst du es nicht, Mallory?«, flüsterte er und fuhr mit den Fingerspitzen über ihre Lippen. »Spürst du denn die Verbindung zwischen uns nicht? Das Verlangen? Spürst du nicht, dass diese Verbindung stärker ist als jede Angst davor? Siehst du uns in deinen Träumen nicht auch als Liebende?«

Mallorys Augen weiteten sich. Wie konnte er das wissen?! Oh, er konnte es nicht wissen! Er *durfte* es nicht! Die meiste Zeit über gestand sie sich ja nicht einmal selbst die Existenz dieser Träume ein. Sie wollte zurückweichen, aber seine andere Hand hinderte sie daran, zog ihr die Mütze vom Kopf und umfasste ihren Hinterkopf, während seine Finger zu ihrer Wange wanderten.

»Deine Haut ist wie Satin, schimmernd, berauschend«, flüsterte er. »Ich habe eine ganze Nacht wach gelegen und mir versucht vorzustellen, wie sie sich anfühlt. Aber niemand kann sich dieses seidige Gefühl vorstellen.« Seine Finger glitten zu ihrem Hals. »Stundenlang habe ich von deinem Hals geträumt, wie er sich unter meinem Mund anfühlt, wie er schmeckt, was für ein Gefühl es ist, deinen Pulsschlag mit meinen Lippen zu ertasten.«

Seine Finger umkreisten ihren hämmernden Puls, während sie sich inbrünstig wünschte, es wäre sein Mund!

»Nein, nein«, sagte sie, und versuchte, ihre Stimme streng klingen zu lassen. Doch die Worte klangen wie eine flehentliche Bitte.

»Diese Overalls sind ein Verbrechen«, murmelte er, während seine Hände über ihre Schultern wanderten und sich über ihrem Schlüsselbein fanden. Langsam öffnete er den ersten Druckknopf, dann den zweiten, den dritten, und jedes leise Klicken durchdrang ihren Körper, bis sie nur noch zitterte – nicht vor Angst, sondern vor wachsender Begierde.

»Habe ich erwähnt, wie froh ich bin, dass du keinen BH trägst?«, wisperte er ihr mit rauer Stimme ins Ohr und atmete inzwischen ebenso schwer wie sie selbst. »Ich liebe den Anblick deiner Brüste, wenn sie sich unter deinem T-Shirt abzeichnen.« Seine Finger umkreisten die kleinen Hügel. »Mallory, nichts auf der Welt ist weicher und nachgiebiger als deine Brüste. Ich könnte tagelang damit zubringen, an ihnen zu saugen, sie zu liebkosen.« Wieder und wieder umkreisten seine Daumen ihre schmerzlich aufgerichteten Brustwarzen, ehe sie mit einer sanften, schnellen Bewegung darüberfuhren.

Sie erschauerte, als sein Stöhnen an ihr Ohr drang.

»Spürst du die Verbindung zwischen uns denn nicht?«, murmelte er und ließ seine Hände über ihren Körper gleiten. »Spürst du nicht, wie richtig sich all das anfühlt? Ich will all das mit dir teilen.« Seine Hände wanderten weiter nach unten und glitten über ihre angespannten Hinterbacken. »Ich möchte alles von dir wissen, Mallory. Wie du aussiehst, wenn du morgens aufwachst. Jeden einzelnen Zentimeter deines Körpers möchte ich erforschen. Wie es ist, wenn ich dich überall dort berühre, wo du es willst. Aber mehr als alles andere möchte ich wissen, wie sich dein Mund auf meinem anfühlt.«

Ein unterdrückter Schrei entrang sich Mallorys Kehle, und mit einem Mal brach die Barriere, die sie so lange vor allem beschützt hatte. Sie warf sich in Peters Arme, suchte verzweifelt seinen Mund und presste sich mit einem Hunger an ihn, dessen Heftigkeit sie zu überwältigen drohte.

Sie spürte, wie sich Peters starke Arme um sie schlossen, als sie sich an ihn klammerte, um nicht von dem Sturm fortgerissen zu werden, der sich mit einem Mal in ihrem Inneren Bahn brach. Das goldene Licht glühte inzwischen geradezu. Es verschlang sie und verströmte eine Hitze, die sie allem anderen gegenüber blind und empfindungslos machte, so dass sie nichts als Peters Zunge spürte, die ihren Mund erforschte.

Ihr Kuss wollte nicht enden. Sie spürte jeden Zentimeter seines Körpers, sein hämmerndes Herz an ihrer Brust, seine zitternden Muskeln, seine Erregung, als er sie an sich presste und sie wie aus einem Munde stöhnten. Oh, wie sehr sie sich danach sehnte! Vom ersten Moment ihrer Begegnung hatte sie sich danach gesehnt. Ein Teil von ihr, den sie bisher nicht einmal kannte, hatte vom ersten Moment an gewusst, wie es sich anfühlen würde, in seinen Armen zu liegen, ihn zu küssen. Es war, als würde sie mit Haut und Haar von ihm aufgesogen werden, so dass sie das Gefühl hatte, sein Blut fließe durch ihre Adern.

Oh, warum mussten sie noch immer angezogen sein, wo sie doch nichts lieber wollte, als seine Haut an ihrer

Haut spüren, von seiner lodernden Hitze entflammt zu werden. Sie wollte ihn auf den Boden zerren, wollte, dass er jeden verborgenen Winkel in ihr füllte. Sie wollte ihn hier und jetzt, wollte, dass nicht nur seine Zunge in sie eindrang, sondern dass sich ihre Körper gemeinsam der Erlösung näherten.

»Großer Gott!«, keuchte Peter, löste sich von ihr und unterbrach damit die Verbindung.

Ohne seine Arme hätte Mallory den Halt verloren. Allein diese goldene Kraftquelle hatte sie aufrechterhalten, doch als Peter ihren Kuss unterbrach, war sie mit einem Mal verschwunden, und ließ nur sie beide zurück, die sich wie Schiffbrüchige, die sich gegenseitig aus dem Wasser zogen, atemlos aneinander festklammerten.

Sie wurde von tausend verschiedenen Emotionen übermannt.

»Also ... was ist nun mit unserem Abendessen?«, fragte Peter mit leicht brüchiger Stimme, und sie spürte immer noch sein rasendes Herz unter ihrer Hand, die auf seiner Brust lag.

»Wie?« Mallory sah zu ihm auf, noch immer verwirrt und im Bann dessen, was gerade vorgefallen war.

»Unsere Verabredung heute Abend, schon vergessen?«, sagte Peter, dessen Stimme fast wieder normal klang. »Was ist damit?«

Mit einem Schlag meldete sich ihr Verstand zurück. Sie befreite sich aus Peters Armen, wobei ihr Körper sich empört beschwerte, so abrupt jeder Wärme und Geborgenheit beraubt zu werden. Sie wollte ihm gerade die heftigsten Vorwürfe an den Kopf werfen, als ihr wieder einfiel, dass *sie* es gewesen war, die ihn zuerst geküsst hatte. Aber, oh, wie er sie berührt hatte, was er ihr gesagt hatte ...!

»Das hast du mit Absicht getan!«, stieß sie hervor und spürte, wie der Ärger wieder in ihr aufwallte.

»Was getan?«

»Spar dir deinen unschuldsvollen Blick, du ... du Mistkerl! Du hast mich dazu verführt, mich von dir küssen zu lassen!«

Er grinste sie an. Nein, er grinste sie *anzüglich* an. »Du hattest aber offenbar nicht allzu viel dagegen einzuwenden.«

Mallory errötete und barg ihr brennendes Gesicht in den Händen. »Erinnere mich bloß nicht!«

Sanft zog er ihre Hände weg. Sie starrte auf ihre Schuhe, die ihr jedoch ebenso wenig Trost boten. Er hob ihr Kinn an und zwang sie, ihn anzusehen. Sie sah ein Leuchten in seinen Augen, das vorher nicht da gewesen war. Er sah aus, als hätte er den Schlüssel zur Glückseligkeit gefunden.

»So etwas ist mir noch nie passiert. Ein solches *Gefühl*, eine solche Verbundenheit. Ich *muss* dich kennen lernen, Mallory«, sagte er mit leiser, drängender Stimme. »Ich muss begreifen, was zwischen uns ist.«

»Zwischen uns ist –«

»*Versuch* gar nicht erst, das zu leugnen, was gerade geschehen ist!«, warnte Peter grimmig.

Mallory zitterte innerlich und gab sich alle Mühe, die Wärme seiner Finger unter ihrem Kinn zu ignorieren, genauso wie ihren Körper, der sich verzweifelt nach seiner Umarmung zurücksehnte. »Ich lasse mir von Sex nicht mein Leben vorschreiben!«, sagte sie bockig.

»Dieser Kuss war viel mehr als Sex, das weißt du ganz genau, Mallory Atkinson.«

Er hatte Recht, sie wusste es. Sie hatte Gefühle erlebt,

deren Existenz sie bisher nicht einmal geahnt hatte. Bevor er den Kuss beendet hatte, hatte es sich angefühlt, als stünde sie taumelnd am Rand eines unentdeckten Universums, das nur darauf wartete, von ihr entdeckt zu werden.

»O Gott, ich kann nicht mal einen klaren *Gedanken* fassen, wenn du so dicht vor mir stehst!«, rief sie, riss sich los, trat ein Stück zurück und rang um ihre Fassung.

»Na schön«, sagte Peter und hob ergeben die Hände. »Mir geht es ganz ähnlich.« Er legte den Kopf schief, und ein Lächeln umspielte seine Lippen. »Das ist eine interessante Erfahrung. Ich glaube, sie gefällt mir ... sehr sogar.«

»Mir nicht!«

»Lügnerin.«

»Oh, halt den Mund«, murmelte Mallory und trat noch ein Stück zurück.

Er lachte. »Oh, Liebes, wie konnte ich bisher nur ohne dich leben? Ich habe mich noch nie so lebendig gefühlt! Das kann ich einfach nicht ignorieren. Lass uns essen gehen. Ich verspreche dir, ich fasse dich nicht an, nicht mal zufällig. Ich verspreche dir, ich versuche dich weder mit Worten, noch mit Blicken, noch mit Wein zu verführen. Ich möchte einfach nur ... mit dir zusammen sein.«

Wie konnte sie sich gegen soviel Ehrlichkeit und Verletzbarkeit zur Wehr setzen? Sie riskierte einen kurzen Blick in seine flehenden blauen Augen und blickte hastig beiseite.

»Ich gehe mich waschen«, brummte sie und eilte in ihren kleinen Umkleideraum.

Sie bestand darauf, dass jeder mit seinem eigenen Wagen zu O'Shays fuhr, und es überraschte Mallory nicht im Geringsten, als er dieses Restaurant in der Castro Street vorschlug. Sie fand einen Parkplatz fast direkt vor dem

Restaurant, was etwa einmal in zehn Jahren vorkam, und beobachtete ihre Scheibenwischer. Es hatte zu regnen begonnen. Sie dankte dem Gott, der auch immer heute über sie wachte, für die Ausrede, ihren Regenmantel noch ein wenig länger anbehalten zu können.

Ich liebe den Anblick deiner Brüste, wenn sie sich unter deinem T-Shirt abzeichnen.

Mallorys Hände schlossen sich fest um das Steuer, ehe sie energisch aus dem Wagen stieg. Er hatte versprochen, keinen Verführungsversuch zu unternehmen, sondern nur mit ihr essen zu gehen und sich zu unterhalten. Das würde sie schon irgendwie überleben. Ganz bestimmt.

5

Peter war noch ganz benommen von der Mischung aus unterdrückter sexueller Erregung und unbändiger Freude darüber, dass Mallory ihm gegenüber an einem winzigen Tisch im O'Shays saß. Mit ihr im Bett zu liegen wäre zwar bedeutend besser, aber für den Anfang war dies hier gar nicht so übel.

Er musterte sie unverhohlen. Es wäre ohnehin sinnlos zu versuchen, es heimlich zu tun. Er *musste* sie einfach ansehen, sich an ihrem glänzenden rotbraunen Haar berauschen, das sie wieder hinter ihre Ohren geklemmt hatte, und sich an dem wachsamen Blick ihrer meergrünen Augen und dem Anblick ihres makellosen Schwanenhalses ergötzen. Unwillkürlich hielt er den Atem an, als sich ihre Brustwarzen unter ihrer hellblauen Bluse langsam aufrichteten. Seine Hände erinnerten sich noch genau an ihren strammen, wohlgeformten Po, als er sie mitten in der Autowerkstatt geküsst hatte.

Ein Kuss? Nein, das war eine viel zu harmlose Beschreibung für diesen verheerenden Aufruhr in seinem Inneren, der ihn aus seinem bisherigen Leben in ein neues Universum katapultiert hatte, in dem es nur noch Mallory und sein überwältigendes Verlangen gab, sie für immer zu besitzen. Es war vielleicht nur ein kurzer Moment gewesen, der sich jedoch wie eine Ewigkeit angefühlt und alles verändert hatte.

Er *musste* sie haben, weil sein bisheriges Leben viel zu lange so trostlos gewesen war, obwohl es ihm bis zu dem Tag, als er sie kennen gelernt hatte, nicht einmal bewusst gewesen war. Tief in seinem Herzen hatte er zwar gewusst, dass ihm etwas fehlte, was er sich sehnlichst wünschte. Die Leere in ihm war ihm durchaus bewusst gewesen, aber er hatte sich nie eingestanden, wie trostlos sein Leben war und dass es mit jedem Tag trostloser wurde.

Er hatte wie eine wandelnde Leiche gelebt. Sein Dasein hatte nur aus Arbeit und Schlafen bestanden, sonst praktisch nichts. Wie Consuela richtig bemerkt hatte, hatte er einen Job, aber kein Leben, und dieser Job belegte ihn voll mit Beschlag, ja, er drohte ihn förmlich zu absorbieren. Er hatte nicht einmal gemerkt, dass er vierzehn und manchmal sogar sechzehn Stunden pro Tag damit zubrachte. Er hatte nicht gemerkt, wie er sich innerlich immer mehr verhärtete, um seine tägliche Routine zu ertragen. Er hatte nicht gemerkt, dass er in Wahrheit gar nicht richtig lebte.

Bis er Mallory begegnet war.

Trotz ihrer Schutzmauern und ihrer scharfen Zunge war sie das sprühende Leben – ein schönes, erfülltes und großzügiges Leben, und er schwor sich, dass er sie erobern würde, und wenn er jeden Dämon, der sie verfolgte, eigenhändig töten musste. Denn irgendetwas verfolgte sie, daran bestand kein Zweifel. In diesem Kuss, der eine bessere Bezeichnung verdient hatte, war zu spüren gewesen, dass sie sich nach einem richtigen Leben sehnte und ebenfalls wusste, wie richtig sich all das zwischen ihnen anfühlte. Aber er hatte auch ihre innere Angst und ihren Widerwillen gegen jede Art von Bindung gespürt.

Dass sie ihn geküsst hatte, war ein reines Wunder. Dass

sie zugestimmt hatte, mit ihm essen zu gehen, war ebenfalls ein Geschenk, das er nicht richtig einzuschätzen vermochte.

Er würde diese bemerkenswerte Gelegenheit nicht vermasseln. Nein, ganz bestimmt nicht. Gierig sog er ihren Anblick auf: ihr ernstes Gesicht, die wachsamen grünen Augen, ihre verschränkten Arme vor ihm auf dem Tisch, die gewissermaßen einen Brustpanzer vor seinem Blick darstellten. Sie hatte sich wieder nach Fort Knox zurückgezogen, aber in den erst sieben Tagen, die sie sich kannten, hatte er gelernt, dass es einen Schlüssel gab, mit dem sie sich aus ihrer Festung locken ließ: Lachen. Mallory Atkinson war eine junge Dame, die viel zu wenig lachte. Sie tat es aber genauso gern und brauchte es genauso sehr wie er, und es war ein Glück, dass er ihr das geben konnte, ohne befürchten zu müssen, dass sein Geschenk ungeöffnet zurückgeschickt wurde.

»Los, komm schon raus, wo auch immer du dich verkrochen hast«, schmunzelte er im Stillen.

»Hast du etwas gesagt?«, fragte Mallory.

»Können wir bestellen?«, antwortete Peter leichthin.

»Klar«, murmelte sie.

Er rief die Kellnerin. »Wie wäre es, alles zu teilen, was wir bestellen?«, fragte er.

Sie warf ihm zwar einen Blick zu, als wäre allein schon der Gedanke gefährlich, eine chinesische Vorspeise mit ihm zu teilen. Aber sie zuckte die Achseln. »Okay. Ich nehme Rindfleischspieße als Vorspeise, dann die Wan-Tan-Suppe, Meeresfrüchte Go Bah und das Hühnchen in Pflaumensoße.«

Peter starrte sie an. Sie hatte gerade eins seiner Lieblingsmenüs bestellt. »Ah, ich nehme die vegetarischen

Frühlingsrollen als Vorspeise, die süßsaure Suppe, das Schweinefleisch Muh Su und das Gemüse Kung Bao.«

»Also, Drake, was soll das werden?«, fragte Mallory, als die Kellnerin ihre Speisekarten an sich genommen hatte und verschwand. »Woher wusstest du, dass das mein Lieblingsgericht ist?«

Peter grinste, als er Mallorys misstrauischem Blick begegnete. Sie hatten denselben Geschmack! *Sehr* viel versprechend. »Ich könnte sterben für das Gemüse Kung Bao«, erklärte er. »Die köstlichen grünen Erbsen, die Shitake-Pilze, der knusprige Broccoli auf einem Berg Reis. Ein Traum!«

Ein widerstrebendes Lächeln umspielte ihren breiten Mund.

»Und woher wusstest du, dass ich für mein Leben gern Hühnchen in Pflaumensoße esse?«, fragte er.

»Das habe ich gar nicht!«

»Aha! Ich wusste doch, dass wir perfekt zueinander passen.«

»Gern dieselben Dinge zu essen bedeutet noch gar nichts, Drake.«

»Wetten, dass du das in einem Glückskeks gelesen hast?«

»Willst du etwa meine Lebensphilosophie beleidigen?«

»Ich denke nicht daran. Ich bin ein Mann des einundzwanzigsten Jahrhunderts und habe für Beleidigungen nicht viel übrig. Meine Stärke liegt eher darin, mich über die Dinge lustig zu machen.«

Sie lachte und der misstrauische Ausdruck ließ ein wenig nach. »Wenn du auch nur ansatzweise ein Mann des einundzwanzigsten Jahrhunderts sein willst, hast du noch einen langen Weg vor dir.«

»Ich weiß«, sagte er zerknirscht. »Was ich brauche, ist eine starke Frau an meiner Seite, die mir den richtigen Weg zeigt, und mich dort hält, wenn nötig mit vorgehaltener Pistole. Und wenn sie dann auch noch den kleinsten Schluckauf meines Wagens kostenlos repariert, ist ihr meine lebenslange Liebe sicher.«

»Ich wusste doch, dass es einen Grund für alle diese Hartnäckigkeit gibt«, murmelte Mallory und trank einen Schluck Tee. »Du bist ein berechnender Flegel, Drake, und du hast weder von Haustieren noch von Pflanzen die geringste Ahnung.«

»Den Flegel lasse ich nicht auf mir sitzen.«

Mallory lächelte. »Ich kenne keinen Mann, der ein so dickes Fell hat wie du.«

Peter grinste sie anzüglich an. »Aber es gefällt dir, du scharfzüngiges Weibsbild, gib es zu. Wahrscheinlich hast du dir deine Stacheln jahrelang aufgespart, weil kein lohnendes Objekt in Reichweite war, an dem du sie ausprobieren konntest. Und dann komme ich mit meinem kaputten Vergaser, und plötzlich steht der Mann deiner Träume vor dir, der all deine Stacheln in Kauf nimmt, ohne sich darüber zu beschweren. Du solltest mir dankbar sein, dass ich beschlossen habe, mich nicht ins Bockshorn jagen zu lassen. Eigentlich müsstest du die Rechnung übernehmen.«

Mallory lachte und nahm die Arme vom Tisch. »Auf eine Einladung zum Mittag- oder Abendessen kannst du lange warten, Drake.«

»Wie wär's mit Frühstück?«, fragte Peter und blickte sie erwartungsvoll an.

Ah! Da war sie wieder, diese entzückende Röte in ihrem Gesicht. Außen hart, aber innen weich und saftig.

Das war Mallory Atkinson. Fast wie eine Ananas, nur mit einer entschieden besseren Figur.

»Horace würde eifersüchtig werden, wenn ich mein Frühstück mit irgendjemand anderem außer ihm teile«, gab sie zurück und reckte herausfordernd das Kinn.

»Wer?«, fragte Peter, der blass geworden war.

»Mein Kater.«

Er blinzelte. Eifersucht? Wann war er je in seinem Leben eifersüchtig gewesen? Er steckte schon viel tiefer drin, als er gedacht hatte. »Willst du mir damit sagen, dass mein Impuls, jemanden zu bedrohen und tätlich anzugreifen, sich gegen einen Kater richtete?«

»Einen beeindruckenden Kater«, korrigierte Mallory, »den du lieber nicht unterschätzen solltest. Er hat mächtige Krallen. Ich an deiner Stelle würde auf Distanz bleiben.«

»Alles Lüge. Horace ist beim Tierarzt.«

»Ich habe ihn heute abgeholt.«

»Verdammt! Tja, dann müssen wir eben zu mir gehen.«

»Wozu das denn?!«, rief sie entrüstet.

Peter stützte sein Kinn in seine Hände und musterte sie eingehend. »Oh, da fallen mir einige Gründe ein«, murmelte er.

Mit leicht zitternden Händen schenkte sie erst ihm und dann sich selbst noch etwas Tee nach.

»Trink deinen Tee, Drake«, murmelte sie.

Gehorsam hob er die Tasse an die Lippen, und nahm einen Schluck, ehe er Mallory ansah und feststellte, dass sie nicht mehr anwesend war. Sie saß ihm zwar noch gegenüber, aber sie war so tief in Gedanken versunken, dass sie ebenso gut das Restaurant verlassen haben könnte. Ihre Miene war vollkommen reglos, und sie blickte einfach durch ihn hindurch.

Hätte er kein so ausgeprägtes Gefühl für Moral besessen, hätte er versucht, ihre Gedanken zu lesen, da in dieser Versunkenheit der Schlüssel zu ihren Schutzmauern lag.

Aber leider war Peter ein höchst moralischer Mann. Nicht einmal, um mehr über diese Menschenfeindin zu erfahren, hätte er es über sich gebracht, ihr Innenleben auszuspionieren.

Erst als die Kellnerin die Suppe servierte, kam Mallory wieder zu sich und nahm den Gesprächsfaden wieder auf.

»Hast du schon mal deinen Testosteronspiegel untersuchen lassen?«, erkundigte sie sich höflich, ehe sie einen Löffel Suppe zu sich nahm.

Peter blinzelte und rief sich seine letzte Bemerkung ins Gedächtnis. War ihr überhaupt bewusst, dass sie mindestens fünf Minuten lang geschwiegen hatte?

»Hey«, antwortete er, »hör auf, mir die Schuld zuzuschieben, Ms. Atkinson.«

Sie sah ihn fragend an.

»Du würdest jeden Mann um den Verstand bringen«, erklärte er schlicht.

Sie riss die Augen auf. »Meine Güte, Drake, übertreib doch nicht so.«

»Du hast offenbar ein Problem mit der Ehrlichkeit.«

Einen Moment lang schienen Mallory die Worte zu fehlen – eine völlig neue Erfahrung für Peter. »Nur wenn ich kein Tränengas bei mir habe«, gab sie schließlich zurück.

Peter lachte leise. »Du und Ehrlichkeit, ihr seid gute alte Freunde, glaube ich. Das ist wahrscheinlich der Grund für mindestens eine deiner Schutzmauern.«

»Was macht eigentlich dein BMW?«, erkundigte sie sich freundlich.

»Prima, danke. Und was macht dein Liebesleben?«

»Wie?«

»Stehen viele Männer Schlange und warten darauf, dein Herz zu erobern?«

»Nein«, antwortete sie mürrisch.

»Nicht einmal eine kleine Warteschlange?«

Ein widerwilliges Lächeln spielte um ihre Mundwinkel. »Nein.«

»Warum nicht?«

»Ich bin gern Single.«

»Lügnerin«, sagte Peter sanft. »Du bist wie geschaffen für ein Leben voller Liebe und Lebensfreude, Mallory Atkinson.«

»Es reicht mir, wenn ständig *Die Waltons* im Fernsehen wiederholt werden, vielen Dank.«

Mallory wandte den Kopf ab und beobachtete den Koch bei der Arbeit oder tat zumindest so. Sie war schon wieder abwesend, auch wenn sie höchstens einen Meter von ihm entfernt war. Er fragte sich, welche Gedanken wohl schuld daran waren, dass sie so blass und ernst aussah. Und er fragte sich, ob sie es ihm jemals erzählen würde. Peter drehte sein Wasserglas hin und her und starrte in die schmelzenden Eiswürfel. Welche Kräfte hatten diese hohen und unüberwindlichen Mauern um sie herum geschaffen? Was war der Schlüssel zu diesem Geheimnis? Lag er in ihrer Kindheit oder in ihrem Erwachsenenleben? Hatte sie schreckliche oder wundervolle Eltern gehabt?

»Sie waren wundervoll«, sagte sie laut. »Liebenswert, humorvoll. Sie haben ihren Kindern Halt gegeben.«

Sie wandte den Kopf und begegnete seinem verwunderten Blick, während sich langsam eine tiefe Röte auf ihrem Gesicht ausbreitete.

»Ich habe nichts gesagt, Mallory«, sagte Peter sanft. »Aber das weißt du, nicht wahr?« Sein Lächeln wurde noch eine Spur breiter. »Nicht zu fassen. Du hast auch telepathische Fähigkeiten!«

»Was heißt hier *auch*?«, fragte Mallory heiser.

»Ich kann die Zukunft vorhersehen. Und wie steht es bei dir?«

»Ich auch«, sagte sie unsicher.

»Und du scheinst auch Gedanken lesen zu können. Kannst du es bewusst steuern?«

Mallory atmete tief durch. »Inzwischen schon. Aber als Kind hatte ich die Gedanken, die mich umschwirrten, nicht unter Kontrolle. Sie haben mich die ganze Zeit bestürmt.«

»Das muss sehr schwer gewesen sein.«

Mallory zuckte die Achseln und brachte es nicht über sich, ihn anzusehen. »Stimmt. Glücklicherweise waren meine Eltern so klug, mir die richtige Hilfe zu beschaffen: eine Expertin, die mich gelehrt hat, meine medialen Fähigkeiten in den Griff zu bekommen. Sie hat mir beigebracht, mich zu schützen und abzuschirmen. Und sie hat mich auch über die Ethik meiner Fähigkeit aufgeklärt. Es ist unmoralisch, sich der Gedanken anderer Menschen zu bemächtigen. Deshalb wollte ich das gerade eben auch nicht. Keine Ahnung, was passiert ist.«

»Vielleicht hast du für einen kurzen Moment dein Schutzschild heruntergelassen?«

»Wahrscheinlich.« Sie nahm ihre Teetasse und trank einen Schluck. Für den Bruchteil einer Sekunde sah sie ihm in die Augen, ehe sie den Blick wieder abwandte. »Kannst du auch Gedanken lesen?«

Augenblicklich war Peter auf der Hut. Er würde nicht

zulassen, dass sie schon wieder eine Mauer errichtete. »Normalerweise ja. Natürlich nicht die genauen Gedanken, aber das Wesentliche bekomme ich mit. Es ist sehr nützlich bei meiner Arbeit. Ich respektiere die moralische Seite, aber in meinem Job ist es wichtig, so schnell wie möglich die Wahrheit zu finden. Natürlich wende ich es nicht bei meinen Freunden an. Consuela zum Beispiel würde mich umbringen, wenn ich mich jemals in ihre Gedanken einschleichen würde.«

Mallory nickte langsam. »Die meisten Menschen finden diese Fähigkeit … beunruhigend.«

»Bedrohlich.«

»Ja.«

Sanft legte er die Finger um ihre geballte Faust. »Bin ich eine Bedrohung für dich, Mallory?«

»Nicht mehr als ein gewöhnlicher Tyrannosaurus rex.«

Peter lachte. »Ich verspreche dir, niemals deine Gedanken zu lesen, Mallory. Du kannst mir vertrauen.«

Mallory starrte auf ihre Faust in seiner Hand, als hätte sie so etwas noch nie in ihrem Leben gesehen. »Hat deine Fähigkeit, in die Zukunft sehen zu können, irgendwas damit zu tun, dass du mir ständig folgst?«

»Ja.«

»Nein!«, sagte Mallory und stand abrupt auf. »Ich habe einen freien Willen. Und ich will das nicht. Ich lasse es nicht zu. Nur weil wir schon frühere Leben geteilt haben, besteht kein Grund, auch *dieses* Leben zu teilen! Such dir eine andere arme Frau, die glasierte Doughnuts mag, und lass mich in Ruhe!«

Sie hatte bereits die Eingangstür erreicht, als Peter sie einholte und ihren Arm nahm.

»Mallory –«

»Nein!«, sagte sie, riss sich los und stürmte hinaus in den Regen. Sie eilte zu ihrem Wagen, dicht gefolgt von Peter.

»Ich verstehe ja, dass du keine Bindung eingehen willst. Ich bin sicher, du hast gute Gründe dafür. Das Problem ist nur, dass die Zukunftsvisionen meiner Träume immer stimmen. Du bist die Frau, die ich mein ganzes Leben gesucht habe.«

Sie begann zu zittern, und es lag nicht am Regen, der sie langsam durchnässte. Schließlich blieb sie neben ihrem Wagen stehen und kramte in ihrer Handtasche nach dem Schlüssel.

»Ich werde das nicht zulassen. Auf keinen Fall!«, stieß sie heftig hervor.

Er umfasste ihr Gesicht und hob ihr Kinn, so dass sie ihm in die Augen sehen musste. »Ich glaube, dass wir beide sehr glücklich werden können, Mallory.«

Sein Herz zog sich schmerzhaft zusammen, als er die Tränen in ihren Augen sah.

»Es ist gefährlich für mich, wenn ich jemanden zu nahe an mich heranlasse«, erklärte sie flehend.

»Wenn du mich an dich heranlässt, sorge ich dafür, dass dir niemals etwas oder jemand gefährlich wird.«

»Nein!«, flüsterte sie, ehe er sie mit einem Kuss zum Schweigen brachte. Ein Stöhnen entrang sich ihrer Kehle. Seine Hände vergruben sich in ihrem nassen Haar und umfassten ihren Hinterkopf, als seine Lippen über ihren Mund strichen, zunächst sanft, dann heftiger, während sich ihre Lippen teilten. Sie presste sich gegen ihn, legte die Arme um ihn und klammerte sich fest an ihn.

Er spürte ihren Körper durch die nassen Kleider. Stöhnend vertiefte er seinen Kuss, versenkte sich in ihren heißen Mund. Er vergaß alles um sich herum, den Regen, die Straße, es gab nur noch eins für ihn: Mallory und das Feuer, das sie in ihm schürte, als sie sich an ihn presste und ihre Hitze mit der seinen verschmolz. Er hatte das Gefühl, bis zur Unkenntlichkeit verbrannt zu werden, fühlte sich wie neu geboren und gestärkt zugleich. Seine Hand glitt über ihren Rücken und presste sie an sich.

Unvermittelt entzog sie sich seinem Griff und begann, ihre Lippen über seine Wangen, über sein Kinn, über seinen Hals wandern zu lassen, während er wieder und wieder ihren Namen raunte. Als er es nicht länger ertrug, suchte er erneut ihren Mund und küsste sie, als wollte er sie verschlingen.

Und dann passierte es. Eine markerschütternde Explosion, als wären sie von einem Blitz getroffen, ließ sie erbeben. Der Blitz durchfuhr sie und vernichtete alles, was gewesen war, während er zugleich erweckte, was kommen würde, und das Band erschuf, das sie für immer aneinander schweißen sollte.

»Peter. O Peter!«, stieß Mallory atemlos hervor.

»Ich weiß. Ich habe es auch gespürt.«

Sie klammerten sich aneinander. Mallory barg ihr Gesicht an seiner Schulter, und er presste seine Lippen auf ihr Haar. Langsam löste sie sich von ihm, hob den Kopf und sah ihn an, so dass er den Schock des gerade Erlebten in ihren Augen sehen konnte ... und die Angst ... und die Sehnsucht.

»Wie weit du auch vor mir wegläufst, Mallory«, sagte er sanft, »was zwischen uns ist, kannst du nicht abschütteln.«

Sie zitterte, hielt aber seinem Blick stand. »Ja, ich weiß. Aber ich muss es trotzdem tun.«

Sanft, aber bestimmt löste sie sich von ihm, schloss ihren Wagen auf, stieg ein und fuhr davon.

Peter sah dem Mercedes nach, bis er in die Market Street einbog. Dann ging er zurück ins Restaurant, durchnässt bis auf die Knochen, um seine Mahlzeit zu beenden.

Etwa eine Stunde später klopfte er mit immer noch feuchten Kleidern und einer großen Papiertüte in der einen und ihrem Regenmantel in der anderen Hand an die Eichentür von Mallory Atkinsons farbenfrohem Haus.

»Eine Minute!«, hörte er sie rufen.

Die Tür ging auf.

»Oh.«

Er hielt die Tüte hoch. »Du hast dein Essen vergessen ... und deinen Regenmantel.«

Sie trug graue Jogginghosen und ein blau-weiß gestreiftes T-Shirt mit rundem Ausschnitt, das ihren Hals freigab.

Sie seufzte und ließ sich erschöpft gegen den Türrahmen sinken. »Eins muss man dir lassen, du bist wirklich hartnäckig.«

»Wie gesagt, deshalb bin ich ja so gut in meinem Job. Was dagegen, wenn ich reinkomme?«, fragte er, schob sich an ihr vorbei und trat in den Flur.

»Ja, habe ich«, sagte sie, auch wenn es nicht gerade überzeugend klang.

»Diese kleinen Ärgernisse stärken den Charakter. Dein Essen wird kalt.«

»Gibt es irgendwas, was ich sagen oder tun könnte, um dich zum Gehen zu bewegen?«

»Nein.«

»Du bist wahrscheinlich bewaffnet, hab ich Recht?«

»Eine halbautomatische Sig Sauer, 9 Millimeter. Ohne sie gehe ich nie aus dem Haus.

»Hier entlang«, sagte Mallory lustlos, zog eine Schiebetür zu ihrer Rechten auf und führte ihn ins Wohnzimmer, wo ein gemütliches Kaminfeuer prasselte.

»Hast du vielleicht chinesischen Tee?«, fragte Peter und bedachte sie mit einem freundlichen Lächeln.

»Himmel, wo sind nur meine Manieren geblieben? Ich werde auf der Stelle eine Kanne aufbrühen«, fauchte Mallory, riss ihm die Tüte aus der Hand, warf sie unsanft auf einen kleinen Eichentisch, der zwischen einem grünen Sofa und zwei großen Sesseln stand, und verschwand hinter einer Schwingtür zu ihrer Linken, die vermutlich in die Küche führte.

»Frostig«, murmelte er, »definitiv frostig.«

Aber wenigstens war er drin. Er warf ihren Regenmantel auf einen der Sessel und sah sich neugierig nach irgendwelchen aufschlussreichen Hinweisen auf seine zukünftige Braut im Raum um – und davon gab es mehr als genug. Das Zimmer war nicht nur schön, es strahlte Sinnlichkeit, ja, geradezu Leidenschaftlichkeit aus. Es war, als hätten sämtliche Gefühle, die Mallory vor der Welt verbarg, in ihrem Zuhause Gestalt angenommen. Alle Möbel, sogar der Tisch, waren abgerundet, alles wirkte geradezu verschwenderisch üppig. Das Sofa und die Sessel waren weich gepolstert und mit riesigen, farbigen Kissen ausgestattet. Vor dem Kamin lagen ebenfalls dicke Kissen. Üppige Pflanzen standen überall. An den Wänden hingen Drucke von Watteau, Rubens, Ingres, David, auf denen sich schöne Menschen sämtlichen vorstellbaren körperlichen Genüssen hingaben, ob sie nun auf einer hölzernen Schaukel in die Lüfte schwangen oder sich leidenschaftlich auf einem türkischen Diwan umarmten. Auf dem Kaminsims stand mindestens ein Dutzend gerahmter Fotografien.

Er betrachtete sie aufmerksam. Sie schienen die gesamten einunddreißig Jahre von Mallorys Leben zu umfassen. Mallory war auf mindestens der Hälfte der Fotos zu sehen. Er sah sie als Sechsjährige, die vor Entzücken kreischte, während eine Frau sie mit einem Wasserschlauch abspritzte; dann Mallory als ungefähr Zwölfjährige mit Zahnspange zwischen einem älteren Paar, das sie ganz offensichtlich sehr mochte. Ein Foto zeigte sie auf ihrer Abschlussfeier auf dem College, denn sie trug einen Doktorhut und Talar und hatte ihren Arm um eine sommersprossige Freundin gelegt, während beide für die Kamera posierten. Außerdem erkannte er sie auf ein, zwei weiteren Fotos, während der Rest verschiedene Menschen jeden Alters zeigte, deren Mienen und Körperhaltung von Langeweile bis zu Überheblichkeit reichten.

»Hast du mein Tagebuch gefunden?«, fragte Mallory bissig, als sie zurückkam.

»Ich habe noch nicht danach gesucht.«

Sie stellte ein Tablett auf den Tisch neben die Tüte mit dem Essen, schenkte ihm wortlos eine dampfende Tasse Tee aus der blassgrünen Porzellankanne ein und reichte sie ihm. Dann setzte sie sich auf das Sofa und schenkte sich selbst eine Tasse Tee ein. Schweigend packte sie die Papiertüte aus, stellte die weißen Esskartons neben den Teller, den sie ebenfalls mitgebracht hatte, und schien sich gelassen und zufrieden ihrem Essen zu widmen, ohne ihm auch nur die geringste Beachtung zu schenken.

Amüsiert blies Peter in seinen kochend heißen Tee.

»Der riecht toll«, sagte er.

Keine Antwort.

»Du hast ein sehr schönes Haus.«

Keine Antwort.

»Ich habe daran gedacht, in die Antarktis auszuwandern.«

»Gut!«, sagte Mallory, die sich mit zwei schwarzen Lackstäbchen etwas Reis auf den Teller füllte.

»Als Eiskönigin bist du kaum zu übertreffen.«

»Danke.«

»Wie viele Jahre übst du schon?«

»Jahrzehnte.«

Peter lachte. »Bei mir zieht das nicht. Vergiss nicht, dass ich Polizist bin. Ich habe gelernt, selbst aus dem verstocktesten Verdächtigen noch etwas herauszuholen.«

»Und wie lautet das Verbrechen, das ich begangen haben soll.

»Die Frau einer Reihe außerordentlich beglückender Träume zu sein.«

»Du solltest sie lieber analysieren lassen.«

»Das ist nicht nötig. Ich vertraue meinen Träumen voll und ganz. Wer sind eigentlich diese Leute?«, fragte er und deutete auf die Fotos auf dem Kaminsims.

»Meine ehemalige Familie und Freunde.«

»Ehemalige?«

»Inzwischen sind sie alle tot.«

Peter musterte sie einen Moment. »Aha.« Er betrachtete die Fotos noch einmal. »Deine Eltern?«, fragte er und wies auf ein Paar in den Vierzigern, die eine junge Frau mit rabenschwarzem Haar umarmten, die zwischen ihnen stand.

»Ja.«

»Wer ist die Frau?«

»Meine jüngere Schwester Jenny. Sie starb, als ich neunzehn war. Ein Flugzeugabsturz.«

Peter betrachtete sie erneut nachdenklich. »Und du wusstest, dass es passieren würde, hab ich Recht?«

»Seit Jahren«, erwiderte Mallory achselzuckend und schob sich einen Bissen von ihrem Huhn in den Mund. »Ich kann dir gar nicht sagen, wie oft ich von einem Flugzeugabsturz während eines Schneesturms geträumt habe. Ich habe meine Familie händeringend angefleht, niemals im Winter zu fliegen, und sie haben sich daran gehalten. Sie haben mir vertraut, verstehst du.«

Übelkeit stieg in ihm auf. »Was ist passiert?«

»Ich hatte den Schnee gesehen und automatisch an Winter gedacht. Ich habe sie immer wieder vor dem Winter gewarnt. Ihr Flugzeug ist während eines späten Schneesturms im Frühling über Colorado abgestürzt. Einhundertsechsundfünfzig Menschen kamen ums Leben.«

Peter stieß einen Fluch aus.

Mallory lächelte ein wenig schief. »Vermutungen können eine üble Sache sein, nicht wahr? Trink deinen Tee.«

Peter trank seinen Tee. »Und wer ist das?«, fragte er und zeigte auf das Foto, auf dem die etwa zwanzigjährige Mallory mit einer jungen Asiatin zu sehen war.

»Claire Wu, meine beste Freundin seit der Highschool. Ein betrunkener Fahrer hat sie vor vier Jahren überfahren, als sie die Straße überquerte. Auf dem Bild daneben ist meine Zimmergenossin aus dem College zu sehen. Ariel Klieg. Sie starb während des Erdbebens 1989, als die Autobahn I-880 in Oakland ihr Auto zerquetschte.«

»Ist irgendjemand aus deinem Leben eines natürlichen und schmerzlosen Todes gestorben?«

»Großonkel Mallory hatte mit sechsundachtzig Jahren einen Herzinfarkt. Der Arzt hat uns versichert, dass er nichts gespürt hat.«

»Toll. Wer ist das?« Peter deutete auf einen lächelnden jungen Adonis mit schwarzen Locken.

»Carlo Cortese, mein Beinahe-Ehemann.«

Tee schwappte auf Peters Hand.

»Was ist?«, fragte Mallory mit einem ironischen Lächeln. »Hast du etwa geglaubt, ich sei unberührt und hätte atemlos und mit jungfräulicher Erwartung all die Jahre nur auf dich gewartet?«

»Ich habe nicht weiter darüber nachgedacht«, gab Peter zu, aber das war eine Lüge. Natürlich hatte er darüber nachgedacht … hatte gehofft … sich *gewünscht*, dass sie auf ihn gewartet hatte. »Hast du ihn geliebt?«

»Das habe ich zumindest geglaubt. Jedenfalls hatte ich nicht die Angewohnheit, jeden Mann, der mir über den Weg lief, heiraten zu wollen.«

»Er war sehr … attraktiv«, gab Peter widerstrebend zu. Der Kerl war ein muskulöser Latino mit einem strahlenden Lächeln und lockigem Haar, das zweifellos in den meisten Frauen das Bedürfnis auslöste, ihre Finger hindurchgleiten zu lassen.

»Außerdem war es lustig mit ihm, und aufregend, und er gab mir ein Gefühl von Lebendigkeit.«

Hoffnung keimte in ihm auf. »Aber du hast ihn nicht geliebt«, sagte Peter und versuchte, seine Ungläubigkeit zu verbergen. Mein Gott, in gewisser Weise *war* sie unberührt!

Mallory seufzte resigniert. »Nein, ich habe ihn nicht geliebt, jedenfalls nicht auf die Weise, die du meinst. Ich musste allerdings erst einige Jahre um ihn trauern, bis ich es herausgefunden habe. Ich hatte einen Märtyrer, einen Halbgott aus ihm gemacht und ihn auf ein Podest gestellt, so dass kein anderes männliches Wesen ihm das Wasser reichen konnte. Aber dann fielen mir so nach und nach einige seiner Schwächen wieder ein.«

»Zum Beispiel?«

»Zum Beispiel seine idiotische Überzeugung, dass ihm nichts etwas anhaben konnte.« Mallory nippte mit ausdrucksloser Miene an ihrem Tee. »Ich nehme an, man muss ein gewisses Selbstvertrauen haben, um ein guter Rennfahrer zu sein. Und er war einer der besten. Er stand auf Platz sechs der Weltrangliste, als er vor sieben Jahren tödlich verunglückte. Aber er hatte eben diese dumme Angewohnheit, meine Warnungen nicht ernst zu nehmen, weil sie nicht in sein Weltbild passten. Ich habe ihm nicht nur das Rennen, sondern auch die genaue Stunde, ja, sogar die Minute vorhergesagt, in der sich der Unfall ereignen würde, aber er ist trotzdem gefahren. Er hat noch zwei andere Wagen mitgerissen, bevor er gegen die Mauer prallte. Carlo war tot, bevor ihn die Rettungsmannschaft aus den Trümmern seines Wagens geborgen hat.«

»Hast du es gesehen?«

Mallory gab noch etwas Huhn auf ihren Reis. »Ich hatte es oft genug in meinen Träumen gesehen, deshalb konnte ich sehr gut auf die Realität verzichten. Carlo war ein sehr egoistischer Mann. Er ist gestorben, hat seinen besten Freund zum Krüppel gemacht und mich auch fast umgebracht, weil ich so schrecklich um ihn getrauert habe. Ich glaube, meine Wut über seine typisch männliche Weigerung zu glauben, dass eine Frau übersinnliche Wahrnehmungen besitzen kann, hat mir geholfen, all das zu überleben. Beweise mir, dass du klüger bist als Carlo, Drake. Rette dich, solange du es noch kannst.«

»Wie meinst du das?«, fragte Peter und stellte seine Teetasse auf dem Kaminsims ab. »Glaubst du, dass ein Fluch auf dir lastet? Dass du eine Art Kassandra bist, die nur Unglück vorhersagt?«

»O nein, nichts so Grandioses. Aber aus irgendeinem Grund ist jeder Mensch in meinem Leben, der mir am Herzen lag, gestorben. Pass auf dich auf«, sagte sie und zeigte mit dem Finger auf ihn. »Deine Chancen stehen nicht besonders gut.«

»Das Risiko nehme ich auf mich.«

»Ich würde es nicht tun.«

»Vielleicht solltest du deine gesellschaftlichen Kreise etwas erweitern, dann stünden die Chancen wieder besser für dich«, sagte Peter und setzte sich in den bequemen, weichen Sessel ihr gegenüber.

»Ich war auf genug Beerdigungen, vielen Dank.«

Peter stützte die Ellbogen auf seine Oberschenkel, legte das Kinn in seine Hände und sah andächtig zu, wie sie sich noch etwas auf ihren Teller häufte, wie elegant sie mit den Stäbchen hantierte und sich eine Garnele einverleibte. Ihre scheinbar unbeteiligte Aufzählung all der Todesfälle und Unglücke, die ihr Leben zerstört hatten, war ein echtes Meisterstück. Man hätte glauben können, dass sie im Moment nichts mehr interessierte als die köstliche Mahlzeit auf ihrem Teller.

Aber trotz der undurchdringlichen Mauer, die sie im Laufe der Jahre um sich errichtet hatte, spürte er den tiefen Schmerz in ihrem Herzen, ein Schmerz, der sie in ihren Grundfesten erschütterte und der sich ihm von Zeit zu Zeit zeigte. Die Götter waren weniger launenhaft, als er gedacht hatte. Sadistisch traf es wahrscheinlich wesentlich besser.

Wieso hätten sie sonst auf die Idee kommen können, eine Frau, die schon viel zu viel vom Tod gesehen hatte, mit einem Mann zusammenbringen zu wollen, dessen Job ihn zwang, sich tagtäglich mit dem Tod zu beschäftigen, ja, der sogar seine Brötchen damit verdiente? Hatte er das Recht, ihren Schmerz noch zu vergrößern, das Gewicht, das auf ihr lastete, noch zu verstärken?

Die Antwort lautete Nein. Er hatte sich unbesonnen auf die Suche nach einer Ehefrau gemacht und ausschließlich daran gedacht, was *er* wollte, was er erwartete, und keinen Gedanken daran verschwendet, dass er ein anderes, verletzliches menschliches Leben beeinflussen würde. Tja, aber jetzt tat er es. Mallory hatte sich von Anfang an mit Zähnen und Klauen gegen ihn gewehrt. Er hatte sich gefragt, warum, aber er hatte nie mit dieser Antwort gerechnet. Sie kämpfte um ihr Leben. So sehr sie sich zu ihm hingezogen fühlte und seine Küsse genoss, riss sie all das entzwei.

Er allein war der Grund für diese Zerrissenheit und dazu hatte er einfach nicht das Recht. Wie tief die Verbindung zwischen ihren Seelen auch sein mochte, wie sehr sich sein Herz auch nach ihr sehnte, Peter hatte weiß Gott nicht die Absicht, Mallory Atkinson das Herz zu brechen oder ihr das Leben schwer zu machen.

Es gab nur eine Alternative: Schluss zu machen, bevor er ernsthaften Schaden anrichtete. Als Mallory also einen weiteren Anlauf unternahm, ihn loszuwerden, erlebte sie zu ihrer Überraschung – und seinem Kummer –, dass er ihrer Aufforderung tatsächlich folgte. Er ging.

6

Seit zwei – wachssend frustrierenden – Tagen hatte Mallory Peter Drake nicht gesehen, außer in ihren Träumen, die zunehmend erotisch wurden. Tagsüber dachte sie unentwegt an ihn, und nachts träumte sie von ihm. Sie war drauf und dran, den Verstand zu verlieren.

Sie wollte nicht an ihn denken! Und von ihm träumen wollte sie erst recht nicht. Er hatte ihre Mauern respektiert und war aus ihrem Leben verschwunden. Wieso verschwand er nicht auch aus ihrem Kopf?

Das Problem war, dass Mallory wusste, wie sie ihn aus ihrem Kopf verbannen konnte, hatte es nur noch nicht über sich gebracht, es tatsächlich zu tun. Sie vermied es wohlweislich, sich die Frage nach dem Warum zu stellen.

Die beste Methode, Peter Drake aus ihren Gedanken zu verbannen, war die Meditation. Nachdem sie als junges Mädchen die Tatsache akzeptiert hatte, dass sie übersinnliche Wahrnehmungen besaß, und nachdem ihre Eltern unter all den Scharlatanen eine gute Lehrerin für sie gefunden hatten, die sie den Umgang mit ihren medialen Fähigkeiten lehrte, hatte Mallory jeden Morgen mit einer Meditation begonnen. Sie diente zur Stabilisierung ihrer Schutzmauern, die sie vor den Gedanken und Einflüssen anderer schützen sollten. Das würde bestimmt auch bei Mr. Drake funktionieren.

Sie nahm die Lotosposition auf dem Fußboden ihres

Schlafzimmers ein und begann, tief und langsam ein- und auszuatmen, konzentrierte sich darauf, bis sie die Energie spürte, die sie durchströmte. Sie begann mit den üblichen notwendigen Reparaturarbeiten für ihre normalen Schutzwälle, ehe sie sich nach ungefähr fünfzehn Minuten an das Problem Peter Drake wagte.

Es war schockierend zu sehen, wie viele Verbindungen zwischen ihnen bereits existierten. Und wie stark sie waren! Mallory musste ihre gesamte Konzentration aufbieten, um eine nach der anderen zu zerreißen und sie an diesen Bullen mit dem unmöglichen Humor zurückzuschicken.

Sie wollte gerade die letzte Verbindung kappen, die dickste und stärkste von allen, als plötzlich die Vision über sie kam, wie ein silbernes Messer in der Luft aufblitzte und Peters Waschbrettbauch aufschlitzte. Sie spürte den Angriff, als hätte das Messer ihre eigene Haut durchdrungen. Sie schrie vor Schmerz auf und hielt sich den Bauch. Wieder und wieder hörte sie den Namen Bertoch, und wusste von irgendwoher, dass es etwas mit jemandem namens Manny Shorr zu tun hatte.

Keuchend erwachte sie aus ihrer Trance und starrte auf ihrem Schlafzimmerboden vor sich hin. Bisher hatten ihre hellseherischen Fähigkeiten sich erfahrungsgemäß auf zukünftige Ereignisse bezogen. Manchmal hatte es eine Woche, drei Jahre oder auch ein ganzes Leben gedauert, bis sie eintrafen, es war unmöglich vorherzusehen. Aber wenn sie eine Zukunftsvision während ihrer Meditation hatte, und das hier war ohne jeden Zweifel eine gewesen, bezog sie sich auf etwas, was in kürzester Zeit passieren würde, innerhalb der nächsten ein oder zwei Stunden, ganz bestimmt aber noch am selben Tag. Sie hatte noch nie etwas Unbegreifliches vorhergesehen. Hätte sie noch nie von Flugzeugen gehört, hätte sie den Tod ihrer Familie in einem Flugzeug nicht prophezeien können. Irgendwo hatte sie den Namen Manny Shorr doch schon mal gehört, aber wo?

Plötzlich tauchte das Bild von Peter Drake vor ihr auf, der mit ihr vor der Tür ihrer Tierärztin stand.

»Dr. Brier wurde mir wärmstens empfohlen.«

»Durch wen?«

»Von wem«, *korrigierte Peter.*

Mallory hätte ihm am liebsten eine Ohrfeige verpasst.

»Jede Menge Leute«, erklärte Peter. »Manny Shorr, Al Dinetti, Sean Monaghan –«

»Verdammter Kerl!«, murmelte Mallory.

Sie hatte nicht nur jämmerlich versagt, Peter Drake aus ihrem Herzen und ihren Gedanken zu reißen, sondern er hatte auch noch ihre heiligste Zufluchtsstätte eingenommen, ihre tägliche Meditationsübung. Schlimmer noch – sie konnte nicht hier sitzen bleiben und einfach nichts tun, nachdem sie nun wusste, dass er in Gefahr schwebte.

Grimmig erhob sie sich und ging zu ihrem Telefon neben ihrem Bett. Sie brauchte nicht einmal die Nummer nachzusehen. Sie wusste sie, was ihren Unmut nur noch verstärkte. Sie wählte seine Privatnummer. Schon beim zweiten Klingeln nahm er ab.

»Drake«, bellte er ins Telefon.

»Kennst du jemand namens Bertoch?«, fragte Mallory.

Schweigen. »Mallory!«, sagte er. »Wie schön, deine Stimme zu hören!«

»Spar dir deinen Charme, Drake. Kennst du jemanden namens Bertoch?«

»Nein, ich kenne niemand, der so heißt.«

»Du wirst ihm heute begegnen. Er hat etwas mit Manny Shorr zu tun, und er hat ein Messer, pass also auf dich auf.«

Sie legte auf, bevor er auch nur ein weiteres Wort äußern konnte. Dann eilte sie ins Badezimmer unter die Dusche, um nicht ans Telefon gehen zu müssen, falls es läutete.

Sie versuchte, sich die Angst wegzuspülen, ihre Aura zu reinigen. Es war keine Todesvision gewesen, dessen war sie sich sicher. Aber konnte ein Messer ihn schwer verletzen? Würde ihn diese Verletzung zu einem Job am Schreibtisch zwingen?

»Verschwinde endlich aus meinem Leben, Peter Drake!«, rief sie unter der Dusche, aber es funktionierte nicht.

Während sie sich anzog, dachte sie an ihn. Beim Frühstück konnte sie kaum das Buttermesser ansehen. Während sie zur Arbeit fuhr, hämmerte der Name Bertoch unablässig in ihrem Kopf.

Sie warf Mike nur ein knappes »Guten Morgen« zu, stürmte in die Werkstatt und machte sich an die Arbeit. Doch wann immer sie an Peter und das Messer dachte, gelang es ihr nicht, sich darauf zu konzentrieren. Sie konnte erst dann fortfahren, wenn sie sich zwang daran zu denken, wie wichtig es für sie war, sich selbst zu schützen. Leider nahmen die Arbeitspausen den größten Teil ihres Tages ein … und sie konnte es nicht leugnen.

»Bobby, Bobby, *Bobby*«, seufzte Peter und lehnte sich auf dem roten Vinylsitz im Mission Coffee Shop zurück. »Wenn du so weitermachst, bist du die längste Zeit mein Lieblingsinformant gewesen.«

»Ich sag dir, Drake –«, erklärte der bleiche Bobby und schlürfte geräuschvoll seinen Kaffee.

»Du hast mir schon jede Menge Mist erzählt«, unterbrach ihn Peter.

»Für so was hab ich echt keine Zeit«, sagte Consuela und stand auf. Sie liebte es, in die Rolle des bösen Bullen zu schlüpfen, insbesondere wenn sich ihre Tage ankündigten. »Komm schon, Peter, vergessen wir das Ganze. Er kann die Rechnung übernehmen. Er hat uns nichts geliefert, was auch nur eine Tasse Kaffee wert gewesen ist.«

Dass auf dem Tisch sechs mittlerweile leere Teller standen und sich die Rechnung auf weit mehr als eine Tasse Kaffee belaufen würde, beunruhigte Bobby verständlicherweise sichtlich.

»Jetzt wartet doch mal!«, rief er und packte Consuela am Arm. »Ihr verlangt von mir, die Mafia zu verpfeifen! Ich brauch euch ja wohl nicht zu sagen, wie gefährlich es ist, zu singen.«

»Deshalb bezahlen wir dich ja so gut, Bobby«, gab Peter gut gelaunt zurück. »Natürlich nur, wenn deine Informationen es auch wert sind.«

»Wenn jemals rauskommt, dass ich –«

»Das kommt nie raus, Bobby«, versicherte Consuela und nahm seine Hand von ihrem Arm. »Und außerdem sind die Täter bald hinter Gittern, dann bist du in Sicherheit.«

»Keiner ist in Sicherheit vor der Mafia«, widersprach Bobby.

»Wenn du in Sicherheit sein willst, solltest du nach Florida ziehen und am Strand Muscheln suchen«, riet Peter. »Komm schon, Bobby, raus damit! Du weißt doch was. Verdien dir deine Mahlzeit. Gib uns einen Namen, eine Beschreibung, *irgendetwas*!«

»In Ordnung, in *Ordnung*!«, maulte Bobby, blickte

sich verstohlen um und zog sich die Baseballkappe noch etwas tiefer ins Gesicht. »Es heißt, Dinetti hat einen Neuen, einen Typen namens Bertoch.«

Peter stieß sein Wasserglas um und verschüttete mehr als die Hälfte davon auf dem Tisch.

»Hey«, Consuela hob die Augenbrauen, »wie ungeschickt von dir.«

»Du sagst es«, erwiderte Peter ironisch. »Also, was ist mit diesem Bertoch, Bobby?«, fragte er, während er das Wasser mit einer Serviette aufwischte. »Hast du eine Beschreibung, eine Adresse, irgendwas?«

»Es heißt, er benutzt einen Fotoladen auf der Geary als Schlupfloch. Camera City. Hat null Ahnung von Kameras, sollte also leicht zu finden sein.«

Peter zog seine Brieftasche heraus. »Ich habe das dringende Bedürfnis, meine Fotoausrüstung aufzumotzen. Wie sieht's bei dir aus, Consuela?«

»Ich bin dabei. Gut gemacht, Bobby«, meinte Consuela und griff nach der Rechnung auf dem Tisch. »Wirklich gut. Geh solange Muscheln sammeln, bis wir die Täter gefasst haben.«

Peter beugte sich über den Tisch, stopfte ein paar Geldscheine in Bobbys Jacketttasche und stand auf. »Bis später, Bobby.«

»Ja, ja, klar«, sagte Bobby und rutschte noch tiefer in die Plastikpolster. »Ich glaube, ich kümmer mich jetzt lieber um meine Sonnenbräune.«

»Gute Idee«, pflichtete Peter ihm bei.

Er und Consuela bezahlten am Tresen und gingen zu seinem BMW.

»Also, woher kennst du Bertoch?«, wollte Consuela wissen.

»Ich kenne ihn nicht. Ich habe seinen Namen heute Morgen zum ersten Mal gehört.«

»Tatsächlich. Durch wen?«

»*Von wem*«, korrigierte Peter und ging zur Fahrertür. »Das erzähle ich dir später. Komm schon, spielen wir die eifrigen Fotofans.«

Das Camera City war ein winziger Laden neben dem California Pacific Medical Center in der Geary Street. Es klingelte nicht, als Peter und Consuela eintraten. Die Schaukästen und Regale waren größtenteils leer. Von einem Verkäufer war weit und breit nichts zu sehen.

»Da fragt man sich, womit Bertoch seine Brötchen verdient, nicht wahr?«, meinte Peter.

»Ich komme fast um vor Neugier«, sagte Consuela.

»Hallo! Hallo, ist jemand da? Hallo!«, rief Peter laut.

Hinter dem Vorhang, der den hinteren Teil des Ladens verbarg, trat ein Mann hervor. Er war Anfang dreißig, nicht ganz so groß wie Peter und trug ein weißes Hemd, eine Krawatte und eine graue Hose, die ihm ein wenig zu groß war. Sein schwarzes Haar war streng aus seiner hohen Stirn gekämmt. Seine schwarzen Augen verrieten nicht den leisesten Anflug einer Emotion.

Wären seine Augen nicht gewesen, hätte ihn wahrscheinlich jeder für einen erfolglos ums Überleben kämpfenden kleinen Ladenbesitzer gehalten, doch diese Augen erzählten eine ganz andere Geschichte. Peters telepathische Fähigkeiten waren augenblicklich in Alarmbereitschaft, und er drückte Consuelas Arm – ein bewährtes Signal zwischen ihnen. Sie nickte kaum merklich. Sie würde vorsichtig sein, darauf konnte er sich verlassen.

»Sind Sie Mr. Bertoch?«, fragte Peter freundlich und eilte, dicht gefolgt von Consuela, auf den Mann zu.

»Stimmt. Wer möchte das wissen?«, fragte Bertoch.

»Ich suche eine Fujiyama 450 Z mit einem 55-Millimeter Zoom-Objekt, Infrarotbelichtung und aufklappbarem Blitzlicht«, ratterte Peter herunter. »Haben Sie so etwas?«

Bertoch musterte sie beide von oben bis unten und verschränkte seine Arme. »Nein.«

»Wirklich nicht?«, wunderte sich Peter. »Aber Mr. Dinetti hat mir versichert, dass Sie dieses Modell führen.«

Hätte er nicht darauf geachtet, wäre ihm gewiss entgangen, dass Bertoch leicht zusammenzuckte.

»Dinetti? Nie gehört.«

»Oh, aber nicht doch, Mr. Bertoch«, sagte Peter, »Sie müssen doch Ihren eigenen Arbeitgeber kennen?«

»Hören Sie, Kumpel, mir gehört Camera City.«

»Tja, mag sein«, fuhr Peter fort. »Aber ich meinte eigentlich Ihre wahre Berufung.«

»Wie man hört«, sagte Consuela verschwörerisch, »sollen Sie sehr gut im Umgang mit einer .38er Smith & Wesson sein und höchst diskret kleine Löcher in Hinterköpfen hinterlassen, zum Beispiel in dem von Manny Shorr.«

»Lady, hab keine Ahnung, wovon Sie reden«, sagte Bertoch, ehe er in der nächsten Sekunde Anstalten machte, in den hinteren Raum zu flüchten. Consuela stürzte sich auf ihn. Er ließ sich fallen, gab ihr einen Tritt, kämpfte sich frei und versuchte erneut, ins Hinterzimmer zu gelangen. Aber Peter hatte bereits seine Waffe gezogen.

»Keine Bewegung, Bertoch! Polizei!«

Überraschenderweise folgte er diesem Befehl. Ganz offensichtlich hatte dieser Mann schon eine Menge mit der Polizei zu tun gehabt.

»Hände hinter den Kopf«, befahl Peter, während Consuela wieder auf ihre Füße kam. »Leg ihm Handschellen an, Herzchen.«

»Mit Vergnügen, Schatz.«

Als Consuela auf Bertoch zuging, um ihm die Handschellen anzulegen, stieß dieser gegen ein frei stehendes Regal hinter ihm, das geräuschvoll umfiel. Peter versuchte, beiseite zu springen, doch das Regal krachte auf seinen Pistolenarm, so dass ihm die Waffe aus der Hand fiel. Aber er stürzte sich bereits auf Bertoch und packte ihn an der Schulter, um ihn herumzureißen, als er plötzlich das Messer spürte.

Es war in Bertochs rechter Hand. Die Klinge blitzte im fluoreszierenden Licht des Ladens auf. Als Peter herumwirbelte, zog sich die Klinge quer über seinen Bauch, und ein heißer Schmerz durchzuckte ihn. Doch bereits im nächsten Augenblick war Consuela wieder wie durch ein Wunder auf den Beinen. Mit einem gezielten Tritt in Bertochs rechte Kniekehle schickte sie ihn zu Boden, und das Messer schlitterte über den Linoleumboden.

»Meine Pistole ist direkt auf deinen Hinterkopf gerichtet, Bertoch«, sagte sie. »Wenn du auch nur Luft holst, bist du ein toter Mann.« Sie überlegte eine Sekunde. »Hast du das auch zu Manny Shorr gesagt?«

»Ich kenne … keinen … Manny Shorr«, keuchte er.

»Nein? Wie auch immer, ich bin sicher, dass dein Erinnerungsvermögen bald wieder einsetzt. Hast du deine Pistole, Peter?«

»Ja«, antwortete Peter, der sich eine Hand auf die Wunde presste und in der anderen die Pistole hielt. »Ich halte ihn in Schach. Versuchen wir es noch einmal. Leg ihm Handschellen an.«

Consuela gehorchte. Bertoch konnte sich kaum auf den

Beinen halten, so dass ein weiterer Fluchtversuch unmöglich war. Nachdem Consuela sich vergewissert hatte, dass er tatsächlich außer Gefecht gesetzt war, sah sie Peter das erste Mal richtig an.

»Großer Gott, du blutest wie ein abgestochenes Schwein!«

»Schmeichelhafter Vergleich«, bemerkte Peter lakonisch und presste sich ein Taschentuch auf die Wunde.

»Hat er etwas Lebenswichtiges getroffen?«

»Ich betrachte jeden einzelnen Blutstropfen von mir als lebenswichtig, Consuela.«

»Fahren wir ins Krankenhaus und lassen dich untersuchen.«

»Ruf zuerst Verstärkung«, meinte Peter. »Ich halte schon durch, bis sie da sind.«

»Oh, ihr tapferen Weißen«, stellte Consuela fest und griff zum Telefon, das auf dem Tresen stand.

»Consuela, deine Nase blutet!«

Consuela betupfte ihre Nase mit einem Papiertaschentuch, das sie aus ihrer Hosentasche gezogen hatte. »Ja, ich bin ziemlich hart aufgeschlagen. Wenn sie gebrochen ist, bin ich echt sauer. Ernesto findet, meine Nase ist einer meiner schönsten Körperteile.«

»So ein kleiner Stüber gibt ihr erst den richtigen Charakter.«

»Ich pfeife auf Charakter«, sagte Consuela und legte den Kopf in den Nacken, um die Blutung zu stoppen, »ich will lieber gut aussehen. Lass ihn ja nicht aus den Augen, Peter.«

Dreißig Minuten später war Bertoch abgeführt und Consuelas Prellungen, Schnitte und Nasenverletzung in der Notaufnahme versorgt worden, während sich in der nur durch einen dünnen Vorhang abgeteilten Nachbarkabine ein Arzt um Peter kümmerte und seine Bauchwunde sauber vernähte.

»Sehr gute Arbeit«, lobte Peter und beäugte jeden einzelnen Stich.

»Ich bin der Beste in diesem Laden, was das Nähen von Wunden betrifft«, stimmte Dr. Chin Li ihm zu. »Das ist ein echtes Prachtstück, muss ich zugeben. Das wird Sie einige Tage außer Gefecht setzen.«

»Nein, bei mir heilt so was sehr schnell«, erwiderte Peter, schenkte sich aber die Erklärung, *warum* das so war. Mediziner reagierten in der Regel ziemlich ablehnend auf das Thema übernatürliche Heilung. Er beobachtete jede Bewegung von Dr. Li, der einen Verband über die Naht legte und ihn mit einem Pflaster auf Peters Haut befestigte.

»Toll, Drake, einfach toll.«

Peter sah hoch und bemerkte eine höchst grimmige Mallory Atkinson im Türrahmen. »Woher wusstest du – oh.« Er strahlte. *»Oh!«*

»Ich hoffe, es tut verdammt weh«, sagte sie und trat näher.

Peter strahlte sie an. Sie wusste, was mit ihm passiert war! Quer durch die ganze Stadt hatte sie gespürt, was vorgefallen war! Zum Teufel mit der edlen Gesinnung, auch sie spürte die Verbindung! »Tut mir Leid, dich enttäuschen zu müssen, aber die Ärzte schwören nun mal auf die Wirkung von Schmerzmitteln.«

»Mist!«

»Eine Freundin von Ihnen?«, fragte Doktor Li und klebte ein Pflaster auf die Haut links neben Peters Bauchnabel.

»Meine zukünftige Frau«, erklärte Peter.

»Bin ich nicht!«, explodierte Mallory.

»Eine Meinungsverschiedenheit?«, fragte der Arzt und griff nach dem Krankenblatt.

»Sie möchte eine schlichte Zeremonie, während ich lieber eine ganz große Feier im Freien hätte.«

»Wieso habe ich mir überhaupt die Mühe gemacht, herzukommen?«, knurrte Mallory und wandte sich zum Gehen.

Peter sprang vom Behandlungstisch und erwischte sie gerade noch am Arm. »Das ist genau die Frage, die ich gern beim Mittagessen mit dir besprechen würde.«

»Ich bin nicht hungrig, und du kannst mit einem aufgeschlitzten Magen nichts essen!«

»Es wurde kein einziges Organ verletzt«, versicherte Peter ihr. »Also, das Mittagessen –«

»Hey, Partner, wie geht's dir?«, fragte Consuela, die in diesem Moment in die Kabine geschlendert kam. »Oh, hi Mallory, was machen Sie denn hier?«

»Ich wünschte, ich wäre nie gekommen«, blaffte Mallory sie an.

»Sie wissen Bescheid, was die Entlassungspapiere betrifft, Inspector Drake?«, erkundigte sich Dr. Chin Li.

»Absolut. Die kenne ich besser als meine eigene Adresse«, antwortete Peter.

»Verstehe«, sagte der Arzt. »Und jetzt raus mit Ihnen, Drake, wir brauchen diesen Raum für echte Notfälle.« Mit einem freundlichen Nicken in Consuelas und Mallorys Richtung verschwand er.

»Wie geht's dir?«, fragte Consuela Peter erneut.

»Topfit und zu allen Schandtaten bereit.«

»Ich gehe jetzt«, verkündete Mallory grimmig.

Peter grinste nur.

»Ach ja, genau«, meinte Consuela und wandte sich wieder Mallory zu, »was hat Sie denn nun hergeführt?«

»Sie hat sich wegen des Messerstichs Sorgen gemacht«, erklärte Peter.

»Wegen ... Aber woher hat sie es denn gewusst? Wir haben doch gar nicht – Moment mal«, meinte Consuela und runzelte angestrengt die Stirn, ehe sie zuerst Mallory, dann Peter eindringlich musterte. »Wer hat dir heute Morgen was von Bertoch erzählt?«

»Mallory«, antwortete Peter.

»Wahnsinn!«, stieß Consuela atemlos hervor und drehte sich wieder zu Mallory um. »Heißt das, Sie können auch hellsehen?«

»Ich bin mir nicht ganz sicher«, antwortete Mallory bescheiden. »Aber ich habe tatsächlich so etwas wie eine prophetische Gabe.«

»Ich fasse es nicht«, sagte Consuela und starrte die beiden an. »Wer gewinnt den Super Bowl?«

»Die Niners mit vier Punkten Vorsprung«, antworteten Peter und Mallory wie aus einem Munde.

»Wahnsinn«, wiederholte Consuela. »Ich überlege ernsthaft, ob ich nicht auch noch Ernestos Trainingsgeräte versetzen soll. Los, lass uns gehen, Peter. Der Captain weiß, dass wir nicht schwer verletzt sind, und erwartet uns in zwanzig Minuten in seinem Büro.«

»Gut«, sagte Peter. »Was macht deine Nase?«

Statt einer Antwort stimmte Consuela »I Feel Pretty« aus My Fair Lady an.

»Ich komme gleich«, rief Peter ihr nach.

Mallory versuchte ebenfalls, durch die Tür zu schlüpfen, aber Peter hielt sie am Arm fest. Seine edelmütige Entscheidung, sich von ihr fern zu halten, hatte die letzten

Tage zur Hölle auf Erden gemacht. Jeden Tag hatte er an sie gedacht, jede Nacht von ihr geträumt, in der Gewissheit, dass sie ihn nicht wollte und er ihr nichts als Schmerz zufügen würde. Er war der festen Überzeugung gewesen, dass er dieses Mal nicht das bekam, was er sich wünschte. Dann hatte er sie plötzlich mit diesem grimmigen Gesichtsausdruck in der Tür der Notaufnahme stehen sehen, und ihr Anblick hatte ihn glatt umgehauen. Sie hatte gespürt, was mit ihm passiert war!

Es gab kein Zurück – was auch immer es sie und auch ihn kosten würde. Es gab eine Verbindung zwischen Mallory Atkinson und ihm, irgendetwas sehr Ursprüngliches und Starkes verband sie beide. Diese Tatsache zu ignorieren oder beiseite zu schieben wäre gleichbedeutend damit, sich sein eigenes Herz herauszureißen. Ob zum Guten oder zum Schlechten, er brauchte sie zum Überleben. Es gab keine andere Möglichkeit.

Er hatte sich bereits zu tief in diese Sache verstrickt. Er brauchte sie nicht nur, sondern wollte um jeden Preis ein Teil ihres Lebens sein. Obwohl sie selbst den kleinsten Annäherungsversuch seinerseits bisher abgeschmettert hatte, und obwohl es bedeutete, Sicherheit gegen Gefahr einzutauschen.

Bis zu diesem Tag hatte er ein bequemes und sorgloses Leben geführt, und Mallory Atkinson war weit davon entfernt, ihm ein solches Leben bieten zu können. Sie war eine einzige Herausforderung, sowohl was sein bisheriges Leben betraf als auch seine Zukunft. Sie bot keinerlei Garantien, nein, sie verweigerte sie ihm sogar ausdrücklich. Dennoch war sie diejenige, die ihn zurück in die Welt der Lebenden holte.

Für einen Mann, der die Zukunft vorhersagen konnte,

war sie das größte Geschenk – nämlich eine ständige Überraschung. Er wusste nie, was sie im nächsten Moment sagen oder tun würde.

Er hatte sich eine Frau gewünscht, die ihm half, den Schmerz und die Leere in seiner Seele zu lindern, und stattdessen hatte er eine Seelenverwandte gefunden, die mit ihrem eigenen Kummer zu kämpfen hatte. Mit ihrer eigenen Leere. Er mochte eine wandelnde Leiche sein, aber Mallory hatte sich ganz und gar ihrer Trauer und ihrer Furcht ergeben. Pflanzen und Horace waren die einzigen Lebewesen, denen sie Zutritt zu ihrem Leben gewährte. Was zwar verständlich war, aber trotzdem nicht so bleiben durfte.

Es musste geändert werden, weil kein Wesen in einem so winzigen Käfig leben sollte. Er war davon ausgegangen, dass er Mallory nur Schmerzen zufügen würde. Doch nun begriff er, dass er sie auch befreien konnte. Vielleicht würde das nicht ohne Schmerzen abgehen, aber dennoch wäre es eine Befreiung. Und in seinen Augen war es ein durchaus fairer Handel – wenn er ihr half, ihrem selbst errichteten Gefängnis zu entkommen, konnte sie ihm vielleicht helfen, dem seinen zu entfliehen. Es war einen Versuch wert. In Wahrheit war Mallory alles wert.

Dieses Glücksgefühl, das ihn bei Mallorys Anblick im Türrahmen durchströmt hatte, diese Freude, dass sie trotz ihrer Mauern und Ängste über eine so große Distanz hinweg gespürt hatte, was mit ihm los war, dass sie etwas für *ihn* empfand, hatte seine Einstellung, was eventuelle Gefahren oder seine edle Gesinnung betraf, grundlegend verändert. Ein müheloses, sicheres und sorgloses Leben aufzugeben war kein zu hoher Preis für dieses Glück und die Freude über das, was sie verband.

Sie würde nicht leicht zu überzeugen sein, aber er würde es schaffen.

»Danke für die Warnung«, sagte er.

Sie drehte sich um und musterte ihn mit unverhohlenem Widerwillen. »Es scheint dir nicht viel genützt zu haben.«

»Wenn ich mich nicht an das Messer erinnert und rechtzeitig weggedreht hätte, wäre es mir bestimmt noch viel mehr *unter die Haut gegangen.*«

»Dieses Wortspiel passt hervorragend in deine Sammlung lausiger Wortspiele.«

»Mallory, du erinnerst dich an meine dämlichen Witze! Das heißt, ich bedeute dir etwas!«

»Auf Wiedersehen, Drake«, knurrte Mallory, machte auf dem Absatz kehrt und verschwand.

»Bis bald!«, rief Peter ihr nach.

»Nicht in diesem Leben!«, rief sie zurück.

Doch Peter, aufgeputscht von etwas ganz anderem als Schmerzmitteln und Adrenalin, plante bereits den nächsten Schritt.

Obwohl sie tief schlief, spürte Mallory, wie sie in einen Traum glitt, und tief in ihrem Inneren wusste sie, dass dieser Traum Wirklichkeit war; nicht etwas, das noch kommen würde, sondern etwas, was gewesen war. In einem vorherigen Leben,

Sie befand sich im Jahr 1923. Sie war ein Mann: Charles Gordon. Sehr gut aussehend und sehr reich, verheiratet mit einer schönen und verwöhnten Frau, ein Gesellschaftslöwe, getrieben von Neid und Ehrgeiz.

Seine Frau suchte stets seine Sekretärinnen aus. Sie stellte Terry Monroe ein. Terry war nicht schön, ja nicht einmal hübsch. Sie besaß eine niedrige Stirn, eine platte Nase und nicht zu bändigende kurze, schwarze Locken. Ihre Fähigkeiten waren ausreichend, ihr Aussehen alles andere als anziehend, und Sophia war hoch zufrieden mit ihrer Wahl.

Nach einer Woche hatte sich Charles hoffnungslos, wahnsinnig und leidenschaftlich in die wenig reizvolle Terry Monroe verliebt. Sie wurde seine Geliebte. Sie wollten heiraten, doch so weit sollte es nicht kommen.

Sophia ertappte sie eines Tages eng umschlungen auf der Couch in seinem Büro. Sophia tobte – nicht nur, weil Charles eine Affäre hatte, sondern weil er diese Affäre mit einem so farblosen Geschöpf hatte – und erschoss dieses Geschöpf, das sie für die Quelle ihrer öffentlichen Demütigung hielt, nämlich Terry Monroe, während Charles Gordon seine Frau hysterisch anschrie, endlich aufzuhören, um Gottes willen aufzuhören!

Am Ende des Traumes und als Terry ihr Leben aushauchte, wusste Mallory, dass sie vor siebzig Jahren Charles gewesen war. Und Peter war Terry Monroe gewesen.

Als Mallory am Freitagmorgen aufwachte, hatte sie immer noch Charles' Schreie im Ohr. Sie fühlte sich entsetzlich. Den Tag mit einem Mord zu beginnen, war ein denkbar miserabler Start. Und dass das Telefon neben ihrem Bett klingelte, hob ihre Laune auch nicht gerade. Sie tastete nach dem Hörer und riskierte einen Blick auf die Uhr. Halb sechs, stellte sie unwillig fest.

»Was?«, knurrte sie ins Telefon.

»Ich habe von dir geträumt«, schnurrte Peter.

Aus irgendeinem Grund errötete sie.

»Ich habe geträumt«, fuhr Peter fort, »dass wir in meinem Wohnzimmer sitzen und stundenlang wie die besten und engsten Freunde miteinander reden.«

»Das interessiert mich nicht!«, fuhr Mallory ihn an. »Ich will das nicht wissen. Auf Wiederhören!«

»Ah, ah, ah! Es wird bald passieren, vielleicht noch diese Woche«, fuhr Peter unbeirrt fort. »Meine Träume bewahrheiten sich gewöhnlich. Eine nette zwanglose Unterhaltung, nur wir beide.«

»Eher fällt in China ein Sack Reis –«

Die Leitung war tot.

»Verdammt«, murmelte sie. Zuerst ein Mord und jetzt auch noch Peter Drake, der ihr etwas von einer freundlichen Unterhaltung ins Ohr säuselte. Wunderbar, einfach toll. Sie hasste all das. Peter Drake entwickelte sich langsam zum lästigsten Mann, den sie je kennen gelernt hatte. *Sie* träumte von Mord, *er* von hellem Sonnenschein. Es war einfach nicht fair.

Ebenso unfair war es, dass ihr ihr Verstand Streiche spielte, bevor sie aus dem Bett schlüpfte. Wenn seine Träume tatsächlich so exakt waren, wie er behauptete, würde sie über kurz oder lang in Peter Drakes Apartment sitzen und mit ihm plaudern, und das Schlimmste daran war, dass es sich auch noch verflixt gut anhörte!

Sie verzichtete auf die Dusche, zog sich eilig etwas über und setzte Horace eine Dose Katzenfutter vor. Der Kater warf ihr einen pikierten Blick zu, da er Besseres gewohnt war. Sie nahm ihre Handtasche und ging zum Wagen.

Als sie ins Fitnesscenter kam, war es gerade mal sechs. Die nächsten fünfundvierzig Minuten verbrachte sie im Schwimmbecken. »Ich denke nicht daran, diesen Kerl in mein Leben zu lassen. Ich denke nicht daran«, wiederholte sie bei jedem Schwimmzug wie ein Mantra.

Um Viertel nach sieben stürmte sie ins Büro und schlug die Tür lautstark hinter sich zu.

Mike blickte fragend hoch.

»Falls Peter Drake anruft – ich bin nicht da«, informierte sie ihn. »Wenn er eine Nachricht hinterlässt, zerreiß sie. Und wenn er durch diese Tür kommt, erwarte ich von dir, dass du ihn von meinem Grundstück jagst, notfalls mit vorgehaltener Pistole! Und die da wirfst du weg!«, sagte sie und deutete auf die Vase mit den zwei Dutzend Nelken, die auf Mikes Schreibtisch stand.

»Sie sind von Drake.«

»Ich weiß!«

Sie stürmte in die Werkstatt.

Mike griff nach dem Branchenverzeichnis und suchte unter der Rubrik »Gesellschaftskleidung« nach einem Laden in der Nähe, in dem er einen Smoking ausleihen konnte.

An diesem Tag nahm er sechzehn Nachrichten von Peter Drake entgegen und zerriss gehorsam eine nach der anderen. Als der Inspector um sechs Uhr abends auftauchte, erklärte er ihm ruhig und sachlich, dass Mallory bereits Schluss gemacht hätte. Sie sei jedoch nicht nach Hause gefahren, sondern verbringe das Wochenende nicht in der Stadt, deshalb sei es sinnlos, vor ihrem Haus herumzulungern.

Ärgerlich stürmte Inspector Drake aus dem Büro.

Ebenfalls ärgerlich wachte Mallory am Montagmorgen auf. In Wahrheit war sie außer sich vor Wut und fürchtete sich immer mehr – weniger vor Peter Drake, sondern eher vor sich selbst. Obgleich sie das Wochenende in einem Ferienhaus am Russian River verbracht hatte, also nicht einmal in derselben Stadt wie er gewesen war, hatte sie jede Nacht von Peter geträumt. Seit ihrer ersten Begegnung, hatte es keine einzige Nacht mehr gegeben, in der sie *nicht* von ihm geträumt hatte. Sie hatte davon geträumt, mit ihm zu schlafen, ihn zu necken und zum Lachen zu bringen, bis sie beide kaum noch Luft bekamen.

Als sie zur Arbeit fuhr, zwang sie sich, nicht länger zu ignorieren, dass sie ihn in Wahrheit gern mögen würde. Sogar sehr mögen. Sie wollte sich über seinen Ficus, seine bunten Nelken und über alles andere freuen, was er ihr zweifellos heute im Laufe des Tages schicken würde. Dass er etwas schicken würde, stand völlig außer Frage. Bei ihrer Rückkehr vom Russian River hatte ein Rosenstrauß vor ihrer Eingangstür auf sie gewartet. Er war, aus welchem Grund auch immer, zu dem Entschluss gelangt, wieder in ihrem Leben aufzutauchen, und hatte die Absicht, dort zu bleiben, wenn sie der beiliegenden Karte Glauben schenken durfte. Das war ein schwerer Schock für Mallory. Mr. Drake war offenbar kein Mann, der leicht aufgab. Das hatte er zur Genüge bewiesen.

Was Mallory aber noch viel größere Angst einjagte, war die Tatsache, dass sie sich insgeheim darüber freute, dass er wieder in ihr Leben getreten war. Es war so schön, begehrt zu werden. Und es war sehr lange her, dass jemand den Wunsch verspürt hatte, ein Teil ihres Lebens zu sein. Ihre Haut begann zu glühen, von Tag zu Tag mehr, und erfasste ihren ganzen Körper.

Sie sehnte sich danach, über Peters alberne Scherze zu lachen, wollte ihr wachsendes körperliches Verlangen nach ihm spüren. Sie ertappte sich dabei, dass sie sich überlegte, wie es sich wohl anfühlen würde, von ihm berührt zu werden, und wie es wäre, ihre eigene brennende Neugier zu befriedigen, indem auch sie ihn überall berührte.

Doch diese Gedanken, waren nicht nur unklug, sondern außerordentlich gefährlich. Ihre Sicherheit und Gesundheit erforderten, dass sie sich mit keinem Mann einließ, insbesondere nicht mit einem, dessen Gefühle sie quer durch die ganze Stadt wahrnehmen konnte, dessen Tode in seinen vergangenen Leben sie in ihren Träumen verfolgten und der so felsenfest davon überzeugt war, näher an sie herankommen zu müssen.

Das musste auf der Stelle ein Ende haben. Peter Drake war sich seiner Sache viel zu sicher. Sie würde die Ausnahme von der Regel sein, ihm einen Strich durch die Rechnung machen. Kapitulation? Unmöglich! Sie dachte nicht daran, eine Beziehung einzugehen, in der sie nur Schmerz erwartete. Auf keinen Fall.

Deshalb befahl sie Mike Gramble am Montag kurz vor ein Uhr mittags, den prächtigen Gänseblümchenstrauß wegzuwerfen, der gerade angeliefert wurde. Mit einem bedauernden Seufzer gehorchte er. Dieses Szenario wiederholte sich auch am Dienstag, wo er einen hübschen Strauß Veilchen entsorgte. Am Mittwoch warf er die netten Tulpen weg – äußerlich völlig gelassen, während er sich innerlich vor Lachen auf die Schenkel klopfte. So viel Spaß hatte er seit Jahren nicht mehr gehabt.

Ganz im Gegensatz zu Peter – er war seit Jahren nicht mehr so wütend gewesen. Völlig fasziniert beobachtete Consuela Herrera ihren Partner, als er am Mittwochnachmittag zum Telefon griff und verbissen dieselbe Nummer eintippte, die er schon die ganze Woche pausenlos gewählt hatte. Er sagte nicht einmal Hallo, als jemand den Hörer abnahm.

»Holen Sie Mallory ans Telefon, Mike, oder ich reiß Ihnen den Arsch auf, und zwar gleich hier am Telefon!«, knurrte er nur.

Dröhnendes Gelächter war am anderen Ende der Leitung zu hören. »Nichts zu machen, Inspector. Der Boss hat mir strikte Anweisungen erteilt. Ich soll Ihnen ausrichten, dass sie nicht mehr hier wohnt, sondern nach Alaska gezogen ist. Falls Sie so dumm sein sollten, eine Nachricht zu hinterlassen, soll ich sie zerreißen. Lassen Sie sich eine neue Taktik einfallen.«

»Helfen Sie mir lieber, dass ich Mallory zu Gesicht kriege. Auf Ihre moralische Unterstützung kann ich verzichten, mein lieber Trauzeuge!«, blaffte Peter.

Wieder Lachen. »Hey Kumpel, ich hab Ihnen von Anfang an gesagt, dass Sie bei dieser Geschichte nur meine moralische Unterstützung kriegen, mehr nicht.«

»Welche Geschichte?!«, brüllte Peter. »Ich komme nicht mal so dicht an sie ran, dass ihre Brillengläser beschlagen könnten!«

»Sie trägt keine Brille.«

Peter warf den Hörer auf die Gabel.

»Du bist ernsthaft durch den Wind, Partner«, bemerkte Consuela sanft.

»Ich verliere ernsthaft meinen Verstand«, knurrte er und lehnte sich zurück. »Frauen sind der Untergang der Menschheit.«

»Und wir mögen euch auch sehr gern.«

Ein zögerliches Lächeln erschien auf seinem Gesicht – das erste in vier Tagen. »Ich bin mir keineswegs zu fein, dich um Hilfe zu bitten.«

»Wird auch höchste Zeit«, erwiderte Consuela trocken. »Wenn Ernesto sich verlaufen hat, irrt er lieber stundenlang herum, als sich dazu herabzulassen, jemanden nach dem richtigen Weg zu fragen. Ich freue mich, dass du mehr gesunden Menschenverstand hast.«

»Das habe ich nicht, ich bin einfach nur verzweifelter.«

»Oh, Hochmut kommt eben vor dem Fall.«

»Und was soll das nun wieder heißen?«

»Ich hätte nicht gedacht, dass du dich jemals in die menschlichen Niederungen begebe und dich verlieben würdest. Es ist doch Liebe, oder?«

Peter blinzelte, während sein Herz sich schmerzlich zusammenzog. »Höchstwahrscheinlich«, sagte er so lässig, wie er nur konnte. »Was rätst du also?«

Consuela legte die Beine auf den Schreibtisch. »Dein Problem ist, Peter, dass du dich viel zu sehr wie ein Gentleman benimmst. Es wird höchste Zeit, dass du endlich zu anderen Mitteln greifst. Mach es doch einfach wie die Neandertaler.

»Wie bitte?«

Consuela sah ihn mitleidig an. »Brate ihr eins über und schlepp sie zum Abendessen in ein Restaurant.«

Peter sah sie ungläubig an. »Aber ich bin nun einmal ein Mann des einundzwanzigsten Jahrhunderts.«

»Du bist ein Idiot, wenn du dich weiter so von ihr vorführen lässt.«

Das schien zu wirken. Er lehnte sich zurück, starrte mindestens eine Viertelstunde wie gebannt an die Zimmerdecke, ehe sich ein boshaftes Lächeln auf seinem Gesicht ausbreitete.

7

Fünf Minuten vor sechs schlenderte Inspector Peter Drake ins Büro von Gutenbergs Autowerkstatt.

»Hallo, Mike«, grüßte er freundlich.

»Hallo«, gab Mike gelassen zurück. »Ich darf Sie nicht reinlassen, sondern man erwartet sogar von mir, Sie notfalls mit vorgehaltener Pistole zu vertreiben.

»Haben Sie denn eine?«, erkundigte sich Peter interessiert.

»Nein«, erwiderte Mike grinsend, »hab noch nie eine gebraucht. Ein Blick in meine Fresse, und schon sind die bösen Buben davongelaufen als wäre der Teufel hinter ihnen her.«

»Überlegen Sie sich nur mal, wie viel Geld Sie für die Munition gespart haben«, murmelte Peter. »Mike, Sie sind doch ein gesetzestreuer Bürger, oder?«

»Absolut, wenn ich nüchtern bin.«

»Und wenn ein Polizist Ihnen einen Befehl erteilt, würden Sie ihm doch nachkommen, hab ich Recht?«

»Klar. Es sei denn, besagter Polizist würde mir befehlen, ihn zu Mallory zu lassen.«

»Natürlich«, sagte Peter. »Oh, Consuela!«

Consuela Herrera kam ins Büro geschlendert und verkniff sich ein Grinsen. »Hast du mich gerufen?«

»Mike, würden Sie sich bitte mit dem Gesicht zur Wand drehen?«, forderte Peter ihn freundlich auf.

Mike runzelte misstrauisch die Stirn. »Was soll das werden? Glauben Sie vielleicht, Sie können sich hinter meinem Rücken reinschleichen?«

»Nichts dergleichen«, antwortete Peter freundlich. »Drehen Sie sich bitte einfach nur einen Moment um, okay? Ich gebe Ihnen mein Ehrenwort, dass ich mich nicht hinter Ihrem Rücken in die Werkstatt schleiche.«

Mike, der viel zu neugierig war, was als Nächstes passieren würde, gehorchte. Als Nächstes legte Consuela ihm Handschellen an.

»Hey!«, rief Mike und fuhr herum.

Peter reichte Consuela seine Handschellen, die daraufhin eine an den Handschellen befestigte, mit denen Mikes Hände auf seinem Rücken gefesselt waren, während sie die andere am Schubladengriff des Metallschranks zu seiner Rechten einrasten ließ.

Mit höchst zufriedener Miene ging Peter zur Tür, die in die Werkstatt führte. »Wie Sie sehen«, sagte er, »schleiche ich mich nicht hinter Ihrem Rücken hinein.«

Mike Gramble hatte in seinen Säuferjahren eine Reihe von Kraftausdrücken aufgeschnappt, die er nun einen nach dem anderen Peter wütend an den Kopf warf.

Consuela musterte ihn bewundernd. »Das ist wirklich erstaunlich«, feuerte sie ihn an. »Weiter so.«

Mallory, die den Aufruhr im Büro mitbekam, ließ den Audi, an dem sie gerade arbeitete, hinter sich, um nachzusehen, was los war, als Peter die Werkstatt betrat. Ein Blick in sein Gesicht ließ sie zurückweichen, doch dann riss sie sich zusammen. Schließlich hatte sie ihre Prinzipien.

»Raus hier!«, rief sie und hob kampflustig den Schraubenzieher.

»Ich Tarzan«, erklärte Peter, packte sie am Handgelenk

und entwand ihr den Schraubenschlüssel, »du Jane.« Er warf den Schraubenschlüssel zu Boden. »Uuuaaahh.« Dann warf er sie sich über die Schulter und marschierte zur Tür.

»Drake!«, schrie Mallory. »Drake, lass mich runter!«

»Um eins deiner Lieblingswörter zu gebrauchen: Nein.«

»Mike!«, schrie Mallory. *»Mike!«*

»Ich fürchte, Mr. Gramble ist vorübergehend außer Gefecht«, sagte Peter leichthin und öffnete die Tür zum Büro.

Da Mallory kopfüber über seiner Schulter hing, erkannte sie Mikes prekäre Lage erst, als Peter die Eingangstür erreicht hatte.

»*Mike*!«, kreischte sie.

»Tut mir Leid, Mallory«, sagte er beschämt, »sie waren einfach zu schnell für mich.«

»Wie geht's, Mallory?«, fragte Consuela mitfühlend, die auf Mikes Schreibtisch saß.

»Ging mir schon besser«, fauchte Mallory, während Peter sie auf den Parkplatz trug. »Dafür wirst du in der Hölle schmoren, Drake. *Lass mich runter*!«

»Okay«, sagte Peter, öffnete die Fahrertür des BMW und verlagerte Mallorys Gewicht, so dass sie auf seinem Schoß saß, als er einstieg.

Sie wollte sich gerade frei strampeln, als er sie hochhob und auf den Beifahrersitz setzte. Seelenruhig ignorierte er die Schläge, mit denen sie seinen Rücken traktierte, und beugte sich hinüber, um ihren Sicherheitsgurt zu befestigen. Dann schnallte er sich selbst an, startete den Motor und schoss davon.

»Sitzt du bequem?«, erkundigte er sich rücksichtsvoll, während er eine scharfe Rechtskurve nahm.

Er riskierte einen vorsichtigen Blick in ihre Richtung und erwartete, eine wutschäumende Amazone zu sehen. Doch stattdessen erkannte er Mallory Atkinson neben sich, die Tränen lachte und fast keine Luft mehr bekam.

»Hilfe, Polizei!«, japste sie erschöpft. »Ich werde gekidnappt!«

»Nein, nein, nein«, grinste er, »so schlimm ist es nicht. Ich gehe nur mit dir essen.«

»Irgendwie muss ich die Einladungskarte verlegt haben.«

»Neandertaler brauchen keine Einladungskarten. Sie sehen etwas, was ihnen gefällt, und nehmen es sich einfach.«

»Eine Frage: Gehst du mit mir essen, oder *bin* ich das Essen?«

Peter grinste. »Warten wir ab, wie der Abend sich entwickelt, okay?«

Den Rest der Fahrt zu seiner Wohnung in Noe Valley las ihm Mallory abwechselnd gründlich die Leviten und wurde von Lachkrämpfen geschüttelt. Er fuhr in die Auffahrt zu seinem Apartmenthaus und stellte den BMW auf dem schmalen, auf seinen Namen reservierten Parkplatz ab.

»Rühr dich nicht vom Fleck«, drohte er und hob warnend den Zeigefinger.

Er stieg aus, ging um den Wagen herum zur Beifahrertür, öffnete sie, löste ihren Sicherheitsgurt und hievte sie wieder über seine Schulter.

»Drake! Das ist ja lächerlich!«, quiekte Mallory, als er mit ihr zur Eingangstür marschierte. »Ich kann allein gehen. Wohin du mich auch bringen willst, ich gehe allein!«

»Nichts da. Ich muss die Regeln einhalten. Neandertaler lassen nicht zu, dass ihre Beute neben ihnen herläuft, das untergräbt ihre Autorität.«

Nach einem Blick auf die Treppe, die in den dritten Stock führte, überlegte Peter für den Bruchteil einer Sekunde, ob er seine Meinung nicht lieber ändern sollte. Aber nein, er würde den Schwanz nicht einziehen. Er war Tarzan, er hatte Jane fest im Griff, und am besten sorgte er dafür, dass es auch so blieb. Uuuaaahh.

Nach den ersten beiden Stockwerken kicherte Mallory noch immer. »Es dauert nicht mehr lange, dann geben deine Beine nach«, bemerkte sie, als er die dritte Treppe in Angriff nahm.

»Unsinn«, widersprach Peter schwer atmend. »Wir sind gleich da.«

»Vorher bekommst du bestimmt einen Herzinfarkt, Drake.«

»Ich habe mir angewöhnt ... nie auf das ... unzusammenhängende Gefasel meines potenziellen Abendessens zu hören.«

»Ich frage mich, ob der Bürgermeister über die schockierende physische Verfassung seiner Gesetzeshüter Bescheid weiß?«

»Vorsicht, Ms. Atkinson, sonst muss ich Ihnen ... noch meine ... tatsächliche körperliche Verfassung ... demonstrieren.«

»An Selbstbewusstsein mangelt es ihm jedenfalls nicht«, murmelte Mallory, als Peter endlich seine Wohnungstür erreicht hatte.

Er fischte den Schlüssel aus seiner Jacke, schloss die Tür auf, trug Mallory in seine Wohnung und schlug die Tür mit dem Absatz zu, ehe er sicherheitshalber den Schlüssel zweimal umdrehte.

»Hilfe! Zu Hilfe!«, rief Mallory mit bebender Stimme. »Ich bin einem bösen Mann mit niederträchtigen Absichten ausgeliefert.«

Peter stellte sie auf ihre Füße und grinste sie an. »Du bist doch seit deinem fünften Lebensjahr, als du dich mit dem notorischen Rüpel aus deiner Klasse geprügelt hast, keinem männlichen Wesen mehr ausgeliefert gewesen, hab ich Recht?«

»Na ja«, korrigierte Mallory bescheiden, »in Wahrheit war ich ja schon sechs.«

Leise lachend schaltete Peter das Licht an und warf sein Jackett über eine Stuhllehne.

»Ich dachte, du willst mit mir essen gehen«, meinte Mallory etwas unsicher, während sie den Blick über den Holzfußboden, das grünbraune Sofa, die gerahmten Poster des American Conservatory Theater an den Wänden, den Fernseher und die Stereoanlage wandern ließ.

»Das tue ich doch«, meinte Peter und lehnte sich gegen das Sofa.

Mallory sah ihn interessiert an. »Wolltest du noch einen Sketch aufführen, bevor wir ins Restaurant gehen?«, fragte sie.

»Wir werden Chez Moi essen.«

»Ach ja?«

»Ein Neandertaler schleppt seine Beute grundsätzlich in seine Höhle, musst du wissen.«

»O nein«, stöhnte sie.

Die Türglocke ertönte, und Mallory fuhr erschrocken zusammen.

»Ah! Unser Essen«, sagte Peter zufrieden, ging zur Tür und schloss auf.

»Hey, Mr. Drake«, sagte der schlaksige Teenager.

»Derek! Mein Lieblingsbote«, rief Peter und nahm ihm den großen Pappkarton aus der Hand. »Wie läuft's im Volleyballteam?«

»Morgen Abend machen wir die Balboa High so richtig nass.«

»Freut mich zu hören«, sagte Peter und bezahlte die Lieferung und gab dem Jungen ein großzügiges Trinkgeld. »Bis zum nächsten Mal.«

»Klar«, antwortete Derek, winkte fröhlich und lief die Treppe hinunter.

Peter verschloss die Tür und drehte sich triumphierend zu Mallory um. »Das Essen ist serviert.«

Mallory konnte sich ein Grinsen nicht verkneifen. »Du weißt wirklich, wie man ein Mädchen beeindrucken kann, Drake.«

»Meine Intuition hat mir gesagt, dass du ganz verrückt nach Pietros Prima Pizza bist.«

»Pietros?!«, rief Mallory begeistert und folgte ihm ins Esszimmer. »Drake, du verfügst ja über ungeahnte Talente!«

Peter lachte und stellte den Pizzakarton auf den Tisch. Dann holte er Teller, Besteck und Weingläser aus seinem Kirschholzschrank, reichte Mallory einen silbernen Tortenheber und bat sie, die Pizza aufzuteilen. Er verschwand in der Küche und kehrte wenige Augenblicke später mit einer Flasche Rotwein zurück, den er in zwei Weingläser aus Kristall goss.

Eilig verteilte er Teller, Bestecke und Gläser auf seinem Kirschholzesstisch und rückte Mallory den Stuhl zurecht.

»Was?«, murmelte sie und setzte sich. »Keine Kerzen?«

»Wie immer«, sagte er dicht an ihrem Ohr, »ist mir dein Wunsch Befehl.«

Er nahm einen silbernen Kerzenleuchter aus dem Schrank, steckte hohe elfenbeinfarbene Kerzen hinein und zündete sie an. Dann drehte er die Deckenbeleuchtung ein wenig herunter und setzte sich Mallory gegenüber. Er atmete den verführerischen Duft des riesigen Pizza-Stückes ein, das sie ihm abgeschnitten hatte, und sah sie an.

»Einfach himmlisch«, verkündete er.

Sie lächelte und hob ihr Glas. »Auf Pietro, möge er noch lange backen.«

»Amen«, fügte er hinzu und stieß mit ihr an.

Dann machten sie sich über das Essen her. Ihr erstes Stück Pizza verschlangen sie in einträchtigem Schweigen, ehe sie sich etwas langsamer einem zweiten widmeten.

»Jetzt mal ehrlich, Drake«, sagte Mallory, die ungeniert einen Käsefaden in die Länge zog und in ihren weit geöffneten Mund bugsierte, »woher wusstest du, dass ich für eine Pietros Prima jede Räuberhöhle, sogar deine, betreten würde?«

»Ganz einfach, meine liebe Miss Atkinson. *Ich* bin Detective. Meine Schlussfolgerung war, dass die perfekte Frau für mich natürlich alles mögen muss, was es bei Pietro gibt. Da du die perfekte Frau für mich *bist*, musstest du auch Pietros Pizza mögen. Also nur eine simple logische Schlussfolgerung.«

Mallory verschluckte sich beinahe an ihrem Käse. »Du bist ein hoffnungsloser Fall, Drake.«

»Unsinn. Sagtest du nicht, dass wir uns schon seit Ewigkeiten kennen, uns schon früher begegnet sind? Na ja, jetzt tun wir es wieder. Gib mir bitte noch ein Stück.«

Mallory gab noch ein Stück auf seinen Teller und trank einen Schluck Wein. »Ich dachte, du hättest beschlossen, dich zurückzuhalten«, sagte sie.

»Ich habe meine Meinung geändert.«

»Warum?«

Peter lächelte sie an. »Erstens war da Bertoch und sein Messer. Zweitens habe ich nachgedacht, und dann waren da noch meine Träume. Du warst ohnehin schon ein Teil meines Lebens, deshalb erschien es mir nur logisch, dass du auch körperlich anwesend sein solltest.«

Warum wurde sie denn schon wieder so rot?

»Und was ist, wenn ich kein Teil deines Lebens sein will?«, erkundigte sie sich.

»Du hast keine andere Wahl. Ich Tarzan, du Jane, wie in *Tarzan und seine Frau*. Schneidest du mir bitte noch ein Stück ab?«

»Wieso habe ich eigentlich das Gefühl, ganz dicht vor einem Becken zu stehen, in dem es vor Krokodilen nur so wimmelt?«, murmelte Mallory, während sie ein drittes Stück Pizza auf seinen Teller gab. »Hast du noch nie etwas davon gehört, dass man nicht immer alles bekommt, was man haben möchte?«

»Nein.«

»Dann wird es höchste Zeit.«

»Oh, ich bekomme, was ich haben möchte«, sagte Peter leichthin.

»Und zwar?«

»Dich vor den Altar zu führen und danach glücklich bis an unser Lebensende mit dir zu leben.«

»Bist du vielleicht auf Drogen?«, konterte Mallory scharf und trank eilig noch einen Schluck Wein.

»Natürlich nicht, obwohl ich zugeben muss, dass ich nach deinem ätzenden Humor süchtig werden könnte.«

»Dich hätte man schon vor langer Zeit einweisen müssen.«

»Um dir damit das Vergnügen meiner Gesellschaft vorzuenthalten? Nicht doch!«

Sprachlos starrte Mallory ihn einen Augenblick lang an. »Du bist ein arroganter Mistkerl, weißt du das?«

»Oberflächlich betrachtet mag das so aussehen. Aber in Wirklichkeit bin ich ein toller Bursche. Du wirst es schon noch merken, sobald du mich ein wenig besser kennst.«

»Ich will dich aber nicht besser kennen!«

»Unsinn. Natürlich willst du das. Ich wollte immer schon Polizist werden«, wechselte Peter unvermittelt das Thema.

Sie sah ihn überrascht an.

»Schon als kleiner Junge wollte ich immer nur Räuber und Gendarm spielen«, fuhr Peter fort, »oder den Sheriff, der im Wilden Westen die Städte von hinterhältigen Banditen befreit. Am liebsten wäre ich Sheriff von Dogde City geworden, mit einem Revolver mit Elfenbeingriff im Halfter. Na ja, aber dann bin ich erwachsen geworden, habe artig Petitionen gegen den Handel mit Elfenbein unterschrieben und nach dem Abschluss an der Universität von Stanford die Polizeiakademie besucht. Ich habe einen Magister in Psychologie, falls es dich interessiert.«

»Tut es nicht«, sagte Mallory und schenkte sich Wein nach.

Peter grinste. Mann, diese Frau war wirklich einzigartig! »Den meisten Menschen fällt es ziemlich schwer, sich vorzustellen, dass ich meinen Job liebe«, fuhr er fort, als hätte er ein Publikum vor sich, das ihm förmlich an den Lippen hing. »In der Mordkommission zu arbeiten ist ziemlich anstrengend, weil man überdurchschnittlich viel von menschlichen Abgründen, Grausamkeiten und Elend zu sehen bekommt. Aber der eigentliche Grund, warum ich jeden Morgen wieder gern zur Arbeit gehe, ist die Chance, und sei sie auch noch so gering, etwas Gutes zu bewirken. Ich glaube allen Ernstes an die Gerechtigkeit. An das Recht jedes Einzelnen, ein Leben in Sicherheit und Frieden zu führen. Wenn eine Kugel, ein Messer, ein Auto oder eine Faust diese Gerechtigkeit gefährden, gibt es mir ein tiefes Gefühl der Befriedigung, wenn ich … na ja, nicht gerade als Rächer der Menschheit auftrete, aber doch als jemand, der sich für die Gerechtigkeit einsetzt und ihr den Platz in der Gesellschaft verschafft, der ihr zusteht.«

Mallory schob sich ein großes Stück Pizza in den Mund.

»Ich bin sechsunddreißig und habe keine wie auch immer gearteten genetischen Defekte«, fuhr Peter fort, ohne den Blick von ihr zu wenden. »Ich bin Einzelkind. Wenn ich mich recht entsinne, war ich dreimal verliebt, nie verheiratet und nie verlobt. Was nicht heißen soll, dass ich wie ein Einsiedler gelebt habe. Ich mag Tiere, nur Faultiere kann ich nicht leiden. Ich finde, dass Kinder das Beste sind, was einem Erwachsenen, verheiratet oder nicht, widerfahren kann. Ich glaube an meinen Job und an die menschliche Fähigkeit, sich höher und weiter zu entwickeln, als es uns bisher gelungen ist. Ich glaube an Leidenschaft, sexuelle Harmonie und die ewige Liebe. Und ich glaube, dass du und ich dazu bestimmt sind, diese drei Dinge miteinander zu teilen.«

Sie hob abrupt den Kopf und starrte ihn an, während sich eine zarte Röte auf ihrem Gesicht ausbreitete.

»Wie viele Schutzmauern du auch um dich herum errichtet hast, Mallory, ich will all das haben. Ich muss zugeben, ich freue mich schon sehr darauf«, lächelte er.

»Wenn ich klug wäre, würde ich fluchtartig deine Wohnung verlassen«, murmelte Mallory und betrachtete den Rest der Pizza vor ihr auf dem Tisch. »Ach, was soll's«, sagte sie und nahm sich noch ein Stück. »Ich werde deine Hoffnungen später zerstören.«

»Du kannst es gern versuchen«, erwiderte Peter.

»Bestimmt mit Erfolg«, gab Mallory scharf zurück.

»Warum so gereizt?«, grinste Peter unverfroren. »Ich scheine dir ja mächtig unter die Haut zu gehen.«

Mallory überhörte seine letzte Bemerkung. »Dieses Esszimmer ist wirklich erstaunlich.«

»Findest du?«, sagte Peter und vergaß in seiner Überraschung beinahe zu essen. Ihre Fähigkeit, eine Unterhaltung abzublocken und in eine andere Richtung zu lenken, verblüffte ihn immer wieder. »Wieso?«

»Das Wohnzimmer ist so modern, und dies hier ist so … konservativ.«

»Meine Persönlichkeit ist eben vielschichtig«, erklärte er. »Alles hier drin, bis auf die Teller und die Servietten, gehörte meiner Großmutter. Sie ist vor drei Jahren gestorben und hat es mir hinterlassen. Natürlich bin ich ihr jahrelang damit auf die Nerven gegangen.«

»Jemandem auf die Nerven gehen ist *auch* ein Teil deiner Persönlichkeit«, stimmte Mallory ihm ernst zu.

Peter verschluckte sich an einem Stück Pizza, so dass er nichts erwidern konnte.

»Wie alt war deine Großmutter, als sie gestorben ist?«, fragte Mallory.

»Vierundachtzig«, sagte Peter, der den Bissen inzwischen mit einem Schluck Wein hinuntergespült hatte. »In meiner Familie werden alle sehr alt.«

»Ich wünschte, ich könnte dasselbe von meiner Familie behaupten«, murmelte Mallory. »Eltern?«

»Zwei.«

»Leben sie noch?«

»Und wie. Sie feiern demnächst ihren vierzigsten Hochzeitstag und sind immer noch sehr verliebt ineinander.«

»Nun ja, Wunder gibt es immer wieder, nehme ich an«, sagte Mallory und nahm sich ein viertes Stück Pizza.

»Nein, nein, sie tun sehr viel für diese Liebe. So etwas kommt nicht von alleine, verstehst du.«

»Du hast erwähnt, dass du keine Geschwister hast, richtig?«

Das Thema Liebe, stellte Peter fest, behagte ihr nicht.

»Genau.«

»*Das* könnte eine Erklärung für dein unglaubliches Selbstbewusstsein sein«, meinte Mallory und unterstrich ihre Feststellung mit dem silbernen Tortenheber, den sie wie eine Keule gegen ihn schwang. »Geschwister hätten dich frühzeitig in die Schranken gewiesen.«

»Und dir damit den Spaß verdorben? Nein, nein, es war das Beste, dass ich als Einzelkind aufgewachsen bin. Denk nur an die Freude, die ich dir jetzt schenken kann.«

Wieder kroch Mallory die Röte in die Wangen, und Peter hätte einiges dafür gegeben, wenn er ihre Gedanken hätte lesen können.

»Du hast gesagt, du hättest in Stanford studiert«, fuhr sie eilig fort und widmete sich hingebungsvoll ihrer Serviette. »Stammst du aus Kalifornien?«

»Ich bin hier geboren und aufgewachsen«, erwiderte Peter, der zwar jedes ihrer Ausweichmanöver gespannt verfolgte, sich aber nicht das Geringste anmerken ließ. »In der vierten Generation bereits. Meine Familie lebt immer noch in Glen Park.«

»Hat es dich jemals gereizt, die Gegend zu verlassen und anderswo hinzuziehen?«

»Oh, ich habe schon eine Menge Reisen unternommen. Allerdings habe ich lange keinen Urlaub mehr gemacht. Was eigentlich schade ist«, sagte Peter und betrachtete stirnrunzelnd sein Weinglas.

»Du hast dich in deiner Arbeit vergraben, nicht wahr?«

Peter blickte auf. Ihre Miene verriet keine Missbilligung. Stattdessen spielte ein trauriges Lächeln um ihre Lippen, von dem er vermutete, dass es eher ihr selbst als ihm galt.

»Ich spreche aus eigener Erfahrung«, sagte Mallory achselzuckend. »Ich weiß, warum ich es tue. Warum tust du es?«

Sie verdiente eine ehrliche Antwort. Und er ebenfalls. »Es ist schon seltsam«, begann er langsam, »ich scheine alles zu haben, was ein Mann sich nur wünschen kann: liebevolle Eltern, einen Job, der mich zufrieden stellt, gute Freunde. Also kein Anlass zur Beschwerde. Aber trotzdem ist es einfach … nicht genug. Was ich in Wahrheit wollte, habe ich nicht, und es liegt ganz bestimmt nicht daran, dass ich mich nicht darum bemüht habe.«

»Was wolltest du denn?«

»Eine Frau«, sagte Peter schlicht und merkte, dass diese beiden Worte etwa dieselbe Wirkung auf sie hatten wie ein gezielter Schlag in die Magengrube. »Ich wollte eine Partnerin, eine Freundin, eine Geliebte, einen Gefährten«, fuhr er unbeirrt fort. »Jemanden, auf dessen Liebe und Vertrauen ich bauen kann. Jemanden, mit dem ich mir alberne Filme ansehen kann. Jemanden, mit dem ich mich streiten kann. Jemanden, dessen Körper mir so vertraut ist wie mein eigener, und an den ich trotzdem jedes Mal, wenn wir uns lieben, neue Seiten entdecke, und mich daran erfreuen kann. Ich wollte keine Partnerin finden, die auf einem Podest steht oder mich auf eines stellt. Ich wollte weder derjenige sein, der sich um alles kümmert, noch ein Retter. Ich wollte einfach nur eine Partnerin finden, die mich tagsüber begleitet und nachts meine Freundin und meine Geliebte ist, aber ich habe sie nirgends gefunden. Ich glaube, ich habe mich vor der Leere, der Einsamkeit und der Sehnsucht nach all dem in meine Arbeit geflüchtet … und ich bin auch vor meinen Eltern geflohen. Sie haben alles, was ich gern hätte. Mit ihnen zusammen zu sein … tat so weh. Ich wollte so viel, verstehst du, und ich hatte überhaupt nichts. Verstehst du, was ich meine?«, fragte er leise.

»Ja«, sagte Mallory genauso leise und blickte ihm in die Augen, »das verstehe ich.«

Er holte tief Luft. Seelenverwandte. Langsam verstand er, was dieser Begriff bedeutete. »Ich habe nächtelang wachgelegen und gegrübelt. Wieso hat es so lange gedauert, bis ich dir begegnet bin? Und weißt du, zu welchem Schluss ich gelangt bin?«, sagte er, ohne ihrem panischen Blick Beachtung zu schenken. »Ich war noch nicht bereit dafür. Wenn ich dich mit siebenundzwanzig oder dreiunddreißig kennen gelernt hätte, wärst du nichts weiter als eine vorübergehende Erfahrung gewesen, aber nicht ein Teil meines Lebens. Ich kann es leider nicht besser ausdrücken, es ist alles noch sehr neu für mich. Mein Leben lang war ich so eine Art Glückskind. Ich wusste immer, was als Nächstes passieren würde, weil ich die Gabe hatte, in meinen Träumen die Zukunft vorhersehen zu können. Und alles lief so mühelos: meine Karriere, meine Freunde, meine Gesundheit, einfach alles. Und unbewusst wollte ich all das nicht aufs Spiel setzen. Ich schätze, ich hatte einfach Angst vor einer ernsthaften Bindung. Wahrscheinlich gefiel mir mein unkompliziertes Dasein viel zu gut. Ich hatte nicht das Bedürfnis, es aufzugeben, also habe ich es auch nicht getan. Aber leider wurde aus dem unkomplizierten Dasein irgendwann eine Art Albtraum, weil ich mich mehr und mehr darin verlor … also arbeitete ich wie ein Besessener und entwickelte eine Gefühllosigkeit, die genauso unüberwindlich war wie deine Schutzmauern. Ich war innerlich wie tot, bis auf diesen einen Schmerz, der mit jedem Tag schlimmer wurde. Sogar als ich anfing, davon zu träumen, dass ich bald meiner zukünftigen Frau begegnen würde, dachte ich noch, dass ich sie und unsere gemeinsamen Kinder einfach in mein unkompliziertes Dasein verpflanzen könnte. Das dachte ich bis zu dem Augenblick, als du mich das erste Mal aus der Werkstatt werfen wolltest. Plötzlich gab es so etwas wie Überraschung und Spannung in meinem Leben. Etwas, worauf ich mich jeden Tag aufs Neue freuen konnte. Etwas, das mir Hoffnung gab. Irgendwann werde ich diesen Handlanger der Mafia, der meinen Vergaser zerstört hat, aufspüren und ihm dafür danken. Habe ich dir eigentlich schon mal gesagt, wie froh ich bin, dich kennen gelernt zu haben?«

Mallory wandte den Blick ab, und ihre Hand, die das Weinglas umschloss, zitterte leicht. »Ich kann dasselbe nicht von mir behaupten, Drake.«

»Den Eindruck hatte ich leider auch.«

Ah, da war doch ein widerwilliges Lächeln zu sehen. Wunderbar! Es wärmte ihm Herz und Seele.

»Keine Sorge«, beruhigte Peter sie, »das kommt schon noch.«

Mallory musste lachen, presste sich aber hastig die Hand vor den Mund. Sie sah ihn argwöhnisch an. »Du hast immer schon dieses Problem mit deinem Selbstbewusstsein, hab ich Recht, Drake?«

Peter senkte den Kopf. »Das liegt in der Familie. Meine Mutter hat meinem Vater zwei Wochen lang wie ein schamloses Flittchen nachgestellt, bevor er sich schließlich von ihr einfangen ließ. Und schon am nächsten Tag waren sie unterwegs in die Flitterwochen.«

»Zwei Wochen?! Sie kannten sich erst zwei Wochen und haben geheiratet?«

»Mom sagt, sie hätte schon nach zwei Minuten gewusst, dass er der Richtige für sie war. Dad brauchte etwas länger. Zwanzig Minuten, sagt er.«

Mallory sah ehrlich verblüfft aus. »Das verstehe ich nicht. Haben sie auch übersinnliche Fähigkeiten?«

Mauern sind doch etwas Schreckliches, dachte Peter. Durch sie dringt weder die Wahrheit noch die Gefahr.« Jeder hat diese Fähigkeit, Mallory, und das weißt du auch. Manche Menschen nutzen sie eben und entwickeln sie weiter, die meisten aber nicht. Ich nehme an, dass meine Eltern sich ihrer Intuition einfach bewusster waren und ihr eher trauten als viele andere, aber, um deine Frage zu beantworten, nein, sie haben ihre Fähigkeiten nie trainiert. Sie wussten einfach, dass sie den richtigen Partner gefunden hatten und heiraten mussten, um ihr Glück zu finden. So etwas geschieht häufiger, als die meisten für möglich halten.«

»Mein Dad musste meiner Mom drei Jahre lang den Hof machen, bevor sie schließlich kapitulierte«, sagte Mallory und grinste.

»Die Dickköpfigkeit ist also vererbt, wie?«

Ihr Lächeln wurde noch eine Spur breiter. »Höchstwahrscheinlich.«

»Warum hat sie ihn so lange hingehalten?«

Mallory schob sich einen großen Bissen Pizza in den Mund. »Sie wollte erst ihr Studium beenden und dachte, dass sie das als Ehefrau und Mutter nicht schaffen würde. Wir reden hier vom Anfang der sechziger Jahre. Aber sofort nach ihrem Abschluss haben sie geheiratet. Dann hat sie einige Jahre als Journalistin für die *Oakland Tribune* gearbeitet. Und irgendwann sagte sie sich wohl ›Ach, was soll's‹ und bekam mich. Einen ihrer besten Artikel schrieb sie zwei Stunden, bevor sie sie auf die Entbindungsstation gebracht haben. Dafür hätte sie beinahe den Pulitzerpreis bekommen.«

»Klingt nach einer ziemlich willensstarken Frau«, murmelte Peter. »Und wie hat dein Vater das überlebt?«

Mallory lachte, und Peter hielt den Atem an. Ob sie eine Ahnung hatte, wie bezaubernd sie aussah, wenn sie lachte?«

»Normalerweise reichte es schon«, sagte Mallory und kämpfte gegen ihren Lachanfall an, »wenn Dad sie mit diesem bekümmerten Gesicht ansah und ›Oh, Edna‹ sagte. Wenn das nicht half, hat er sie gepackt und so lange geküsst, bis sie Wachs in seinen Händen war.«

»Ein Mann genau nach meinem Geschmack.« Peter schwieg einen Augenblick. *»Edna?«*, fragte er dann.

»Nach Edna St. Vincent Millay.«

»Oh, eine sehr poetische Familie.«

»Meine Mutter konnte jedenfalls sehr gut schreiben, während ich eine herbe Enttäuschung für sie war. Und Jenny …«

»Ja?«

Obwohl sie sich nach Kräften bemühte, konnte Mallory den Schalk in ihren grünen Augen nicht verbergen. »Jenny wollte unbedingt Polizistin werden.«

»Wie grauenhaft!«

»Das fand meine Mutter auch. Dad hatte nur vor, Jen in einen Elfenbeinturm zu sperren, den er extra dafür bauen wollte. Mein alter Dad war sehr geschickt. Er war so eine Art Tischler.«

»Eine Art?«

»Er hat Schränke gebaut, und das in der Plastikgeneration.«

»Und wie war das mit unseren früheren Leben?«

»Dieser Kerl kann es einfach nicht lassen«, brummte Mallory, lehnte sich seufzend zurück und trank einen Schluck Wein. »Im Großen und Ganzen waren sie recht angenehm«, begann sie, »bis auf die Tatsache, dass einer von uns immer kurz vor oder kurz nach der Hochzeit starb.«

»Ich fand immer schon, dass man schlechte Angewohnheiten auch ablegen kann«, beruhigte Peter sie. »Waren wir Antonius und Kleopatra? Tristan und Isolde? Lincoln und Grant?«

Mallory lachte schallend. »Nichts so Berühmtes, glaub mir«, sagte sie. »Wir waren Sioux-Indianer im frühen achtzehnten Jahrhundert, als die amerikanische Armee gerade alles daran gesetzt hat, den Stamm auszurotten. Du hast eine Kugel in den Rücken bekommen. Im sechzehnten Jahrhundert waren wir in einem winzigen irischen Fischerdorf zusammen. Damals war ich der Mann. Zwei Tage vor unserer Hochzeit ertrank ich bei einem Unwetter. Du hast dir die Augen ausgeweint.«

»Na ja, schließlich habe ich dich geliebt«, murmelte Peter.

»Im späten achtzehnten Jahrhundert«, fuhr Mallory hastig fort, »waren wir Sklaven in Alabama und beschlossen, gemeinsam nach Kanada zu fliehen –«

»Aber die Hunde und unser Herr haben uns wieder eingefangen«, unterbrach Peter. »Ich wurde von den Hunden zerfleischt, und du wurdest erschossen.«

Mallory starrte ihn an. »Woher weißt du das?«

Peter lächelte gelassen. »Ich war schließlich dabei.«

»Großer Gott«, murmelte Mallory.

»Erinnerst du dich noch an weitere frühere Leben von uns?«

»An etwa ein Dutzend. Nicht alle sind so deutlich wie die, die ich gerade geschildert habe. Ich …« Sie hielt inne und fuhr ruhelos mit dem Finger über den Rand ihres Weinglases. »An dem Tag, an dem wir uns das erste Mal begegnet sind, habe ich immer wieder beobachtet, wie du dich verwandelt hast und in unterschiedliche Rollen geschlüpft bist. Kurz danach fingen die Erinnerungen an unsere früheren Leben wieder an.«

»Du bist wirklich gut«, sagte Peter bewundernd. »Was Verwandlungen und Auren betrifft, bin ich nicht besonders gut. Nur die üblichen Ahnungen, gelegentlich kann ich ein paar Gedanken lesen und bekomme das große Flattern, sobald eine gefährliche Situation entsteht.«

»Ich glaube nicht, dass im Handbuch für Hellseher erklärt wird, wie man mit dem großen Flattern umgeht. Was tust du dagegen?«

»Ich vermeide gefährliche Situationen«, antwortete Peter grinsend.

»O ja, genau«, konterte Mallory zynisch. »Dass Bertoch dich mit seinem Messer bedroht hat, war also nicht gefährlich?«

»Ich habe nur meine Arbeit gemacht«, wiegelte Peter ab.

»Ach so. Dein Job könnte tödlich enden, Drake.«

»So was gibt es nur im Kino. Fertig mit der Pizza?«

Mallory warf einen letzten Blick auf die Überreste und stöhnte. »Und ob.«

»Gut. Ich auch. Gehen wir in mein modernes Wohnzimmer«, schlug Peter vor, stand auf, nahm sein Weinglas und griff nach Mallorys Hand.

Da war es wieder – dieses schockierend verführerische Kribbeln, das sich von seinem Arm aus über seinen gesamten Körper ausbreitete, während vor seinen Augen alles in einem goldenen Licht verschwamm. Zum Glück kannte er den Weg zu seinem Wohnzimmer. Er zog Mallory neben sich auf die Couch und beobachtete amüsiert, dass sie ihm so beiläufig wie möglich ihre Hand entzog und so tat, als müsse sie ihr Weinglas mit beiden Händen auf dem Glastisch abstellen. Schließlich rückte sie etwa zwanzig Zentimeter von ihm ab.

Im Geiste spulte er die Liste der Themen herunter, die sich bisher als ungefährlich erwiesen hatten und von denen ihm eines vielleicht helfen könnte, diese zwanzig Zentimeter wieder zurückzugewinnen.

»Hatten deine Eltern kein Problem damit, dass ihre Tochter eine begnadete Automechanikerin ist?«

»Meine Eltern fanden es toll«, erklärte Mallory. »Jeden Morgen haben sie jedem Autogott gedankt, der ihnen in den Sinn kam, dass ich ihnen mit meinem Schraubenschlüssel das Leben versüße. Ich habe dafür gesorgt, dass ihr Vega jahrelang lief, musst du wissen.«

»Du hast einen Ehrenplatz in der Ruhmeshalle der Mechaniker verdient«, sagte Peter voll Bewunderung.

Mallory war ganz seiner Meinung, nickte und rückte zwei Zentimeter näher. »Ich habe sie ungefähr ein halbes Jahr vor ihrem Tod überredet, sich einen VW-Kombi zuzulegen. Und jeden einzelnen Tag dieser sechs Monate haben sie mir vorgeschwärmt, dass ›dieser Wagen einfach wundervoll ist‹. Ich habe mir ein ›habe ich euch doch gesagt‹ verkniffen.«

»Wie nobel von dir.«

Er unterbrach das folgende Schweigen nicht, sondern wartete gespannt, was Mallory wohl tun würde.

»Tja«, sagte sie nach einem weiteren Schluck Wein, »hast du auch noch andere Hobbys außer Joggen und unschuldige Mechanikerinnen zu belästigen?«

Aha! Sie war also genauso neugierig auf ihn wie er auf sie. »Eine unschuldige Mechanikerin zu belästigen ist kein Hobby von mir, sondern meine neue Lebensaufgabe. Außerdem bin ich geradezu süchtig nach Puzzles.«

»O nein!«

»Du auch?«, erkundigte sich Peter hoch zufrieden.

Mallory nickte verlegen und räusperte sich hastig. »Lieblingssänger oder -band?«

»Frank Sinatra.«

»Du willst mich auf den Arm nehmen!«

»Na ja, abgesehen von seinem Privatleben war er ein musikalisches Genie. Und du?«

»Streisand.«

Peter konnte sein Grinsen nicht unterdrücken. »Die liegen ziemlich nahe beisammen. Okay, aller guten Dinge sind drei, noch ein Versuch.«

Mallory seufzte. »Lieblingsverein?«

»Die Niners, seit Ewigkeiten.« Er stellte sein Weinglas auf den Tisch und streckte beiläufig – zumindest bemühte er sich nach Kräften, dass es so aussah – seinen Arm auf der Lehne der Couch aus. »Ich war ein Fan, lange bevor sie auch nur von Joe Montana gehört haben, und auch noch, nachdem sie so dämlich waren, sich wieder von ihm zu trennen. Und was ist mit dir?«

»Ha! Die San Francisco Giants!«, erklärte Mallory triumphierend und rückte noch zwei Zentimeter näher.

»Bist du etwa Masochistin?«

»Ich halte grundsätzlich zu den Außenseitern. Irgendwann und irgendwie werden sie es schaffen, in die erste Liga aufzusteigen und zu gewinnen.«

»Nicht in diesem Leben.«

Mallory lachte leise. »In vier Jahren, neun Monaten und drei Tagen, um ganz präzise zu sein.«

Peter sah sie prüfend an. »Das notiere ich mir lieber im Kalender«, murmelte er. »Damit kann man richtig absahnen.«

»Wahrscheinlich hast du das doch schon längst getan.«

»Eigentlich habe ich mich bisher nicht so recht getraut«, erwiderte er und streckte die Beine aus, so dass sein Fuß beinahe, aber nur beinahe, den ihren berührte. »Wann immer ich auf eine Mannschaft setze, lösen sich die Einsätze praktisch in Luft auf. Meine Kollegen wissen, dass mein Prognosen ziemlich zutreffend sind.«

»Am besten hält man sich persönlich ganz heraus«, riet Mallory. »Und schickt stattdessen jemanden vor, der die Wette für einen abschließt.«

»Sprichst du aus Erfahrung?«

»Ich habe mal für einen Limousinen-Service gearbeitet, und die anderen Fahrer haben auf alles gewettet, was irgendwie mit Bällen zu tun hatte. Ich habe meine Kollegin am Empfang als ›Strohmann‹ benutzt. Wir hatten einen Bombenerfolg. Sie hat die Anzahlung für ein Haus am Potero Hill dabei gewonnen, und ich konnte mir meinen Mercedes leisten.«

»Ein sehr schöner Wagen.«

»Ja, nicht?«, sagte Mallory glücklich und rückte noch einen Zentimeter näher. Peter kam zu einem Entschluss: Wann immer er Mallory in ein Gespräch verwickeln wollte, brauchte er einfach nur auf das Thema Autos zu kommen. »Ich habe zwei Jahre gebraucht, um dieses Prachtstück zu restaurieren. Mann, das war vielleicht ein Schrotthaufen, als ich ihn bekam! Mike hielt mich für vollkommen bescheuert. Aber die wichtigsten Teile davon waren immer noch in Ordnung. Ich wusste, dass ich etwas aus ihr machen konnte. Mein nächstes Auto wird ein 1955er Albrecht Görtz BMW 507.

»Ein 507?! Von dem wurden doch nur zweihundert gebaut!«

»Zweihundertdreiundfünfzig.«

»Aber wo willst du ein so seltenes Exemplar herkriegen, ganz abgesehen davon, ob du es dir leisten kannst?«

Mallory lächelte engelsgleich. »Ich habe da so meine Verbindungen, und natürlich ist es ein ordentliches Stück Arbeit.«

»Aber was wird dann aus deinem Mercedes?«

»Er ist toll, aber ich bin eine zu große Autonärrin, um nur bei einem einzigen Wagen zu bleiben. Da ich es mir nicht leisten kann, mehr als einen zu fahren, muss der Mercedes dran glauben. Ich habe überlegt, ihn Mike zu geben, damit alles in der Familie bleibt.«

»Mike würde dir wahrscheinlich die Füße und deinen Schraubenschlüssel dafür küssen.«

Mallory grinste. »Er ist ein Schatz.«

Mit einem Gefühl tiefer Befriedigung lehnte Peter sich zurück. »Das hier ist nett, nicht wahr?«

Mallory wurde einen Moment sehr still, ehe sie tief Luft holte, als wollte sie sich einen Ruck geben. »Ja, das ist es.«

Sie holte erneut tief Luft. »Ja.« Mit entmutigender Entschlossenheit stellte sie ihr Weinglas auf den Tisch. »Etwas fehlt allerdings noch. Etwas, was in deinem Traum nicht vorkam.«

»Und das wäre?«, fragte Peter und betrachtete sie argwöhnisch.

»Das«, erwiderte Mallory, wandte sich ihm zu, legte die Arme um ihn und küsste ihn.

Dass Mallory den ersten Schritt getan hatte, raubte Peter fast den Atem. Den Rest erledigte ihr Kuss. Er war leidenschaftlich, hungrig, fordernd.

Mallory stöhnte leise, und Peter zog sie fest an sich, genoss die Hitze, die ihn durchströmte.

Keuchend entzog sie ihm ihren Mund und ließ ihre heißen, fiebrigen Lippen über sein Kinn und seinen Hals wandern, fuhr mit ihrer Zunge über seine Ohren, worauf Peter lustvoll erschauerte. Er zerrte an ihrer weißen Baumwollbluse und glitt mit zitternden Händen über die samtige Haut ihres Rückens, während ihr Mund erneut hungrig den seinen suchte.

Falls er jemals erregter gewesen sein sollte, konnte er sich jedenfalls nicht mehr daran erinnern. Vollkommen selbstvergessen schmiegte Mallory sich eng an ihn und brachte ihn um den Rest seiner Beherrschung.

»Peter, was ist das?«, keuchte sie überrascht. »Was passiert mit uns? *Peter!*«, rief sie, als seine Hände über ihre Haut glitten und das erhitzte Fleisch ihrer Brüste umschlossen.

Wie sollte er es ihr nur erklären? Konnte man es überhaupt erklären, dieses archaische Gefühl der Zusammengehörigkeit? Konnte man dieses Verlangen in Worte kleiden, das in ihnen aufflammte, ein Eigenleben entwickelte und sie beide willenlos machte? Sogar das Wort Liebe vermochte es nur ungenügend zu beschreiben, dieses … dieses …

»Mallory«, stöhnte er und suchte mit dem Mund blind nach ihrem.

Er erschauerte am ganzen Körper, als er erneut auf die Quelle dieser alles durchdringenden Hitze stieß. Keine Frau hatte ihn jemals so geküsst, hatte jemals so viel von ihm gefordert und ihm zugleich mehr gegeben, als er sich in seinen kühnsten Träumen vorstellen konnte. Ihre Leidenschaft, ihr Mut, ihre Hingabe, jeder einzelne Schritt von ihr waren unschätzbare Geschenke. Er wusste das genau in diesem Moment. Wusste es in tiefstem Inneren. Er liebte sie.

Er erstarrte. Er *liebte* sie? Mallorys leises Stöhnen war ein Echo der Laute, die sich seiner eigenen Kehle entrangen. Er liebte sie! Es war ein Gefühl, das aus seinem tiefsten Inneren aufstieg und das er noch nie empfunden hatte. In seinem Herzen gab es keinen Schmerz mehr, seine Seele war nicht länger kalt und leer. Mallory mit ihrem beißenden Witz, ihrem wunderbaren Lachen und ihren umwerfenden Küssen erfüllte ihn ganz und gar.

Mein Gott, er liebte diese Frau! In seinen Adern dröhnte es rhythmisch: Ich liebe sie, ich liebe sie, ich liebe sie! Und wenn er nicht auf der Stelle mit ihr verschmelzen durfte, verlor er noch den Verstand.

Mit einem Ruck kam Peter wieder zu sich und löste sich von ihr. »Ich muss dich … sofort … nach Hause bringen.«

»Was?«

»Ich muss dich auf der Stelle nach Hause bringen«, stieß Peter zwischen den Zähnen hervor.

Mallory schien wie betäubt zu sein und starrte ihn verwirrt an. »Ja, tu das«, sagte sie.

Sie von sich zu schieben war eines der schwierigsten Dinge, die Peter in seinem Leben hatte tun müssen. Beide erhoben sich mühsam.

»Mallory?«

»Mm?« Sie blickte ihn fragend an.

»Es sollte eigentlich nur ein netter ruhiger Abend mit einer Pizza und einer Unterhaltung werden.«

Sie lachte schallend und lehnte sich Halt suchend an ihn, wobei ihre Arme sich so selbstverständlich um ihn schlangen, als würden sie sich schon seit Ewigkeiten lieben. »Etikette war noch nie meine Stärke«, sagte sie und schnappte nach Luft. »Emily Post wäre schockiert.«

»Peter Drake befindet sich in einem Zustand hochgradiger Erregung, und wenn du mich nicht auf der Stelle loslässt, wirst du dieses Apartment in diesem Leben nicht mehr verlassen!«

Mallory wich zurück und starrte ihn an. »Oh, was tue ich bloß?«, sagte sie und machte Anstalten, wieder auf ihn zuzugehen.

In einer verzweifelten Geste hob Peter die Hände. »Bleib wo du bist! Ich warne dich, Mallory Atkinson, in mir ist nicht einmal der kleinste Funke Anstand mehr!«

Mallory hielt inne und fuhr mit den Fingern durch ihre rotbraune Mähne. »Ich muss wahnsinnig sein. Ich muss vollkommen den Verstand verloren haben.«

»Ist schon gut, mir geht es auch nicht anders.«

Sie blickte ihn mit ernster Miene an, obgleich ihre grünen Augen amüsiert funkelten. »Du musst mich tatsächlich *sofort* nach Hause bringen, Drake.«

Beinahe hätte er sie wieder in seine Arme gerissen, um sie noch einmal seinen Namen rufen zu hören, doch stattdessen durchquerte er das Wohnzimmer, nahm sein Jackett von dem braunen Ledersessel und zog es an. Dann ging er zur Tür. Und hielt inne. Schlüssel. Wo waren seine Schlüssel? Hektisch sah er sich um, sorgsam darauf bedacht, Mallory nicht in die Augen zu blicken, weil ihm das zu gefährlich erschien, ehe er den Schlüssel in seiner Tasche ertastete.

»Du bist wirklich in einem jämmerlichen Zustand, Drake«, murmelte er vor sich hin, als er erneut auf die Tür zuging und sie öffnen wollte, ehe ihm einfiel, dass er sie abgeschlossen hatte. Er drehte den Schlüssel um und riss die Tür auf. »Kommst du?«, fragte er.

»Du wirst mich doch nicht wieder über deiner Schulter tragen?«, erkundigte sie sich und trat auf ihn zu.

»Nur wenn ich dich in mein Bett tragen würde. *Verdammt!«*, stieß er hervor.

Reflexartig streckte er die Hand aus und legte sie an ihre Wange, ehe er sie an sich zog und sie küsste. Mit einem leisen Stöhnen legte sie die Arme um seinen Hals, als er sie an sich presste und seine Zunge zwischen ihre Lippen glitt. Sein Körper schrie geradezu nach mehr.

Schwer atmend, zitternd mit von Sehnsucht erfülltem Herzen schob er sie schließlich von sich.

»Peter!« Ihre Stimme war sanft und flehend.

Er musste einen Augenblick die Augen schließen, um wenigstens ansatzweise seine Beherrschung zurückzugewinnen. »Ich liebe es, wie du meinen Namen sagst«, erklärte er mit rauer Stimme, griff nach ihrer Hand und zog sie aus seiner Wohnung. Er machte sich nicht die Mühe, die Tür abzuschließen, sondern zog sie hinter sich her ins Treppenhaus und dann hinaus in die Nacht. Doch er nahm die Kälte gar nicht wahr. Mallory hatte nicht nur sein Herz entzündet, sondern auch seine Seele und seine Libido, und hatte einen Flächenbrand ausgelöst, den eine kalte Januarnacht nicht zu löschen vermochte.

Sorgfältig vermied er jede Berührung, während er ihr die Wagentür aufhielt.

Zum ersten Mal, seit er den BMW gekauft hatte, wurde ihm bewusst, wie winzig der Zwischenraum zwischen Fahrer- und Beifahrersitz war. Er konnte die Hitze, die Mallorys Körper ausstrahlte, förmlich spüren. Der Duft ihrer Haut war die reine Folter, und er bemerkte, dass auch sie immer noch ziemlich schwer atmete.

Seine Hände krampften sich um das Steuerrad, bis seine Knöchel weiß hervortraten, aber er fuhr Mallory nach Hause. Sein Kopf war vollkommen leer. Jede Art von Smalltalk erschien ihm höchst unangemessen nach allem, was sich gerade in seinem Apartment abgespielt hatte. Abgesehen davon – wenn er sein Herz erleichtern und ihr die Wahrheit darüber sagen würde, was er empfand, würde sie wahrscheinlich aus dem Wagen springen und mit dem nächstbesten Taxi nach Alaska fliehen.

In seiner Wohnung war er möglicherweise nicht ganz bei Sinnen gewesen, doch nun überschlugen sich seine Gedanken geradezu. All das ging viel zu schnell für Mallory Atkinson. Sie musste sich zuerst mit ihren Gefühlen vertraut machen, bevor sie sich auf seine Emotionen einließ.

Drei Jahre? Ihr Vater hatte drei Jahre um ihre Mutter geworben? Peter konnte sich beim besten Willen nicht vorstellen, es länger als drei Wochen auszuhalten.

Er lenkte den BMW in ihre Einfahrt, machte jedoch keine Anstalten auszusteigen.

»Willst du mich nicht zur Haustür begleiten?«, hörte er sie neben sich sagen.

Peter unterdrückte ein Stöhnen. Aber er stieg aus, ging um den Wagen herum und öffnete Mallory die Tür. Sittsam stieg sie aus und ging zu ihrer Haustür, ohne sich umzudrehen und nachzusehen, ob er ihr folgte. Was er tat. Sie stand im Schatten der Verandabeleuchtung, so dass er das Funkeln in ihren grünen Augen nicht sehen konnte, als sie ihm ihren Schlüssel gab. Aber er wusste, dass er da war.

»Dräng mich nicht, Mallory«, murmelte er, als er die Tür für sie aufschloss.

»Dich drängen? *Moi?*«, sagte Mallory, schlang die Arme um seinen Nacken und küsste ihn.

Der Kuss war so schmerzlich süß und sanft und verlangend, dass Peter beinahe die Tränen kamen. Dann löste sie sich von ihm und trat ins Haus.

»Gute Nacht, Tarzan.«

»Gute Nacht, Jane.«

8

Im Tiefschlaf wälzte Mallory sich unruhig in ihrem Bett hin und her. Schon wieder hatte sie eine Vision von einem früheren Leben, von Peter, der von Kugeln durchsiebt sein Leben aushauchte.

Sie wollte nicht von der Wahrheit, vom Tod träumen. Nicht nachdem sie Peter am Vorabend so leidenschaftlich geküsst hatte. Nicht nachdem sie sich seit so vielen Jahren zum ersten Mal wieder lebendig fühlte. Aber nach und nach legte sich ihre Unruhe, da jenes goldene Licht ihre Träume durchflutete, wann immer sie Peter küsste.

Ja! *Das* war der Traum, den sie wollte. Sie war wieder Mallory, er wieder Peter, und was sich hier gerade abspielte, war weit mehr als nur ein Kuss!

Sofort noch dem Aufwachen sprang sie aus dem Bett und stellte sich unter die Dusche. Sie hatte zwar schon von der beeindruckenden Wirkung kalten Wassers gehört, es aber noch nicht ausprobiert.

Es funktionierte nicht.

Sie setzte sich an den Küchentisch, die Hände um einen Kaffeebecher gelegt. Doch sie spürte weder die Wärme des Bechers noch ihren Kater, der sich an ihrem Bein rieb. Sie nahm weder den Nebel vor ihrem Fenster noch Horace wahr, der inzwischen vor seinem Napf auf Futter wartete. Sie sah, genau wie letzte Nacht, bevor sie in den Schlaf geglitten war, Peter Drakes Gesicht vor sich.

Es war das offenste Gesicht, das sie je gesehen hatte und das ihr alles verriet, was er dachte und empfand. Eine Tatsache, die Mallory zutiefst verunsicherte. Dass er sich ihr so öffnete und damit so verletzbar machte, obwohl er sie doch kaum kannte!

Sie barg den Kopf in den Händen. Oh, sie verlor noch den Verstand! Dieser Abend war ... unbeschreiblich gewesen, eine der befreiendsten Erfahrungen ihres Lebens. Aber sämtliche Alarmglocken in ihr schrillten lautstark und rieten ihr, wegzulaufen, und zwar auf der Stelle. Aus welchem anderen Grund hatte sie sonst diese Träume vom Tod und ihrem früheren Leben? Am liebsten wäre sie weggelaufen und hätte sich versteckt, den Kopf in den Sand gesteckt, einfach *irgendetwas* getan, um sich nicht eingestehen zu müssen, dass sie im Begriff stand, sich nicht nur körperlich zu Peter Drake hingezogen zu fühlen, sondern sich Hals über Kopf in ihn zu verlieben.

»Idiotin«, knurrte sie.

Horace miaute beleidigt.

»Nicht du. *Ich.*« Mallory seufzte tief, ehe sie sich endlich aufraffte und ihm sein Frühstück gab. »Ich bin der Idiot hier, Horace. Ich habe mich freiwillig, nein, geradezu *begierig* einem Mann an den Hals geworfen, der geschworen hat, dass er mich umwerben, erobern und heiraten wird. So benimmt sich einfach keine vernünftige Frau, die so großen Wert darauf legt, sich zu schützen.«

Doch Horace war viel zu sehr mit seinem Frühstück beschäftigt, um etwas zu erwidern.

Mallory seufzte erneut. Beim Zubettgehen war ihre Haut noch immer erhitzt gewesen, und sie hatte seine Küsse noch auf ihren Lippen gespürt. Sie war nicht in der Lage gewesen, auch nur einen klaren Gedanken zu fassen, und daran hatte sich bislang nichts geändert. Sie hätte es gern auf Schlafmangel geschoben, aber Mallory hatte den Verdacht, dass die Ursache ihrer Benommenheit tiefer lag. Keine Frage, die Schuld lag bei Peter Drake.

In gerade mal zwei Wochen hatte er ihre wohl geordnete Existenz vollkommen auf den Kopf gestellt. Niemand konnte klar denken, wenn die Welt auf diese Weise aus den Fugen gehoben wurde. Aber rationales Denken war das Einzige, woran sie sich seit so langer Zeit hatte klammern können. Sie konnte es doch nicht einfach über Bord werfen und ihren Gefühlen und Bedürfnissen nachgeben, oder? Nein, natürlich nicht! Gestern Abend waren einige Mauern eingestürzt, das wollte sie ja durchaus zugeben, aber sie hatte immer noch einige stählerne Barrieren zu ihrem Schutz aufzubieten.

Natürlich wusste sie jetzt, dass sie Peter Drake sehr gern mochte und dass sie beide erstaunlich viele Gemeinsamkeiten besaßen. Gleichzeitig waren sie verschieden genug, um die Gesellschaft des anderen als reizvoll zu empfinden. Davon abgesehen hatte sie noch nie dieses überwältigende Bedürfnis gehabt, jemanden zu umarmen und umarmt zu werden, jemanden küssen und sich mit ihm vereinen zu wollen. Nicht bei Carlo oder bei irgendeinem der Männer, die sie vor oder nach ihm kennen gelernt hatte.

Trotzdem war das noch lange kein Grund, sich einem Mann an den Hals zu werfen. Mallory seufzte wehmütig. Peter um den Hals zu fallen war einfach wundervoll, da er ihre Umarmung jedes Mal so voller Inbrunst erwiderte.

Mallory zwang sich, ins Hier und Jetzt zurückzukehren. Solche Gedankenspiele waren nicht gut für sie. Sie musste praktisch denken. Ihr einziger Lebensbegleiter war nun einmal der Tod und nicht Peters pulsierendes Leben und seine Leidenschaft für sie. Das Leben bestand nicht nur aus Lachen und Freude, sondern daraus, sich keine Illusionen über den Tod zu machen und über das, was man haben konnte und was nicht. Das Schicksal hatte entschieden, dass es in diesem Leben keine Freunde und Liebhaber und Beziehungen und Peter für sie geben würde.

Das Läuten der Türglocke ließ Mallory zusammenzucken. Sie warf einen Blick auf ihre Uhr. Viertel nach sechs. Sie wusste, wer um diese Uhrzeit an einem nebligen Donnerstagmorgen vor ihrer Tür stehen würde, auch ohne nachsehen zu gehen. Er.

Mallory holte tief Luft, ging so lässig wie möglich zur Haustür und öffnete sie.

»Hallo, Drake«, sagte sie.

»Ah, ah, ah«, sagte er und trat unaufgefordert ins Haus, »mein Name ist Peter, schon vergessen? Besonders gefällt mir, wenn du ihn mit dieser heiseren, leicht bebenden Stimme aussprichst, die du hast, wenn du mich küsst.«

Mallory schlug die Tür hinter ihm zu, wenn auch eher, um ihr unvermittelt aufwallendes Verlangen zu verbergen, als vor Entrüstung.

»Was willst du hier, Drake?«

»Ich habe Bagels mitgebracht«, antwortete Peter und hielt eine weiße Tüte in die Höhe. »Du magst doch Bagels, oder?«

»Natürlich mag ich Bagels«, fuhr Mallory ihn an, schnappte die Tüte und ging in die Küche. »Wann hast du dich jemals geirrt, was mich und meine Essensvorlieben angeht?«

Peter lachte leise und folgte ihr. »Außerdem dachte ich,

du könntest jemanden gebrauchen, der dich zur Arbeit fährt. Dein Mercedes steht ja immer noch in der Werkstatt, wenn ich mich nicht irre.«

»Ich hatte vor, mir ein Taxi zu rufen«, sagte Mallory, die sich mittlerweile ein wenig beruhigt hatte.

»Oh, aber mein BMW ist doch viel bequemer«, schnurrte Peter.

Mallory unterdrückte ein Schauern. Bequemer? Ein Wagen, in dem sie nur wenige Zentimeter trennten? Mit seinem erotischen, aufreizend männlichen Geruch? Mit seiner Hitze, der sie sich nicht entziehen konnte?

Sie stellte die Tüte mit den Bagels auf den Küchentisch und trat vor den weißen Küchenschrank, um zwei Teller und zwei Messer herauszuholen und zum Tisch zu tragen.

Doch auf halbem Wege vertrat Peter ihr den Weg, legte die Arme um sie und küsste sie. Mallory hatte Mühe, die Teller und Messer nicht durch ihre kraftlosen Finger gleiten zu lassen, ehe er sie freigab.

»Danke«, sagte er leicht atemlos, »das habe ich gebraucht.«

O Gott, stöhnte Mallory insgeheim, ich auch!

Sie stellte die Teller und Messer abrupt auf den Tisch und drehte sich mit schützend vor der Brust verschränkten Armen zu ihm um.

»Drake, wir müssen reden.«

»O nein«, stöhnte er, »jetzt kommt's. Wenn du kalte Füße bekommen hast, erwürg ich dich, das schwöre ich dir!«

»Bitte«, begann Mallory sachlich, »ich habe dich nie darum gebeten, mir nachzustellen. Ich habe nicht einmal signalisiert, dass ich mit dir oder einem anderen Mann eine Beziehung eingehen möchte. Ich habe kein einziges Mal darum gebeten, dass du mich mit einer Hochspannung küsst, die Las Vegas bis ins nächste Jahrtausend mit Strom versorgen würde.«

Peters Züge erhellten sich.

»Aber«, fuhr sie schonungslos fort, »ich muss bei all dem auch an mich denken. An mein eigenes Wohlergehen, meine eigene Sicherheit. Und um die ist es nicht gut bestellt, wenn ich mich mit dir einlasse.«

»Ich fasse es nicht!«, explodierte Peter und verschränkte ebenfalls die Arme. »Du bist unmöglich! In meinem ganzen Leben musste ich mich noch nie um etwas so bemühen wie um dich! Ich war gut in der Schule, habe keine Probleme mit Frauen, ich musste mich nicht sonderlich bemühen, um der Beste an der Polizeiakademie zu sein, ich bin planmäßig befördert worden. Und dann habe ich einen *Traum*, der mir sagt, dass ich mich schleunigst nach einer Frau umsehen soll, und seit ich das tue« – inzwischen schrie er – »hast *du* nichts Besseres zu tun, als mir jeden nur erdenklichen Knüppel zwischen die Beine zu werfen. Ich bin wahnsinnig, unwiederbringlich verliebt in dich, und du läufst weg, versteckst dich, bewirfst mich mit Handgranaten, sorgst dafür, dass ich vor dir auf Händen und Knien durch meterhohen Matsch krieche, und all das habe ich getan! Ich *werde* mit dir glücklich bis ans Ende unserer Tage leben, und bei Gott, ab sofort wirst du dich, Mallory Atkinson, kooperativ zeigen!«

Mallory konnte sich ein Kichern nicht verkneifen.

Peter funkelte sie wütend an.

Mallory kicherte und prustete weiter. Sie sahen sich an. Und im nächsten Moment konnten sie vor Lachen nicht mehr an sich halten. Sie klammerten sich aneinander fest und lachten so schallend, dass ihnen die Tränen kamen.

Was, fragte sich Mallory hilflos, während sie sich die Augen wischte, konnte sie diesem Mann gegenüber, der offensichtlich eine Art Gott des Lachens war, an vernünftigen Einwänden vorbringen? Er ignorierte einfach sämtliche Barrieren, die sie errichtet hatte. Ihre spitzen Bemerkungen und Beleidigungen perlten an ihm ab wie Wasser auf Öl. Sie holte tief Luft, um sich wieder zu beruhigen. Es blieb ihr wohl oder übel nichts anderes übrig, als die Wahrheit zu sagen.

»Na schön, Drake, mein Angebot sieht folgendermaßen aus«, sagte sie und zwang sich, das aufblitzende Entsetzen in seinen blauen Augen zu übersehen. »In den einunddreißig Jahren meines Lebens habe ich schier unerträgliche Dinge erlebt. Ich habe jeden Menschen verloren, der mir am Herzen lag. Jeden, der mir wichtig war. Ich bin keine Kassandra, und ich bin auch nicht mit einem Fluch beladen, aber wie es scheint, bin ich nicht die Frau, die zu diesem Zeitpunkt eine wie auch immer geartete, lange Beziehung zu irgendjemandem haben kann. Ich könnte mich ganz leicht in dich verlieben. Es ist geradezu erschreckend, wie leicht. Aber das Problem daran ist, Drake, ich könnte es nicht ertragen, wenn du stirbst. Nicht dieses Mal. Ich habe all die anderen Tode überlebt. Dieses Mal würde ich es nicht schaffen.«

»Mallory«, sagte er und nahm ihre kalte Hand in seine warmen Hände, »ich werde erst sterben, wenn ich ein steinalter Mann bin. Ich habe unsere Zukunft gesehen, Mallory. Vor uns liegt ein unfassbar glückliches Leben.«

Sie unterdrückte das Glücksgefühl, das sie mit einem Mal überkam, und versuchte, ihm ihre Hand zu entziehen, aber er hielt sie fest.

»Ich verstehe deine Angst«, sagte er. »Du hast wirklich

allen Grund dazu, ich weiß. Aber du bist wie geschaffen dafür, Liebe zu geben und zu empfangen. Dafür, alle Freuden einer Verbindung zweier Menschen, die füreinander gemacht sind, zu teilen und weiterzugeben. Ich weiß nicht, warum du all die Menschen, die dir am Herzen lagen, verlieren musstest. Aber es wird Zeit für einen Neuanfang. Verdammt, Mallory, du hast schon damit angefangen. Nimm zum Beispiel Mike. Wie lange kennst du ihn jetzt? Vier Jahre?! Seit vier Jahren arbeitet er für dich? Und wenn du ihn hundert Mal als deinen Mitarbeiter bezeichnest, er ist dein Freund. Und er ist immer noch da, auch noch nach vier Jahren. Und dann ist da dieses riesige schwarze Fellknäuel Horace und dein ergebener Sklave Jerry in der Gärtnerei. Dein Neubeginn ist bereits in vollem Gange, Mallory. Lass dir von mir … helfen.«

Mallory bemerkte die Tränen nicht, die ihr übers Gesicht liefen. Sie hörte nur, was er sagte, und sog jedes einzelne Wort wie eine Verdurstende auf.

»Drake, du würdest mich doch nicht belügen, oder?«, fragte sie ängstlich. »Hast du wirklich unsere Zukunft gesehen?«

»Vollständig, und zwar mit schmutzigen Windeln, aufgeschrammten Knien und heftigen Streitigkeiten«, erwiderte er ernst.

Plötzlich lächelte sie, wurde sich ihrer Tränen bewusst und wischte sie hastig weg. Sie starrte auf ihre Hand, die immer noch zwischen seinen Fingern lag. »Ich weiß nicht, ob ich deinen Träumen wirklich vertrauen kann. Ich habe nicht deine Zuversicht. Ich bin unsicher, ob ich das große Risiko eingehen soll, auf etwas Unbekanntes zu setzen.«

»Nicht auf etwas Unbekanntes, Mallory«, sagte Peter und zog sie näher zu sich. »Das hier ist alles andere als unbekannt.«

Mit seiner freien Hand umfasste er ihren Hinterkopf und zog sie so nahe zu sich, bis seine Lippen sanft die ihren berührten. Und da war sie wieder, diese wunderbare Wärme, dieses wundervolle goldene Licht. O nein, von unbekannt konnte wirklich nicht die Rede sein!

»Mm«, sagte sie, als er sie langsam freigab. »Du hast Recht.«

»Womit?«, fragte Peter.

Mallory blinzelte. »Ich weiß es nicht genau. Was hast du gerade gesagt?«

Peter schüttelte sie sanft, aber beharrlich. »Ich sagte, dass es Zeit wird, dich um deine Zukunft zu kümmern, Ms. Atkinson.«

Und Mallory wusste, dass er Recht hatte. Sie konnte zwar ihre Zukunft nicht deutlich vor sich sehen und wusste nicht, ob Peters Träume reine Fantasiegebilde waren oder in Erfüllung gehen würden. Aber nach diesen beiden Wochen mit ihm, in denen sie ihn angeschrien, mit ihm gelacht, ihn geküsst und in seinen Armen gelegen hatte, konnte sie ebenso wenig wieder in ihr selbstgewähltes Gefängnis der letzten sieben Jahre zurückkehren, wie sie jetzt Peters Hand loslassen konnte.

»In Ordnung«, sagte sie.

»In Ordnung … was?«

Mallory holte tief Luft. »Du hast dir gerade eine echte, erstklassige, vertrauensvolle Freundin eingehandelt«, erwiderte sie zu seiner Verblüffung und blickte ihm in die Augen.

Peter sah aus, als hätte sie ihm mitgeteilt, dass sie das

Brautkleid bestellt und die Hochzeitseinladungen verschickt hatte. Sein strahlendes Lächeln erreichte noch den verborgensten Winkel in ihr.

»Habe ich dir in letzter Zeit eigentlich mal gesagt, wie *froh* ich bin, dich kennen gelernt zu haben?«

»Es ist noch nicht sehr lange her«, antwortete Mallory, ehe er sie in seine Arme zog und sie küsste.

»Dann sind wir also jetzt offiziell ein Paar«, vergewisserte er sich noch einmal.

»Ja«, bestätigte Mallory, worauf er sie erneut küsste.

»Du bist also damit einverstanden, dass wir uns regelmäßig treffen?«

»Ja«, bestätigte Mallory wieder, was ihr einen weiteren Kuss einbrachte.

»Du verbietest Mike, künftig meine Telefonnachrichten zu zerreißen?«

»Ich werde Mike bitten, jede einzelne zu rahmen und aufzuhängen«, versicherte Mallory ihm und bekam wieder einen Kuss.

»Du wirst Mike entsprechend instruieren, damit ich mich frei und ungestört in Gutenbergs Autowerkstatt bewegen kann?«

»Ich werde Mike sagen, dass er dich mit jeder erdenklichen Fürsorge zu behandeln hat«, sagte Mallory und gab *ihm* einen Kuss.

»Danke, danke, *danke*!«

»Gern geschehen«, grinste Mallory ihn an.

»Ich würde diesen neuen Beschluss gern einem Praxistest unterziehen«, sagte Peter, der inzwischen genauso atemlos war wie sie. »Darf ich Sie heute Abend ins Kino einladen, Ms. Atkinson? Wir setzen uns in die letzte Reihe und knutschen.«

»Mm. Das klingt … *wunderbar*«, schnurrte Mallory und küsste ihn wieder.

Sie kam mit zwanzigminütiger Verspätung zur Arbeit, atemlos und noch ein wenig benommen von dem Abschiedskuss in Peters BMW. Mike begrüßte sie mit einem wissenden Grinsen.

»Ich habe mich für schlichtes Schwarz entschieden«, verkündete er.

»Wie?«, fragte sie.

»Für den Smoking.«

»Welcher Smoking?«

»Na, für die Hochzeit natürlich«, erklärte Mike. »Ich bin euer Trauzeuge, schon vergessen?«

»Du meine Güte«, sagte Mallory und fuhr sich durch ihr zerzaustes rotbraunes Haar. »Auf was habe ich mich da nur eingelassen?«

»Auf eine zukünftige Ehe, hoffe ich.«

Mallory erfasste ein Schauder. »Tu mir einen Gefallen und leih dir noch keinen Smoking, Mike. Belassen wir es zunächst dabei, dass du Peter Drakes Telefonnachrichten nicht zerreißt, sondern sie sorgsam behandelst. Und wenn er vorbeikommt, biete ihm den besten Stuhl des Hauses und einen Kaffee an, okay?«

»Jawohl, Ma'am!«

Mallory ging zum Werkstatteingang, ehe sie noch einmal kehrtmachte. »Wie um alles in der Welt hast du es geschafft, dich von diesen Handschellen zu befreien?«

Mike lachte schallend. »Inspector Herrera hat sie mir etwa eine Stunde später abgenommen.«

»Nach einer Stunde?«

»Sie hatte versprochen, ihm genug Zeit zum Verschwinden zu lassen.«

»Wie aufmerksam von ihr«, sagte Mallory und betrat die Werkstatt.

An diesem Donnerstag schaffte sie es sogar, einigermaßen im Plan zu bleiben. Sie musste nur jede *zweite* Minute an Peter denken.

Ihre Angst war immer noch da, aber sie war nicht mehr das riesige Ungeheuer, das sie tags zuvor noch gewesen war. Sie schaffte es, sie an sich herankommen zu lassen, sie von Zeit zu Zeit zu betrachten und sie dann wieder eine Weile beiseite zu schieben. Seit wann war sie denn so mutig – oder so verrückt? Noch vor zwei Wochen hatte sie ihr ruhiges, wohl geordnetes Arbeitsleben vor sich gesehen, ihre Blumen und Horace, der sich vor ihr rekelte, und alles hatte nichts als Ruhe und Sicherheit verströmt.

Jetzt war alles in Aufruhr und Unordnung. Horace und ihre Blumen und ihre Arbeit waren nebensächlich geworden. Vor ihr lagen frohes Gelächter, leidenschaftliche Küsse und das wilde Herzklopfen in Peter Drakes breiter, außerordentlich erotischer Brust.

Plötzlich war sie voller Erwartung, Hoffnung und Begeisterung, was das Leben ihr in der nächsten Minute, in der nächsten Stunde, am nächsten Tag wohl bringen mochte. In gewisser Hinsicht kannte Mallory sich selbst kaum, wusste praktisch nichts über ihr Leben, während es ihr zugleich doch vertraut war. Als Mädchen hatte sie gelacht, geliebt und Begeisterung gekannt, ehe alle um sie herum gestorben waren. Aber sogar damals war es nicht so … pulsierend, nicht so wunderbar gewesen wie jetzt.

Sie dachte an Carlo, daran, was sie für ihn empfunden hatte, wie ihr Körper auf seine Berührungen, seine Zärtlichkeiten reagiert hatte. Sie war kein Kind und auch kein ganz junges Mädchen mehr gewesen, sondern eine Frau von dreiundzwanzig, vierundzwanzig, und er war ein richtiger Mann. Sie hatte sein Verlangen gespürt, sein Begehren, das er so unglaublich unter Kontrolle hatte. Sie wusste, was Leidenschaft war.

Doch bei Peter Drake erschlossen sich ihr in dieser Hinsicht vollkommen neue Welten. Mallorys Herz klopfte schneller und schneller. Oh, wie sie sich darauf freute, diese Welten zu entdecken!

Sie hatte darauf bestanden, dass sie und Peter in getrennten Wagen zum Kino in der Ocean View Mall fuhren – teils, weil sie befürchtete, sie würden es nie ins Kino schaffen, wenn sie mit einem Wagen fuhren, teils, weil sie ihren Mercedes wirklich brauchte. Sie wartete zehn Minuten vor dem Kartenverkauf, zehn zunehmend frustrierende Minuten, ehe sie endlich Peter vom Parkplatz herüberschlendern sah. Erstaunt stellte sie fest, wie sehr sie sich über seinen Anblick freute. Die Erwiderung seines Begrüßungskusses unterstrich diese neue Erkenntnis eindrucksvoll.

»Ich habe die Karten gekauft«, sagte sie schließlich atemlos, »du besorgst etwas zu essen.«

»Gut«, sagte er, musterte sie begehrlich und hakte sie unter.

Sie betraten das Kino, wo er hoffnungslos überteuerte Hot Dogs, Getränke und einen Eimer Popcorn erstand. Schließlich fanden sie zwei Plätze in der hintersten Reihe des Kinosaals. Mallory setzte sich etwas schüchtern, und Peter nahm neben ihr Platz, direkt am Gang.

»Erst wird gegessen«, verkündete er, »und dann geknutscht.«

»Gut«, stimmte sie zu.

Sie vertilgten die Würstchen und tranken ihre Limonade während der Vorschauen und der Werbung, die vom Publikum mit lautstarken Pfiffen quittiert wurde. Sie aßen auch noch eine Hand voll Popcorn während des Vorspanns. Dann stellte Peter das Popcorn auf den Boden und machte sich an Mallorys Hals zu schaffen.

»O ja!«, keuchte sie und lehnte sich zurück, während ihre Arme sich wie von selbst um ihn legten. Ihre Haut entflammte sich unter seinen Lippen. Der Film, das Publikum, der gesamte Kinosaal versanken um sie herum. »Peter«, wisperte sie inbrünstig.

Augenblicklich fanden seine Lippen ihren Mund, und ihr ganzer Körper seufzte zufrieden auf. Ja. Genau danach hatte sie sich den ganzen Tag gesehnt.

Er arbeitete sich langsam zu ihrem Ohr vor.

»Knutschflecken«, murmelte er.

»Was?«, fragte Mallory verwirrt, inzwischen leicht benommen von Peters Küssen.

»Richtiges Knutschen … geht nicht … ohne … Knutschflecken.«

Peters Mund wanderte wieder zurück zu ihrem Hals, während sie versuchte, ein Kichern zu unterdrücken.

»Ich wusste gar nicht, dass hierbei auch eine Art Etikette zu beachten ist«, flüsterte sie.

»Du wusstest ja auch nicht, dass man beim Pizzaessen und bei einer Unterhaltung die Etikette wahren muss, oder?«

»Stimmt«, bestätigte sie und sog scharf den Atem ein, als er wahrhaftig an ihrem Hals zu saugen begann.

Sie bemerkte erst, dass er ihre Bluse geöffnet hatte, als sie seine warmen Finger auf ihrer nackten Brust spürte.

»Peter!«

Glücklicherweise hatte er ihren Mund mit einem Kuss

verschlossen und erstickte so ihren spitzen Schrei, während er ihre aufgerichtete Brustwarze liebkoste.

Die Lust, die ihr seine Hand verschaffte, ging ihr durch Mark und Bein. Ihr Körper bebte vor Begierde und wollte nur gestreichelt und besessen werden von diesem Mann, der ihre wunderbare Zukunft gesehen hatte und bereit war, sie ihr zu schenken. Sie konnte nicht genug bekommen von seinem Mund, seinen Lippen, seinem pochenden Herzen unter ihren Händen. Sie musste ihn einfach berühren, überall, um ihm zu zeigen, welche unglaubliche Lebenslust sie durchströmte, weil sie in diesem abgedunkelten Kinosaal mit ihm zusammen sein durfte.

Ihre Hand glitt zu seinen Schenkeln und begann, den pulsierenden Beweis seines Verlangens zu streicheln, als sich seine Hand unvermittelt von ihrer Brust löste und ihr Handgelenk fast schmerzhaft umklammerte.

»Hör auf, Mallory!«, sagte er, und in seiner Stimme lag ein scharfer Unterton. »Mit meiner Beherrschung … ist es nicht allzu weit her, was dich angeht. Wenn du also nicht willst, dass ich auf diesen unbequemen Sitzen über dich herfalle, hörst du sofort damit auf!«

Sie starrte ihn im Dunkel des Filmtheaters an. »So sehr willst du mich?«, fragte sie erstaunt.

Er stöhnte. »Liebling, hast du denn keine Ahnung, welche Höllenqualen ich ausstehe, seit ich dich zum ersten Mal gesehen habe?«

»Oh«, meinte Mallory. »Es ist also nicht nur eine momentane Unausgeglichenheit deines Hormonhaushalts?«

Peter stöhnte erneut und presste die Lippen auf ihr Ohr. »Liebling, *du* bist es. Nur du.« Plötzlich fuhr er zurück. »O Gott!«

»Was? Was ist los?!«, rief Mallory und spürte das Entsetzen, das von ihm Besitz ergriffen hatte.

»Der Amokschütze! Komm!«

Er griff nach ihrer Hand und zog sie vom Sitz hoch, während die Leute um sie herum ärgerlich zischten. Dann rannte er auch schon wie von Furien gehetzt los und zerrte sie hinter sich her. Doch statt in Richtung Parkplatz zu laufen, führte er sie zu der Tür, die in das Einkaufszentrum führte, in dem das Kino untergebracht war.

»Der Amokschütze ist hier?«, rief sie entsetzt.

»Ja!«

»Woher weißt du –«

»Ich weiß es. Ich weiß es einfach!«

Natürlich wusste er es. Er arbeitete intensiv an diesem Fall, und mit seinen Fähigkeiten spürte er selbstverständlich, dass der Schütze in der Nähe war.

Sie liefen durch das Einkaufszentrum, stießen Leute beiseite, und Peters Griff um ihre Hand verstärkte sich zunehmend. Sie nahmen die schockierten Blicke und die Flüche nicht wahr, ebenso wenig wie die Witze, wo denn das Feuer ausgebrochen sei.

Und plötzlich hörten sie die Schüsse und die Schreie.

Peter fluchte.

Mallory spürte, wie eine Woge der Übelkeit in ihr aufstieg. Der Wechsel von Leidenschaft war so abrupt gewesen, dass sie keinen klaren Gedanken fassen konnte, sondern nur noch aus lähmender Angst zu bestehen schien.

Am nördlichen Ende der Freifläche, die von Schnellimbiss-Restaurants gesäumt war, kam Peter schlitternd zum Stehen. Mallory sah, dass zahlreiche Tische in der Mitte der Freifläche besetzt waren. Plötzlich fiel ihr Blick auf den Mann in dem grauen Regenmantel, der an den Eingangstüren stand und seelenruhig in die Menge schoss.

Peter ließ Mallorys Hand so schnell los, dass sie beinahe gestürzt wäre.

»Stehen bleiben! Polizei!«, brüllte er mit gezogener Waffe, die er plötzlich in der Hand hielt und auf den Schützen richtete, der sich bereits rückwärts zur Tür bewegte. »Stehen bleiben! Polizei!«, schrie er wieder und feuerte, als der Schütze bereits halb durch die Tür war.

Und dann war er verschwunden.

Peter stieß noch einen Fluch aus, packte mit der freien Hand Mallory bei der Schulter und schüttelte sie, damit sie ihn ansah. Seine blauen Augen bohrten sich in ihre, durchdrangen ihre Angst und sorgten dafür, dass sie sich aus ihrer Erstarrung löste. »Ruf die Mordkommission an. Frag nach Captain George Bennett. Sag ihm, was passiert ist. Los, Mallory!«

Ihr Verstand begann wieder zu arbeiten. »Peter, du kannst ihn nicht verfolgen!«

»Ich muss aber«, rief er und rannte bereits auf die Tür zu, die der Schütze benutzt hatte.

»Peter, *nein*!« Mallory starrte ihm nach. »Er wird dich umbringen«, wisperte sie.

Allmählich drangen die Schreie der Verwundeten und Sterbenden, der Trauernden und der Augenzeugen in ihr Bewusstsein, und sie sah sich hektisch nach den Telefonzellen um. Schließlich entdeckte sie sie neben der Filiale von Burger King und wählte mit zitternden Fingern die Nummer der Mordkommission.

Es vergingen quälende zwanzig Sekunden, ehe Captain George Bennett am Apparat war, dem sie mit knappen Worten schilderte, was passiert war. Er sagte nur: »Wir sind unterwegs«, und legte auf. Sie wandte sich um, sah all das Blut, das Entsetzen und den Tod. Alte Bekannte, dachte sie. Mit einem Mal war ihre Angst verflogen. Sie wusste, was sie zu tun hatte.

Sie zeigte Freunden und Verwandten von Opfern, wie sie den Verwundeten provisorische Druckverbände anlegen mussten, während sie versuchte, ein Lebenszeichen von Peter zu spüren. Erleichtert und voller Dankbarkeit empfing sie ein Zeichen, das aus etwa einer halben Meile Entfernung in ihr Bewusstsein drang. Er war noch am Leben. Der Schütze hatte ihn nicht getötet. Jedenfalls noch nicht. Sie hielt die Verbindung zu Peter mit aller Kraft aufrecht, auch als sie den Puls einer älteren Frau überprüfte, obwohl sie bereits wusste, dass sie tot war.

Sie hörte die Sirenen auf dem Parkplatz, während sie sich neben einem Mädchen im Teenageralter hinkniete, aus deren Wunde an der Schulter Blut strömte und deren Haut sich kalt und klamm vom Schock anfühlte. Da die Kugel direkt durchgeschlagen war, stopfte sie dem Mädchen einen Packen Servietten vor und hinter die Wunde und sorgte dafür, dass sie sich hinlegte. Dann bat sie ihren Freund, ihr seine Jacke zu geben. Der schlaksige und pickelige Junge konnte kaum älter als sechzehn sein. Er schlotterte am ganzen Körper, als sie seine Motorradjacke sanft über das Mädchen breitete.

»Leg ihre Füße auf deinen Schoß«, sagte Mallory. »Sie steht unter Schock.«

Der Junge gehorchte und presste seine Hand auf den notdürftigen Druckverband, den Mallory seiner Freundin angelegt hatte, um den Blutfluss zu stoppen.

»Sehr gut«, sagte sie leise. »Die Sanitäter sind bald hier. Es geht ihr bald wieder gut.«

Sie erhob sich und ging zu einem alten Mann, dessen Bein verwundet war, als sie spürte, dass Peter sich wieder auf der Freifläche befand. Sie konnte ihn noch nicht sehen, aber ihr hämmerndes Herz verriet ihr, dass er da war – gesund und am Leben. Sanitäter und Polizisten strömten in das Einkaufszentrum, als sie ihn endlich langsam auf sich zukommen sah. Er sah sehr grimmig aus.

»Er ist entkommen«, sagte er.

»Ja. Ich habe das Auto gesehen. Es hatte allerdings keine Kennzeichen.« Peter wurde mit einem Mal blass. »Mallory, bist du verletzt?«

»Was? Nein, natürlich nicht, Peter. Wieso –«

»Das Blut!«

Mallory sah an sich hinunter und bemerkte das Blut auf ihren Jeans, auf ihrer halb geöffneten Bluse und an ihren Händen. »Oh«, bemerkte sie. »Das ist … ihr Blut.«

Peter blickte sich um. »Mein Gott«, flüsterte er, »wenn ich ihn früher gespürt hätte, hätte ich dich möglicherweise in eine tödliche Falle geführt!«

»Nein, wie auch?«, versuchte Mallory ihn aufzuheitern. »Du hast doch unsere wunderbare Zukunft gesehen, schon vergessen?«

Er zog sie in seine Arme und drückte sie so fest an sich, dass sie kaum Luft bekam. »Gott sei Dank geht es dir gut«, sagte er. »Gott sei Dank.«

Sie drückte ihn genauso fest an sich. Es war so lange her, dass jemand sich Sorgen um ihr Leben gemacht hatte.

»Drake!«, brüllte jemand mit einer Stimme, die das Einkaufszentrum in Einsturzgefahr brachte. »Schieben Sie Ihren Arsch rüber!«

Peter warf einen letzten Blick in Mallorys Augen. »Ich muss jetzt gehen. Die Arbeit ruft«, sagte er.

»Ja.«

»Es wird bestimmt die ganze Nacht dauern. Und wahrscheinlich werde ich auch morgen den ganzen Tag arbeiten müssen.«

»Ja«, wiederholte Mallory und streichelte seine Wange. »Aber wenn du fertig bist, kommst du zu mir, damit ich dir etwas zu essen machen kann. Wir unterhalten uns, und dann gibt es nur noch … Ruhe.«

»Liebling«, murmelte er und drückte einen sanften Kuss auf ihre weichen Lippen, bevor er sich auf den Weg machte.

Mallory machte ihre Aussage bei einem stämmigen jungen Polizisten asiatischer Herkunft, und dann verdrängte sie bewusst ihre Gefühle und alles, was sie gesehen hatte, ging zu ihrem Wagen und fuhr nach Hause.

Sie betrat das Haus, verschloss die Tür hinter sich, begrüßte Horace und fütterte ihn. In der Küche zog sie ihre Sachen aus und stopfte sie in eine Mülltüte. Dann ging sie nach oben ins Badezimmer und nahm eine lange heiße Dusche. Schließlich zog sie ihren Frotteebademantel an, setzte sich in ihren Schaukelstuhl im Schlafzimmer, stieß sich mit ihrem Fuß an der Bettkante ab und schaukelte hin und her. Sie starrte den Ficus an, der sie ernst anzublicken schien, als spürte er ihre Stimmung. Langsam ließ sie das, was sie gerade erlebt hatte, an sich vorüberziehen.

Sie war ein weiteres Mal Zeuge von Tod und Zerstörung geworden. Sie hatte beobachtet, wie Peter in die Nacht hinausgelaufen war und dem Tod ins Auge gesehen hatte, und sie hatte dagestanden und war nicht imstande gewesen, etwas daran zu ändern. Es wäre so leicht gewesen … Er hätte so leicht getötet werden können. Aber er war Polizist. Er musste tun, was in seiner Macht stand, um diesen Wahnsinnigen daran zu hindern, noch mehr Blut zu vergießen. Als sie einander das erste Mal begegnet waren, hatte er Witze über die fiktiven Gefahren seines Jobs gerissen. Aber in jedem Scherz steckte bekanntermaßen auch ein Körnchen Wahrheit. Der heutige Abend hatte es bewiesen.

Und während sie hier in der warmen Zuflucht ihres Hauses saß, befand er sich im Zentrum der Katastrophe und machte seine Arbeit. Er brauchte sie jetzt, aber sie konnte ihm nicht helfen. Er würde sie auch brauchen, wenn er an ihre Tür klopfte. Dann würde sie für ihn da sein und ihm jeden Wunsch von den Augen ablesen. Sie würde ihm ihr Bestes geben und hoffen, dass es genügte. In den vergangenen zwei Wochen hatte sie sich oft gefragt, was sie ihm geben könnte, wo er ihr doch so viel gegeben und noch viel mehr versprochen hatte. Jetzt wusste sie es.

Schließlich ging sie zu Bett, und da sie in der Nacht zuvor kaum Schlaf gefunden hatte und an diesem Abend unbeschadet das Tal der Todesschatten durchschritten hatte, fiel es ihr nicht schwer, in den Schlaf zu gleiten. Doch gegen drei Uhr morgens wachte sie auf. Sie knipste ihre Nachttischlampe an, griff nach dem Telefonbuch und rief bei Pietros Pizza-Service an, der rund um die Uhr geöffnet hatte. Sie gab die Nummer ihrer Kreditkarte durch und bestellte ein Dutzend Primas, die zu Händen von Inspector Peter Drake geschickt werden sollten.

Lächelnd stellte sie das Telefon beiseite, schaltete die Lampe aus und kuschelte sich wieder ins Bett. Es war ein schönes Gefühl, Peter spüren zu können, obwohl er so weit weg war. Dieser dumme Mann, einfach nichts zu essen. Wie sollte er seinen Job machen, wenn er solchen Hunger hatte?

Eine Stunde später spürte sie seine Überraschung und Freude, als die Pizzen an das Sonderkommando der Mordkommission geliefert wurden. Sie lächelte, drückte ihr Kissen und wünschte sich, es wäre Peter.

Am Freitagmorgen wachte sie um fünf Uhr auf. Noch im Bett griff sie zum Telefon und wählte Peters Büronummer.

»Drake«, knurrte er mit heiserer Stimme.

»Atkinson«, gab sie zurück und genoss die Freude, die sie durchströmte, als sie seine Überraschung und Freude spürte. »Ich bin immer noch hier.«

»Liebes«, sagte er, »danke! Oh, und vielen Dank für die Pizzen. Sie waren toll. Woher wusstest du das?«

»Dein Magen hat geknurrt«, erwiderte Mallory schläfrig. »Wir sehen uns später, wann auch immer.«

»Worauf du dich verlassen kannst.«

Sie legte auf und ging duschen, obwohl sie erst vor ein paar Stunden geduscht hatte. Es gab da immer noch eine dunkle, besonders hartnäckige Energie, die es wegzuspülen galt. Nachdem sie ein kräftiges Frühstück zu sich genommen und Horace gefüttert hatte, als die Pflanzen gegossen und die Küche aufgeräumt waren, nahm sie auf dem Fußboden in ihrem Wohnzimmer ihre Meditationshaltung ein, um sich von dem Schrecken der letzten Nacht zu befreien und alle Verbindungen zu den Verwundeten, den von Trauer Geplagten und den Sterbenden zu kappen.

Sie brauchte gute zwei Stunden dafür. Es war sehr lange her, dass sie so viele Verbindungen geknüpft hatte. Sie war ein wenig aus der Übung. Dann fuhr sie zur Arbeit und beeilte sich, damit sie früh nach Hause konnte. Sie spürte Peters Erschöpfung und Niedergeschlagenheit den ganzen Tag über und übermittelte ihm zum Trost ihr unbegrenztes Vertrauen.

Um vier Uhr nachmittags war sie mit der Reparatur der Bremsen des Audi 5000 fertig, zog die Gummihandschuhe und den Overall aus und fuhr mit dem Mercedes zu Tower Records. Eine Stunde später war sie mit drei Frank-Sinatra-Alben und einer Tüte Lebensmittel wieder zu Hause.

Um sechs Uhr bereitet sie das Essen vor und deckte den Tisch im Esszimmer. Sie hatte zwar keine Kristallgläser, nicht einmal Stoffservietten, aber das würde Peter sicher nichts ausmachen.

Sie spürte ihn schon auf drei Meilen Entfernung und legte eine der Sinatra-Scheiben in den CD-Player. Ihre Haustür stand bereits offen, bevor er auch nur in ihre Straße einbog. Als er in die Einfahrt bog, stand sie auf der Vorderveranda, die Hände in die Hüften gestützt. Mit erschöpftem Gesicht stieg er langsam aus seinem BMW. Sie sah die Bartstoppeln und bemerkte, dass seinen blauen Augen die übliche Lebendigkeit fehlte.

»Das wird aber auch höchste Zeit«, sagte sie streng.

Immerhin verzog er leicht die Mundwinkel bei diesen Worten.

»Kommen Sie her, Mr. Drake«, forderte sie ihn auf.

Er schleppte sich über die Stufen der Veranda auf sie zu. Sie schloss ihn in ihre Arme und hielt ihn fest umschlungen, fand seinen Mund und hauchte ihm wieder Leben ein.

»Oh, Liebling!«, sagte er nur.

Als das Bedürfnis nach Sauerstoff übermächtig wurde, ließen sie voneinander ab.

»Kommen Sie herein, Mr. Drake«, sagte sie, »sonst denken die Nachbarn noch das Allerschlimmste von uns.«

»Wenn wir ins Haus gehen, denken sie noch viel schlimmere Dinge«, meinte Peter lakonisch.

»Sollen sie ruhig«, meinte Mallory.

Sie nahm seine Hand und zog ihn ins Haus. Er trat die Tür automatisch mit dem Absatz zu, wie er es auch in seiner Wohnung getan hatte, und sie lächelte. Eine schöne Geste, die sich richtig und vertraut anfühlte.

Sie zog ihm das Jackett aus, löste seine Krawatte und schob ihn auf die Couch.

»Setz dich«, befahl sie.

»Nur wenn du dich neben mich setzt«, erwiderte er.

»Eine Sekunde.«

Mallory verschwand in der Küche und kam kurz darauf mit einem Glas Riesling zurück.

»Hier, trink«, forderte sie ihn auf und hielt ihm das Glas hin.

Er nahm einen Schluck, dann noch einen und stellte dann das Glas auf den kleinen Eichentisch. Plötzlich legte er den Kopf schief und lauschte. »Hey! Das ist ja Frankie.«

»Ich lebe nur, um Ihnen zu dienen, Inspector Drake.«

»Du musst unter Drogen stehen, aber ich habe trotzdem keinerlei Hemmungen, die Situation schamlos auszunutzen. Setz dich«, befahl er.

Sie setzte sich auf seinen Schoß und legte die Arme um seinen Hals. Er stieß einen tiefen Seufzer aus, während er sie in seine Arme schloss.

»Das ist einfach herrlich!«

»Stimmt«, pflichtete Mallory ihm bei und rückte noch etwas näher.

Lange Zeit verharrten sie schweigend so, zufrieden damit, sich einfach nur im Arm zu halten.

»Also, schieß los«, sagte sie, als sie spürte, dass er bereit war zu sprechen.

»Ich möchte dich nicht mit den Einzelheiten meiner Arbeit belasten.«

»Du hast mich gegen all meine Widerstände in dein Leben gezogen, und dein Job ist ein Teil davon, also, raus damit.«

»Du hast in deinem Leben genug mit dem Tod zu tun gehabt. Ich will nicht auch noch dazu beitragen.«

»Wenn ich will, dass du den edlen Ritter spielst, lasse ich es dich wissen. Ich möchte, dass du es mir erzählst. Was die bisherigen Todesfälle in meinem Leben betrifft, so hatte ich keinerlei Einfluss auf sie, aber dieses hier ...«

»Mallory –«

»Erzähl es mir oder verschwinde.«

»Da gibt es verdammt wenig zu sagen«, meinte Peter bitter und starrte ins Leere.

Sie hob den Kopf und fuhr mit den Fingern durch sein dichtes blondes Haar. »Erzähl es mir trotzdem.«

Er sah sie an, und unwillkürlich begannen seine blauen Augen zu leuchten. »Meine Güte, bist du dickköpfig. Sieht so aus, als hätten wir den Wagen gefunden. Er passt jedenfalls auf meine Beschreibung. Mein Gefühl sagt mir, dass er es ist. Keine Kennzeichen. Er hat ihn an einer Baustelle stehen lassen und ist dann wahrscheinlich mit der U-Bahn in die Stadt gefahren.«

»Irgendwelche Fingerabdrücke?«

»Nein. Er trug Handschuhe.«

»Tatsächlich?«

»Ja. Hast du sie nicht gesehen?«

Mallory schüttelte den Kopf. »Mit dieser Art der Beobachtung habe ich wenig Erfahrung.«

»Wer auch immer der Amokschütze sein mag, er ist mit Sicherheit kein Dummkopf«, seufzte Peter. »Keiner hat ihn kommen sehen, und keiner außer mir hat ihn verschwinden sehen. Die Reifenspuren sind dieselben, die wir auch schon in der Stonestown Mall sichergestellt haben. Das ist im Grunde schon alles, was wir haben.«

»O nein, Peter, das ist noch nicht alles. Du bist ihm sehr nahe gekommen. Du musst etwas gespürt haben.

Er schwieg eine Weile. »Ja, habe ich. Er ist von einem inneren Zwang getrieben. Er *muss* es tun. Es ist wie eine Art Tonband in ihm, und wann immer das Band durchgelaufen ist und von vorn beginnt, muss er wieder töten.«

»Warum?«

Peter schüttelte den Kopf. »Das weiß ich noch nicht. Es hat irgendwas mit seinem Vater zu tun. Ich konnte es nicht eindeutig erkennen.«

»Also ist er alles andere als der perfekte Verbrecher«, sagte Mallory und streichelte seine Wange. »Weit davon entfernt. Er war dumm genug, in das Einkaufszentrum zu gehen, in dem du warst. Dieses Mal wurde er entdeckt, und du hast ihn durchschaut. Sein Auto wurde gefunden, und ihr wisst jetzt mehr über ihn.«

»Ja«, sagte Peter und starrte auf die Fotos auf dem Kaminsims, ohne sie zu sehen. »Wenigstens konnten wir ein einigermaßen anständiges Phantombild erstellen. Es wird in jeder Zeitung veröffentlicht und in jedem Fernsehsender gezeigt. Er wird sich ein anderes Auto beschaffen müssen. Wir haben sämtliche Autohändler für Neu- und Gebrauchtwagen in der Gegend gebeten, uns jeden Autokauf zu melden. Der Bürgermeister wird zusätzliche Polizeikräfte einsetzen, die die Eingänge sämtlicher Einkaufszentren und größerer Supermärkte der Stadt bewachen.«

»Gute Idee.«

»Ja. Aber wenn der Schütze so schlau ist, wie ich denke, wird er einen Weg finden, diese Autohändler und auch die ganzen Polizisten zu umgehen.«

»Aber nicht heute«, sagte Mallory und massierte sanft sein sorgenvolles Gesicht.

Er sah sie an und lächelte. »Nein, heute nicht. Nicht jetzt. Jetzt gibt es nur eine bezaubernde Frau auf meinem Schoß, Frank Sinatra im Hintergrund und diesen himmlischen Duft aus deiner Küche, der etwas außerordentlich Köstliches verspricht.«

»Oh, das hast du bemerkt?«

»Im Gegensatz zu anderen Menschen bin *ich* ein geschulter Beobachter.«

»Gut«, sagte Mallory und küsste ihn leicht auf den Mund. »Ich dachte, du willst vielleicht gern essen.«

»Ich will dich«, sagte Peter und küsste sie ungestüm. Mallory hatte das Gefühl, sich aufzulösen und gleichzeitig von purer Lebenslust überflutet zu werden.

»Mm, ja«, sagte sie, rutschte von seinem Schoß und zwang sich, seinen Protest zu ignorieren. »Betrachte mich als Vorspeise. Komm mit, Inspector Drake, die Krebse warten nicht gern.«

»Krebse?!«, wiederholte er begeistert und folgte ihr ins Esszimmer.

»Ich fand, dass wenigstens einer von uns einmal richtig kochen sollte«, erklärte sie und drückte ihn auf einen Stuhl. »Bisher hast du chinesisches Essen, Pizza und Bagels angeschleppt. Ich habe die Absicht, dich zu übertreffen.«

»Oh, dagegen habe ich nicht das Geringste einzuwenden, Ma'am«, sagte er und zog seine Vorspeise wieder auf seinen Schoß, um sie zu küssen.

Sie vergaß das Essen. Sie vergaß Horace, der ebenfalls auf sein Essen wartete. Sie vergaß, dass der Mann, der sie so hingebungsvoll küsste, erschöpft war, weil er sich alles andere als erschöpft *anfühlte*. Sie spürte den Schlag seines Herzens an ihrer Brust, seine straffen Muskeln unter ihren Beinen, und es schoss ihr durch den Kopf, dass ihr Schlafzimmer gleich nebenan war.

»Abendessen«, murmelte sie. »Ich muss dir doch das Abendessen servieren.«

»Ich bin doch noch gar nicht mit der Vorspeise fertig«, wandte er ein und zog sie zurück.

»Nein, nein, nein, wenn du zu viel von der Vorspeise isst, kannst du das Hauptgericht nicht mehr genießen.«

Peter betrachtete sie nachdenklich. »Erzähl mir mehr von diesem Hauptgericht.«

Mallory lachte und flüchtete aus seinen Armen. »Meeresfrüchtesuppe, Krebse, Sauerteigbrot und *weiter nichts*.«

»Verdammt!«

Leise lachend ging Mallory in die Küche und kam mit zwei Suppenschalen zurück, von denen sie eine auf ihren Platz, die andere vor Peter stellte, sorgsam darauf bedacht, nicht in die Nähe seiner Arme zu kommen. Dann ging sie zurück in die Küche und holte die Krebse und das Brot.

Kurz darauf glich der Tisch ihrem Pizzagelage in Peters Apartment. Nicht nur der Tisch, sondern auch sie selbst waren über und über mit Krebs- und Zitronensaft beschmiert, und ihre Finger und sogar ihre Gesichter glänzten von der Butter, mit der sie das warme Brot bestrichen hatten. Schließlich lehnte Peter sich mit einem zufriedenen Seufzer zurück.

»Oh, ich habe ganz vergessen, das Dessert zu erwähnen«, sagte Mallory.

Sofort strahlte Peter übers ganze Gesicht. »Dessert? Klingt toll!«

Lachend stand Mallory auf, ging jedoch in die Küche, statt in seine Arme zu sinken.

»Du überhörst wohl absichtlich meine dezenten Hinweise«, rief Peter ihr hinterher.

»Stimmt«, antwortete Mallory, als sie wieder zurückkam, »das tue ich.«

Peter starrte mit offenem Mund auf den Nachtisch, den sie auf den Tisch stellte. »Woher wusstest du das?!«

»Tja, das kommt davon, wenn man sich ständig mit Kriminalbeamten herumtreibt. Ich habe eine erstaunliche Fähigkeit entwickelt, Schlussfolgerungen zu ziehen. Meiner bescheidenen Meinung nach *muss* ein Mann, der wie geschaffen für mich ist, Mokka-Käsekuchen lieben.«

»Sag das noch mal«, befahl Peter, griff nach ihrem Handgelenk und zog sie zu sich.

Mallory lächelte ihn verschmitzt an. »Erst wenn ich meinen Nachtisch gehabt habe«, sagte sie und befreite sich aus seinem Griff.

Peter protestierte zwar, als sie den Käsekuchen aufschnitt, aber Mallory wusste nur zu gut, dass er in Wahrheit zwischen der Lust auf Kuchen und dem Verlangen nach einem ganz anderen Genuss hin und her gerissen war. Das lag nur daran, dass er viel zu schwer gearbeitet hatte, dachte sie.

Als sie die Hälfte des Käsekuchens vertilgt und ihre Weingläser geleert hatten, konnte Peter kaum noch die Augen offen halten, obgleich er jedes Mal prompt reagierte, wenn Mallory in seine Reichweite kam.

»Du bist wirklich hartnäckig«, bemerkte Mallory, nahm seine Hand und führte ihn ins Wohnzimmer.

»Deshalb bin ich ja auch so gut in meinem Job«, erwiderte er.

»Das erwähntest du bereits. Setz dich.«

Sie schubste ihn auf ihre Couch, setzte sich aber nicht auf seinen Schoß, sondern trat hinter ihn. Er drehte sich zu ihr um.

»Was soll das denn werden, du gerissenes Frauenzimmer?«

»Ich kümmere mich um deine Schultern«, antwortete Mallory und machte sich daran, seine völlig verspannten und eisenharten Schultermuskeln zu massieren. Sie spürte seine Überraschung, dann seine Hilflosigkeit und nach einer Weile konnte er nur noch genüsslich seufzen.

»Oh! *Himmlisch!*«

Sie bearbeitete ihn so lange, bis aus dem Eisen Beton wurde, der sich unter ihren Händen allmählich wieder in Fleisch verwandelte. Ihre Fingerspitzen glitten zu seinen Schläfen. Sie spürte die Spannung darin und massierte sie so lange, bis sie nachließ. Als sie schließlich um die Couch herumging und in seine Arme sinken wollte, musste sie feststellen, dass der lüsterne Inspector Drake sanft entschlummert war.

Mit einem leichten Lächeln streckte sie ihn der Länge nach auf ihrer Couch aus, die gerade ausreichte. Sie holte ein paar Decken aus einem Wäscheschrank, deckte ihn liebevoll zu, küsste seine stoppelige Wange, setzte sich an seiner Kopfseite auf den Fußboden und streichelte sanft sein Haar.

»Peter Drake«, sagte sie leise, »ich danke dir dafür, dass du in mein Leben getreten bist. Eines Tages, wenn du nicht gerade bewusstlos bist, bin ich vielleicht mutig genug, um dir zu sagen, dass ich dich liebe.«

9

Der Geruch von Kaffee ließ Peter langsam zu sich kommen. Stöhnend streckte er sich und öffnete ein Auge.

Mallory kniete neben ihm und hielt ihm einen dampfenden Kaffeebecher unter die Nase.

Er öffnete beide Augen.

»Bin ich eingeschlafen?«, murmelte er verschlafen.

Mallory grinste. »Ihre Schlussfolgerungen sind wie immer beeindruckend, Inspector Drake.«

»Wie lange habe ich geschlafen?«

Mallory warf einen Blick auf ihre Armbanduhr. »Oh, ich würde sagen, ungefähr vierzehn Stunden und einundvierzig Minuten.«

»Was?!«, schrie Peter, fuhr hoch und starrte verwirrt auf all die Decken um ihn herum. Er lag auf Mallorys Couch. Auf ihrer *Couch*! »Willst du damit sagen, ich war die ganze Nacht hier und habe nur *geschlafen*?!«

Mallory musste so heftig lachen, dass der Kaffee über den Becherrand auf ihre Hand schwappte. »Hier«, sagte sie, drückte ihm den Becher in die Hand und wischte sich die Hände an ihrer Jeans ab.

»Unglaublich«, grummelte Peter und nippte an dem heißen Kaffee. »Nicht zu fassen!«

»Das liegt an der vielen Arbeit«, gab Mallory zurück. »Ich hatte vor, etwas dagegen zu unternehmen, schon vergessen?«

Das Koffein schien wahre Wunder zu wirken. »Jetzt fällt mir alles wieder ein«, sagte er und nahm noch einen großen Schluck. »Die Götter haben dich geschickt, um mich und meine Hormone zu foltern. Und jetzt fällt mir auch wieder ein, dass ich dabei war, *dagegen* etwas zu unternehmen.«

Er stellte den Becher auf den Boden und wollte Mallory in seine Arme schließen, die jedoch eilig zurückwich und prompt auf ihrem bemerkenswerten Hinterteil landete.

»Sieht aus, als wärst du ein Morgenmensch, Drake.«

»Allerdings! Komm her, ich beweise es dir.«

Peter wollte aufstehen, verhedderte sich aber in den Decken und fiel auf Mallory.

»Uff! Geh runter, Drake!«, ächzte sie unter seinem Gewicht.

»Ich denke nicht daran«, weigerte sich Peter und machte Anstalten, sie zu küssen.

Doch Mallory wandte den Kopf ab und versuchte sich freizustrampeln. »Nein! Wage es nicht, Peter Drake. Ich werde es nicht zulassen, dass du mir mit deinem Zweitagebart das Gesicht zerkratzt! Oh, verdammt«, murmelte sie, als sein Mund schließlich doch ihren fand.

Wie immer schmolz sie augenblicklich dahin, und ihr sanftes Stöhnen war Musik in seinen Ohren. Ihr Duft und ihr warmer Körper, der sich an ihn presste, elektrisierten ihn geradezu. Gab es etwas Schöneres auf der Welt, als Mallory Atkinsons heißen Mund zu spüren, der hungrig den seinen suchte? Es schien, als könne sie nicht genug von ihm bekommen. Dass er nicht genug von *ihr* bekommen konnte, stand völlig außer Frage. Seine Zunge versank in ihrem Mund, und er spürte ihr Erschauern, als er sich langsam über ihr zu bewegen begann.

Ihre Beine glitten wie von selbst auseinander und luden ihn ein, noch näher zu kommen. Stöhnend folgte er dieser Aufforderung, ehe sich ihre Beine fest um ihn schlossen. Seine Hand glitt nach unten ... und stieß auf Jeansstoff.

»Besitzt du eigentlich keine Kleider?«, knurrte er und bedeckte ihr Gesicht mit Küssen.

»Doch, zwei«, stieß sie atemlos hervor. »Und einen Rock. Au!«

Peter rückte ein Stück ab, um sie ansehen zu können. Mallorys eine Wange war eindeutig röter als die andere.

Peter grinste sie an. »Ich muss mich wohl rasieren.«

»Ja.«

»Und duschen.«

»Gute Idee.«

»Ich schätze, ich hätte auch nichts gegen saubere Kleidung.«

»Absolut verständlich.«

Lachend ließ Peter von Mallorys höchst verlockendem Körper ab. »Okay. Eine Viertelstunde halte ich es gerade noch aus. Na ja, zehn Minuten vielleicht. Wo ist die Dusche?«

»Oh! Männer und ihr Ego!«, sagte Mallory, stützte sich auf den Ellbogen und blitzte ihn mit gespielter Entrüstung an. »Ich habe keinen Rasierer, der mit diesem Bart fertig wird, Drake. Und mein Morgenmantel passt dir bestimmt auch nicht.«

»Mallory, du wirst doch nicht ... so grausam kannst du doch nicht sein ... du schickst mich doch nicht etwa fort?«

Sie beugte sich vor und tätschelte seine raue Wange. »Ich warte auf dich, Drake«, gurrte sie. »Und wenn ich alt und grau darüber werde, aber ich warte hier auf dich.«

»Nichts da«, sagte Peter und stand auf, ehe er nach ihrer Hand griff, und sie ebenfalls hochzog. »Du kommst mit.«

»Du wirst dich doch bestimmt ohne meine Hilfe rasieren können«, meinte Mallory ironisch.

»Aber was ist mit dem Duschen? Ich könnte ausrutschen und stürzen, stundenlang im Wasser liegen und mich vor Schmerzen nicht bewegen können, und keiner ist da, um mich zu retten.«

»Du bist so was von gewissenlos –«

»Und was soll ich anziehen? Woher soll ich wissen, welches die richtigen Farben sind, wenn du mich nicht berätst?«

»– und unmoralisch.«

»Du weißt noch, dass du hervorragend über meine Schulter passt, oder?«

Mallory dachte darüber nach. »Ich fahre«, sagte sie schließlich, nahm seine Hand und zog ihn zur Haustür.

»Ich liebe entschlossene Frauen«, erklärte Peter hingerissen.

Im Wagen schob er den Sitz so weit zurück, dass er seine Beine bequem ausstrecken konnte und einen guten Blick auf Mallorys Profil und ihr zartes Ohr hatte, während sie rückwärts aus der Garage und vorbei an seinem BMW auf die Straße fuhr.

»Ich liebe deine Ohren«, stellte er fest und fuhr mit dem Zeigefinger sanft die Windungen ihres rechten Ohres nach.

»Hör auf damit!«

»Sie sind unglaublich sinnlich. Kompliziert und schön, genau wie du.«

Mallory zuckte zurück, bremste abrupt, und kam unmittelbar vor einem Stoppschild zum Stehen. »Peter

Drake, wenn du mich nicht in Ruhe lässt, baue ich noch einen Unfall, und *du* wirst den Schaden bezahlen, und wenn es dich den letzten Cent kostet!«

Ihre Reaktion belustigte Peter, auch wenn er sich zu seinem Erstaunen eingestehen musste, dass er schlicht und ergreifend unfähig war, die Finger von ihr zu lassen. Seine schlanken Hände fuhren unablässig durch ihr rotbraunes Haar.

»Wie ist es nur möglich, dass sich alles an dir wie Seide anfühlt?«, murmelte er.

Mallory stöhnte. »Wir bauen noch einen Unfall. Wir werden beide sterben, Mike wird arbeitslos, Consuelas VW muss verschrottet werden, und Horace bekommt nie wieder Truthahnleber zu fressen.«

Peter lachte in sich hinein, während seine Finger zu ihrem Nacken glitten. »Du bist eine höchst angespannte Lady, Mallory Atkinson. Vielleicht kann ich ja für Abhilfe sorgen.«

»*Nicht* während ich fahre!«

Er begann, ihre verspannten Nackenmuskeln zu massieren.

»Sollten wir es wie durch ein Wunder schaffen, den Zusammenstoß mit einem Telefonmasten zu überleben«, verkündete Mallory grimmig und legte den ersten Gang ein, »bringe ich dich um.« Sie schaltete in den zweiten Gang, dann in den dritten, und als seine Finger sich zu ihrem Schlüsselbein vortasteten, schoss sie wie eine Rakete die 22. Straße entlang.

»Ich entnehme dieser Drohung, dass ich dich irgendwie beunruhige«, murmelte Peter, ließ seine Hand zu ihrem Hals gleiten und spürte ihren flatternden Puls.

»Eine Kernschmelze in einem Atomkraftwerk ist beunruhigend, Drake. *Du* bist … Oh, hör bitte auf!«, flüsterte sie.

Peter nahm seine Fingerspitzen von ihren Lippen. »Schlechte Nachrichten, Mallory, ich kann ebenso wenig aufhören, dich zu berühren, wie ich aufhören kann zu atmen.«

Sie warf ihm einen raschen Seitenblick zu, ehe sie sich wieder auf die Straße konzentrierte. »Warum um alles in der Welt habe ich dich bloß in mein Leben gelassen?«, fragte sie leise.

Peter lächelte, lehnte sich zurück und ließ eine Haarsträhne durch seine Finger gleiten. »Wenn ich mich recht entsinne, habe ich dir keine andere Wahl gelassen.«

»Du kannst dir dieses selbstzufriedene Grinsen ruhig schenken, Drake«, fuhr Mallory ihn in diesem Tonfall an, den er inzwischen so liebte. »Ich hätte dir einen Tritt geben können, wenn ich es gewollt hätte.«

Seine Finger verharrten einen Moment. »Mein messerscharfes Urteilsvermögen sagt mir, dass du mir also … kein Tritt geben wolltest.«

Sie stieß einen abgrundtiefen Seufzer aus. »Ich weiß nicht, was es ist, Drake – dein dämlicher Humor, dein Fanatismus, was diesen BMW betrifft, dein unglaubliches männliches Selbstbewusstsein – aber was es auch immer sein mag, ich scheine dich unwiderstehlich zu finden.«

Sein freudiges Lachen war ansteckend. »Du nimmst wirklich kein Blatt vor den Mund, Mallory.«

Sie grinste ihn an und bog in die Diamond Street ein.

Nach einigen weiteren Beinahe-Unfällen blieb sie auf dem Parkplatz hinter seinem Apartmentgebäude stehen, zog die Handbremse an, stellte den Motor ab und lehnte sich seufzend zurück.

»Nicht zu fassen, dass wir noch leben.«

»Du solltest meinen Fähigkeiten trauen, Mallory. Wieso sollten wir in einem Autowrack sterben, wenn wir dazu bestimmt sind, unsere goldene Hochzeit zu feiern?«

»Stur wie ein Pitbull und genauso bezaubernd«, brummte Mallory und stieg aus.

Augenblicklich war Peter an ihrer Seite, nahm ihre Hand und zog sie die drei Stockwerke zu seinem Apartment hinauf. Er trat die Tür hinter sich zu, warf sein Jackett über einen Sessel und wollte gerade ins Schlafzimmer eilen, als das Telefon klingelte. Im Vorbeigehen nahm er den Hörer ab.

»Hallo, Mom.«

»Nur ein Wort, du Hellseher: *Enkelkinder*.«

»Ich arbeite daran, Mom.«

Verblüfftes Schweigen. »Wie bitte?«

»Ich sagte, ich arbeite daran, Mom.«

»Peter, du willst doch wohl deine alte Mutter nicht auf den Arm nehmen, oder?«

»Nein, Ma«, sagte Peter, musterte Mallory von oben bis unten und bemerkte zufrieden, dass sie tief errötete. »Das ist mein Ernst. Für die Erhaltung der Spezies Mensch zu sorgen steht definitiv auf meiner Tagesordnung. Und zwar mit allem Drum und Dran: bis sechs Uhr abends arbeiten, die Wochenenden sind frei, Urlaub wird mit der Familie gemacht.«

»Wer ist diese Zauberin, und wann kriegen wir sie zu sehen?«

»Bald, Mom. Bald«, lachte Peter.

»Ich bin schon ganz aufgeregt. Ich muss sofort einen Strampelanzug und einen Kinderwagen kaufen. Oder lieber zuerst ein Gitterbettchen?«

»Da sind noch ein paar … äh … Dinge, die ich vorher erledigen muss, Mom. Ich halte dich auf dem Laufenden.«

»Endlich wird doch noch ein ordentlicher Sohn aus dir. Ich wusste es, Peter. Bis dann.«

»Bye, Mom«, sagte Peter und grinste. Er musterte Mallory erneut. »Zuerst die Rasur, dann die Dusche«, verkündete er und ging wieder in Richtung Schlafzimmer, »und dann locke ich dich in meine Liebesfalle.«

»Drake«, sagte Mallory, »du hast noch nicht gefrühstückt, und ich habe noch nichts zu Mittag gegessen. Keine Falle auf der Welt ist verlockend genug, um mich von meinen regelmäßigen Mahlzeiten abzuhalten.«

»Verdammt«, knurrte Peter, packte ihre Hand und zerrte sie ins Schlafzimmer. »Na gut, zurück zu Plan A. Ich rasiere und dusche mich, und du suchst was zum Anziehen aus.«

»Drake, ich bin Automechanikerin, keine Modeberaterin.«

»Du kannst nicht einfach hier herumsitzen und Däumchen drehen. Du brauchst was zu tun. Such einfach etwas aus, was dir an mir gefallen würde.«

Verdutzt bemerkte er, wie Mallorys grüne Augen sich vor Schreck weiteten.

Ihr war gerade aufgegangen, was ihr am besten gefallen würde: Peter, der gar nichts anhatte und sie mit offenen Armen in seinem Bett erwartete.

»Hast du zufällig irgendwelche Donald-Duck-T-Shirts?«, fragte sie und drehte sich hastig zu seinem Kleiderschrank um.

»Ah … nein, aber ein Sweatshirt mit Pooh, dem Bären.«

»Geh dich rasieren, Drake, ich werde schon irgendwas finden.«

»Okay«, sagte Peter ein wenig verwirrt, ging ins Badezimmer und schloss die Tür hinter sich.

Mallory lehnte sich gegen die Kleiderschranktür. Wie machte er das nur? Wie hatte er es geschafft, eine gewöhnliche Automechanikerin innerhalb von zwei Wochen in eine wahre Sexbesessene zu verwandeln? Sie hörte, wie der elektrische Rasierer hinter der Badezimmertür surrte, und drehte sich um, um die ordentlich aufgehängten Sachen in Peters Kleiderschrank zu begutachten. Aber sie hatte Mühe, sich zu konzentrieren.

Was war bloß mit ihr los? Sie hatte noch nie zuvor dieses Verlangen gespürt, sich so verzweifelt nach der Berührung eines Mannes gesehnt. Und dabei brauchte er sie noch nicht einmal zu berühren. Allein der Klang seiner Stimme weckte ihre Lust. Nein, nicht einmal das war nötig. Es genügte schon ein Blick in seine blauen Augen, und sie hatte das unwiderstehliche Bedürfnis, ihm die Kleider vom Leib zu reißen. Nein, in Wahrheit war es noch viel schlimmer. Es reichte, nur an ihn zu *denken*, und ihre Hormone spielten verrückt.

»Was gefunden?«, rief Peter über das surrende Geräusch des Rasierers hinweg.

»Hm, wie wäre es mit dem dunkelgrauen Anzug von Brooks Brothers?«

»Nein.«

»Grüne Hosen und ein orangefarbenes Sweatshirt?«

»Nein!«

»Dann suche ich noch weiter.«

»Tu das bitte.«

Als Nächstes hörte Mallory, wie die Dusche aufgedreht wurde und sich die Tür zur Duschkabine schloss.

Höchstens drei Meter von ihr entfernt stand Peter Drake nackt unter der Dusche, warmes Wasser floss über sein dichtes blondes Haar, über seine breiten Schultern, seine muskulöse glatte Brust, seine sehnigen Arme, hinunter zu seinem flachen Bauch …

Plötzlich gaben Mallorys Beine nach, und sie ließ sich auf die Kante von Peters breitem Messingbett sinken. Es würde nicht lange dauern. Sie müsste nur ihre eigenen Sachen ausziehen, diese drei Meter zurücklegen, die Tür zur Dusche öffnen und könnte die Arme um Peters starken, nassen Körper legen. Ihr Herz hämmerte schmerzhaft gegen ihre Rippen. Eine Flut der Begierde breitete sich in ihr aus. Sie wollte nichts weiter, als Peter in den Armen halten und mit ihm herausfinden, wohin es sie führen würde.

Das Schockierende daran war, dass sie bereits die eine oder andere Idee hatte. Sie kannte ihn gerade mal zwanzig Tage und mochte ihn bereits, liebte ihn sogar. Diese Tatsache konnte sie notfalls noch vor ihm verbergen. Aber in nur zwanzig Tagen hatte ihr Körper eine Sehnsucht nach Peter Drake entwickelt, die sich jenseits von purer Lust zu einem alles überwältigenden Verlangen gesteigert hatte. Sie wollte mehr als nur seine Küsse, mehr als nur seine Zärtlichkeiten. Sie wollte *ihn,* wollte ihn in sich spüren, wollte, dass er sich in ihr bewegte, mit ihr verschmolz, bis sie eins waren.

Das war das Erschütternde daran. Mallory hatte keine Schutzmauern mehr um sich. Keine einzige. Dieses Bedürfnis, Peter Drake in jede Faser ihres Lebens eindringen zu lassen, hatte auch noch ihren letzten Schutzwall in Schutt und Asche gelegt, und jetzt saß sie hier, auf seinem Bett und verzehrte sich nach ihm. Sie hatte sich verwundbar gemacht, hatte sich geöffnet für jede Art von Schmerz, Verletzung … und Freude. Wann hatte sie sich jemals so offen gefühlt? Nicht bei Carlo, nein, niemals. Sie waren zwei Jahre zusammen und davon sechs Monate verlobt gewesen, aber sie war stets ein wenig auf Distanz geblieben, um sich vor seiner Arroganz und seiner Herablassung zu schützen, die er im Hinblick auf ihre übersinnlichen Wahrnehmungen an den Tag gelegt hatte.

Zwischen ihr und Peter existierte so etwas nicht, sondern nur ihre Liebe und das Verlangen, das sie dazu brachte, sich in ihrer Fantasie hundert verschiedene Möglichkeiten auszumalen, wie sie sich ihm hingab.

Obgleich sie ihm gelegentlich noch immer irgendwelche Beleidigungen an den Kopf warf, war Peter weder herablassend, noch hielt er sich für unfehlbar. Er war einfach nur ein lebensfroher, humorvoller, zutiefst ehrlicher Mensch, der sie begehrte. Er hatte es gesagt, und ihr auf jede nur erdenkliche Art und Weise bewiesen, aber in diesen zwanzig Tagen war er keinen Schritt weiter gegangen. Und warum nicht? Weil er darauf wartete, dass sie ihn ebenso begehrte wie er sie.

Na schön, das tat sie. Sie wollte seine Hände überall an ihrem Körper spüren. Sie wollte, dass er ihre Brüste küsste, wollte die Härchen seiner Beine auf ihrer Haut spüren, wollte ihn in sich fühlen und ihn nie wieder frei geben.

Angst und Verwundbarkeit und Schmerz durften keine Rolle spielen. Nicht mehr. Sie wollte ihn. Brauchte ihn. Und er stand nur drei Meter von ihr entfernt, nackt und nass, und obgleich sie heftig zitterte, streifte sie ihre Schuhe ab, stand auf und ging auf die Badezimmertür zu.

Die sich in diesem Moment öffnete. Sie hatte nicht registriert, dass die Dusche inzwischen abgedreht worden war.

Peter stand im Türrahmen, das nasse Haar aus dem Gesicht gekämmt. Er trug einen dicken, weißen Frotteebademantel, der ihm bis zu den Knien reichte. Knapp.

»Mallory, Liebes, geht es dir gut?«, fragte er und blickte sie besorgt an.

Sie fuhr sich zitternd durchs Haar. »Ich weiß nicht«, brachte sie mit Mühe heraus. »Gut scheint es nicht ganz zu treffen. Hattest du schon mal das Gefühl, dass Zalman King für dein Schicksal verantwortlich ist?«

Seine Augen weiteten sich. »Mallory?«, fragte er mit brüchiger Stimme, »habe ich dich richtig verstanden? Du meinst den Zalman King, der das Drehbuch für 9 1/2 Wochen geschrieben hat?«

»Ich weiß jetzt, was du anziehen sollst«, sagte sie und ging auf ihn zu.

»Was denn?«, fragte er.

»Nichts. Absolut nichts. Außer mir.«

Sie verschloss ihm den Mund, legte ihm ihre Arme um den Hals, verschränkte ihre Finger hinter seinem Kopf und presste sich an ihn. Sie zitterte nicht länger. Ganz im Gegensatz zu ihm.

Er entzog ihr seinen Mund. Sie schob seinen Bademantel auseinander, küsste seine männlichen Brustwarzen und strich mit den Fingern darüber.

»Mallory!«, sagte Peter mit rauer Stimme. »Mallory, bist du sicher? Lieber Gott, bitte sei dir sicher, Mallory.«

»Mein Verlangen nach dir ist größer als meine Angst, Peter«, sagte sie drängend, während sie seine Brust mit Küssen bedeckte. »Mein Körper verlangt nach dir. Nach deinem Geruch, deiner Stimme, deiner Haut. Ich will nur dich. Ich möchte dich … in mir spüren … jetzt.«

Sie stellte sich auf die Zehenspitzen und schob ihm den

Bademantel von den Schultern. Und dann waren ihre Hände überall, und sie nahm jeden Muskel von ihm, jeden Knochen, jede Wölbung mit allen Sinnen auf.

Peters Zunge folgte der delikaten Linie ihres rechten Ohres. »Einer von uns hat definitiv zu viel an«, murmelte er.

»Dann tu etwas dagegen, verdammt!«

Leise lachend nahm Peter ihr Gesicht in beide Hände. »Du kannst dir gar nicht vorstellen, wie viele Nächte ich wach gelegen und mir gewünscht habe, dass du genau das zu mir sagst.«

Er zog sie hinüber zum Bett und setzte sich, wobei er sie mit beiden Armen von sich hielt.

Sie zitterte wieder, aber nicht aus Furcht. Wovor sollte sie sich fürchten, wenn Peters blaue Augen sich vor Leidenschaft verdunkelten, als er langsam ihre Bluse aufknöpfte? Er ging methodisch vor, und nur sein heftiges Atmen verriet ihn. Zuerst schob er die rechte Seite ihrer Bluse beiseite, dann die linke, ehe er sie von ihren Schultern streifte und zu Boden fallen ließ. Er beugte sich vor und begann an ihrer pochenden Brustwarze zu saugen.

Sie schrie auf und drängte sich ihm entgegen, versuchte, ihn noch enger an sich zu pressen. Mit einer Hand streichelte er ihre Brust, reizte ihre empfindliche Brustwarze noch ein wenig mehr und liebkoste sie sanft.

Erst als ihre Jeans um die Taille nachgab und er sie langsam zusammen mit ihrem Baumwollhöschen abstreifte, bemerkte sie, was er mit seiner freien Hand angestellt hatte. Er hob sie mit einem Stöhnen, das in ihr nachbebte, hoch und legte sie aufs Bett. Dann schob er sich über sie, und sie keuchten und zitterten beide vor Lust, als er sich langsam an ihr rieb.

»Du kannst dir nicht vorstellen, wie sehr ich das brauche«, sagte er heiser, »wie sehr ich dich begehre.«

»Beweise es mir«, murmelte sie an seinem Ohr. »Bitte, beweise es mir.«

Als Freund systematischer Arbeit küsste Peter sie von oben bis unten, fuhr mit seiner Zunge über ihre Rippen, ihren Nabel, ihre Hüften. Erst als sie seine Lippen an ihrem Zehen spürte, ging ihr auf, wie empfindsam sie doch waren. Schließlich begann er, sich wieder nach oben zu arbeiten, spreizte ihre Beine und küsste zärtlich die Innenseite ihrer Schenkel. Dann glitten seine Hände unter ihr Hinterteil und hoben sie näher zu seinem Mund.

Als er das Zentrum ihres Verlangens berührte, stieß sie einen spitzen Schrei aus und bäumte sich ihm entgegen.

»Peter! O Gott, ich kann nicht … ich halte es nicht aus. Ich –«

Rhythmisch begann er, an ihrem Fleisch zu saugen, so dass jedes Wort überflüssig wurde. Raserei erfasste sie, bis sie das Gefühl hatte, sich aufzulösen. »Peter, Peter, Peter!«, rief sie wieder und wieder.

Schließlich lag sie erschöpft in seinen Armen, und er hielt sie fest, streichelte sie zärtlich und murmelte beruhigende Worte.

Sie suchte seinen Mund und küsste ihn wild und hungrig, nahm sein Erschauern mit ihrem Körper auf, als er sich auf sie schob. Seine Hände waren nicht länger zärtlich und beruhigend, sondern entflammten jeden Zentimeter ihrer Haut.

Wie hatte sie es nur geschafft, ihn zwanzig Tage lang davon abzuhalten, sie zu berühren?

»Ich dachte, ich wüsste, wie sehr ich dich begehre«, stöhnte er und knabberte an ihrem Mund, ihrem Kinn,

»ich dachte, ich könnte das Verlangen, das mich allein beim Gedanken an dich überkam, einschätzen. Aber die Realität übertrifft alle meine Vorstellungen.«

Seine Finger glitten in das feuchte Zentrum ihrer Begierde, und sie schrie wieder auf, kam ihm entgegen und küsste ihn noch leidenschaftlicher, noch fordernder.

Seine Zärtlichkeiten wurden drängender, und Mallory musste sich für einen Moment von ihm lösen, um ihre Lungen mit Sauerstoff zu füllen. »Ich habe noch nie ... bis jetzt konnte ich mir nicht vorstellen, was wahre Begierde, wahres Verlangen heißt.« Sein brennender Blick, seine Worte waren ein Echo ihrer eigenen Empfindungen. »Du bringst mich schier um den Verstand, Mallory. Allein schon wenn ich dich berühre, treibt es mich an den Rand! Mallory!«, rief er, als ihre Hand ihn umschloss und zu streicheln begann. »Ich ertrage es keine Sekunde länger.«

Er drehte sich um zum Nachttisch, aber sie hinderte ihn daran, zog ihn zu sich und küsste ihn wieder.

»Mallory, Liebste«, stöhnte er und löste sich von ihrem Mund, »wenn ich nicht sofort ein Kondom hole, gibt es keine zweite Chance.«

»Ab morgen nehme ich die Pille.«

»Gute Idee«, krächzte Peter, während er ein Päckchen aufriss.

Wenige Sekunden später zog er Mallory an sich, küsste sie gierig, presste sie mit seinem Körper aufs Bett, während seine Hand nach unten glitt und in sie eindrang. Der Schrei, den Mallory ausstieß, klang selbst in ihren eigenen Ohren fremd.

Er hielt abrupt inne. »Mein Gott«, keuchte er und starrte sie an, »du bist noch Jungfrau!«

»Peter, du sollst nicht mit mir reden, sondern mit mir

schlafen!«, winselte Mallory. »Komm, ich brauche dich so sehr!«

Aber Peter starrte sie immer noch an. »Ich habe dich verfolgt und belästigt und in den letzten drei Wochen all deine Mauern eingerissen, und deine Antwort darauf ist das großartigste Geschenk, das du mir machen kannst? Oh, mein *Liebling*«, stieß er hervor und küsste sie noch leidenschaftlicher. Sie hatte das Gefühl, von seiner Liebe verschlungen zu werden. Und sie war bereit dazu.

Sie streckte die Hand nach ihm aus, streichelte ihn und dirigierte ihn zwischen ihre Schenkel. »Bitte, Peter, jetzt! Ich kann nicht länger warten. Ich will dich jetzt, sofort! O bitte!«

Er umfasste ihren Kopf, so dass sie jede Regung in seinem angespannten Gesicht sehen konnte, während er langsam und behutsam in sie eindrang. Sie keuchte, als er ihren allerletzten Schutzwall durchstieß, und stieß einen tiefen Seufzer aus, als sie ihn endgültig in sich aufnahm. Als sie Peter anblickte, wusste sie endlich, was reine Freude war.

»Noch nie, noch nie habe ich so etwas erlebt. Oh, mein Liebling«, keuchte er und begann, sich langsam in ihr zu bewegen. Sie bäumte sich auf, kam ihm entgegen und passte sich instinktiv seinem Rhythmus an.

»Oh, *ja*«, presste er atemlos hervor. Ihre Beine umschlossen seine Taille, zogen ihn an sich, wollten, dass er noch tiefer in sie eindrang.

Sie spürte, wie die letzte Schranke seiner Beherrschung fiel. Seine Bewegungen wurden schneller, wilder, fordernder, und sie wand und krümmte sich unter ihm, verschmolz mit ihm und wusste, dass sie nie wieder getrennt sein würden.

Mit einem Mal schien die Welt auf dem Kopf zu stehen, und Mallory *spürte … wusste*, was Peter in diesem Moment fühlte, war plötzlich ein Teil seiner Gefühle. Und ein Blick in seine schockierten blauen Augen bestätigte ihr, dass er dasselbe durchlebte. Es gab keine Mauern mehr, keine Ängste oder Zweifel, und keiner von ihnen hielt seine Emotionen noch länger zurück. Ihre körperliche Vereinigung hatte sie auf eine Weise verbunden, die Mallory niemals für möglich gehalten hatte.

Die Intensität ihrer Begierde, noch verstärkt durch seine, erzeugten wieder das vertraute goldene Licht, das sie umhüllte. Mallory spürte, wie alles in ihr pulsierte, während Peter in sie stieß und wieder und wieder ihren Namen rief.

Die Erlösung kam wie eine Explosion. Sie umklammerten einander, heiser, fassungslos, verzückt. Ihr Körper bebte noch immer, als Peter auf ihre Brust sank. Sie war außer sich vor Freude, aber viel zu erschöpft, um sich zu bewegen. Ihr Verstand war wie ausgelöscht. Nur diese vollkommene körperliche und seelische Unzertrennlichkeit spürte sie mit jeder Faser ihres Körpers, während Peter sie kraftlos in seinen Armen hielt.

Sie hatte keine Ahnung, wie viel Zeit vergangen war, als sie wieder zu Atem kam, ihren eigenen Körper spürte und bemerkte, dass Peter sich bewegte, sich neben sie legte und sie an sich drückte.

»Meine Liebste«, murmelte er und küsste ihre Schläfen und Augenbrauen. »Mein Leben.«

»Was … ist passiert?«, fragte sie leise.

»Wir sind jetzt unzertrennlich«, erwiderte er schlicht.

Einen Moment lang lag sie reglos da, ehe sich ihr Körper zu entspannen schien. »Ja.« Sie wusste nicht, wie lange sie erschöpft in seinen Armen lag. Zeit spielte keine

Rolle. Und die Worte kamen aus dem Nichts. Von überall her. Wie von selbst.

»Ich liebe dich, Peter«, sagte sie und spürte sein klopfendes Herz unter ihren Lippen. »Ich liebe dich grenzenlos. Und ich schenke dir meine Liebe. Jeden einzelnen goldenen Tropfen davon.«

»Liebste.« Seine Stimme war rau, und seine Finger zitterten leicht, als sie ihr durchs Haar strichen.

Sie hob ihren Kopf und sah, dass Tränen in seinen blauen Augen schimmerten.

»Wusstest du denn nicht«, sagte sie und küsste erst das eine, dann das andere Auge, liebkoste seine Schläfen und seine Wangen mit ihren Lippen, »dass du es wert bist, deinetwegen Schutzmauern einzureißen? Du bist mir wichtiger als meine Ängste und meine Selbstzweifel. Du bist es wert, für dich zu sterben.«

Ein tiefer Seufzer entfuhr ihm, während er sie an sich zog und sie mit Küssen bedeckte.

»Womit habe ich dich nur verdient?«, flüsterte er.

Sie umfasste sein Gesicht und zwang ihn, sie anzusehen. »Du hast mir deine Liebe gezeigt«, erwiderte sie. »Das hat mich zu Wachs in deinen Händen gemacht. Du kannst mit mir machen, was du willst: Ich schlafe mit dir, wann immer du willst, dusche mit dir, bade mit dir und liebe dich bis in alle Ewigkeit. Du hast mir … Unzertrennlichkeit geschenkt.« Sie sah ihn nachdenklich an. »Glaubst du, dass es jedes Mal so ist?«

»Ich weiß es nicht.« Plötzlich grinste er anzüglich. »Aber ich kann es kaum abwarten, es auszuprobieren.«

Mallory kicherte. »Ich kann nur sagen, Mr. Drake, es hat sich wirklich gelohnt, auf Sie zu warten.«

»Oh, wo wir gerade dabei sind«, sagte er, stützte sich

auf den Ellbogen und musterte sie, »wie um alles in der Welt kann eine so leidenschaftliche und sinnliche Frau wie du mit einunddreißig noch Jungfrau sein?«

Tiefe Röte schoss Mallory ins Gesicht.

»Das braucht dir doch nicht peinlich zu sein«, murmelte er und streichelte sie zärtlich, während sie ihr Gesicht in seiner Armbeuge barg. »Weißt du nicht, dass du mir damit ein Geschenk gemacht hast, das ich dir nie vergelten kann? Auch nicht, wenn ich dir die Füße, jeden Zeh einzeln küsse? Und ich glaube, genau damit sollte ich anfangen.«

Mallory lachte und stieß ihn weg. »Leg dich wieder hin, du Dummkopf! Es sind nicht meine Zehen, die von dir geküsst werden wollen.«

»Lügnerin.«

Sie grinste ihn an. »Nun ja, jedenfalls nicht im Moment.«

»Schamloses Frauenzimmer«, gab Peter zurück, gehorchte aber und stützte sich wieder auf den Ellbogen. »Also gut, Ms. Atkinson, ich hätte gern ein paar Antworten. Wie haben Sie es geschafft, als unberührte Jungfrau die Highschool und das College zu überstehen?«

»Ich habe keinen von den Jungs geliebt, mit denen ich ausgegangen bin, und wenn du mal einen Blick ins Wörterbuch wirfst, wirst du feststellen, dass der korrekte Begriff dafür sich *lieben* lautet.«

»Aber du dachtest doch, dass du Carlo Cortese liebst. Wieso bist du diesem Prachtkerl nicht in die Arme gesunken? So wie er aussah sind ihm die Frauen doch bestimmt seit der Pubertät scharenweise nachgelaufen.«

Mallory lachte. »O Drake, du täuschst dich gewaltig. Carlo war durch und durch katholisch und kannte die Zehn Gebote auswendig.«

»Ich bitte dich!«

Sie schüttelte den Kopf und grinste ihn an. »Nein, es ist wahr. Er hatte zwar mit Frauen geschlafen, was er auch brav seinem Priester und mir gebeichtet hat. Aber wenn es darum ging, mit seiner Verlobten zu schlafen, war er fest entschlossen, bis zur Hochzeitsnacht zu warten.«

»Erstaunlich«, sagte Peter. »Ich hätte das keine zwei Sekunden ausgehalten. Jedenfalls nicht bei dir.«

Mallory erschauerte unter seinem heißen Blick. »Oh, ich habe durchaus versucht, ihn dazu zu bringen«, sagte sie leicht atemlos. »Er war kein Heiliger. Wir haben häufig geschmust. Aber kurz vor der Kapitulation hat er jedes Mal Nein gesagt.«

»Und nachdem Carlo tot war?«

»Gab es keine anderen Männer in meinem Leben«, sagte Mallory.

Peter starrte sie an. »Sieben Jahre ohne alles?«

»Genau. Es war zu gefährlich.«

Peter strich ihr einige rotbraune Haarsträhnen aus dem Gesicht und musterte sie verblüfft. »Womit habe ich nur eine so mutige, leidenschaftliche, wundervolle und ehrliche Frau wie dich verdient?«, murmelte er.

Mallory seufzte tief. »Du hättest ein Nein einfach nicht akzeptiert.«

Peter lachte leise und bedeckte sie von Kopf bis Fuß mit Küssen. »Wo wir gerade beim Thema sind …«

Frühstück und Mittagessen waren vergessen, ebenso das Abendessen. Erst als der Sonntag heraufdämmerte, schliefen beide erschöpft in den Armen des anderen ein. Sie hatten zwar nicht alle Kondome verbraucht, aber Peters Vorrat war doch beträchtlich geschrumpft.

10

Unruhig warf Mallory im Schlaf den Kopf hin und her. Sie murrte verärgert und kuschelte sich wieder an Peters warmen Körper.

Sie träumte von Peter, der sich mit gezogener Pistole vorsichtig vorwärts schob. Er war bis zum Äußersten gespannt, ließ seine Augen wachsam über seine Umgebung schweifen, suchte jeden Winkel ab. Überall um ihn herum waren Leute, die schrien und wegrannten, aber ihre Gesichter und Körper waren verschwommen. Nur Peter war deutlich zu sehen, nur das Entsetzen deutlich spürbar.

Plötzlich knallten Schüsse. Sie konnte ihr ohrenbetäubendes Echo hören. Peters Körper zuckte, wirbelte herum und fiel dann wie in Zeitlupe zu Boden. Blut strömte auf die nachtblauen Fliesen.

»Peter!«, schrie Mallory. *»Peter!«*

»Mallory, Liebste, wach auf. Ist ja schon gut«, murmelte Peter und zog sie enger an sich. »Du bist in Sicherheit. Alles ist in Ordnung.«

Keuchend riss sich Mallory von ihrem Traum los und spürte Peters Wärme, die jedoch nicht die Eiseskälte durchdringen konnte, die sich in ihr ausgebreitet hatte.

»Na, na«, murmelte er, »so ist es schon besser.« Er fuhr ihr beruhigend durchs Haar. »Ein Albtraum?«

»Nein«, antwortete Mallory. Sie hatte die Zukunft gesehen. Peter würde in Ausübung seines Dienstes sterben.

»Was dann?«, fragte er schläfrig.

Überwältigendes Entsetzen packte Mallory. Schwer atmend riss sie sich los, sprang aus dem Bett, stand zitternd davor und starrte auf ihn hinunter. Alles wiederholte sich. Sie hatte ihrer Liebe zu Peter nachgegeben, und jetzt würde er sterben, genau wie all die anderen, und sie konnte nichts dagegen tun. Überhaupt nichts.

»Du *Lügner*!«, schrie sie voller Entsetzen. »Du dreckiger, widerlicher *Lügner*!«

»Was ist denn?«, fragte Peter, der jetzt hellwach war, setzte sich auf und sah sie verwirrt an.

Mallory suchte bereits ihre Kleidungsstücke zusammen und zog sich an. »Du hast mich angelogen, Peter Drake! Du hast mich angelogen und es geschafft, dass ich dir diese Lügen abkaufte. Ich habe dir alles gegeben, mich mit Haut und Haaren ausgeliefert, und du hast mich *angelogen!*«

»Mallory, Liebes –«, begann Peter und streckte die Arme nach ihr aus.

»Fass mich nicht an!«, kreischte sie und wich zurück. »Wie konnte ich nur so dumm, so unglaublich gutgläubig sein, dich zu lieben, mit dir zu schlafen? Hätte ich es nicht besser wissen müssen? Hat das Leben mich denn nichts gelehrt? Ich darf nicht in einem efeuberankten Haus mit dem Mann meiner Träume leben. Ich muss allein bleiben. Und das werde ich auch tun. Du wirst nämlich sterben, Peter Drake, und dann *bin* ich allein, einsamer als je zuvor. Wie konntest du es wagen … Wie konntest du es *wagen*, mir die wundervollen Möglichkeiten eines Lebens mit jemandem, den ich liebe und der mich ebenfalls liebt, vor Augen zu halten?«

Sie lachte voller Bitterkeit auf. »Wie sehr es dem

Schicksal doch zu gefallen scheint, mich erst auf den Geschmack zu bringen und mir dann alles für immer wegzunehmen.« Sie starrte ihn einen Moment lang an, ohne das nackte Entsetzen auf seinem Gesicht zu registrieren. »Und was bin ich für eine Masochistin, dass ich mich all dem immer wieder aussetze. Auf Wiedersehen, Peter. Und wage es ja nicht, mich noch einmal wiedersehen zu wollen.«

Sie stürzte aus dem Schlafzimmer und hatte die Wohnungstür bereits erreicht, als Peter ihre Hand packte, sie herumzerrte und zwang, ihn anzusehen. Er sah schrecklich aus, und seine Hände zitterten.

»Mallory, was ist los? Wovon verdammt noch mal redest du überhaupt?«

Das Ausmaß der Wahrheit ließ sie schwanken. »Du wirst sterben, Peter Drake. Diese oder die nächste Woche, ich weiß es nicht. Aber schon bald. Du wirst genau wie alle anderen sterben!«

»Nein, ich werde nicht –«, begann er.

»Hör auf, mich zu belügen!«, schrie sie und riss sich los. »Ich habe es gesehen. Ich habe gesehen, wie das Blut aus dir strömte, und ich denke nicht daran, hier zu bleiben und auf die Beerdigung zu warten!«

Sie riss die Tür auf und stürmte die Treppen hinunter. Peter rief ihr etwas hinterher. Ihr Mercedes war bereits auf der Straße, als Peter aus der Tür stürzte, barfuß und nur mit seinen Jeans bekleidet.

»Mallory!«

Sie trat aufs Gaspedal, und der Mercedes schoss die Diamond Street hinunter. Tränen strömten ihr übers Gesicht, so dass sie kaum etwas sehen konnte. Doch das spielte keine Rolle. Sie bettelte geradezu um einen Autounfall, um dieser unerträglichen Pein ein für alle Mal ein Ende zu machen. Das Steuerrad fühlte sich eiskalt unter ihren Händen an. So eiskalt wie ihre Seele.

Dieser alles überdeckende Schmerz war etwas vollkommen Neues für Peter. Er ging ihm durch Mark und Bein, fraß an seinem Herzen, seiner Seele, bis er sich vor Qualen krümmte und am liebsten verkrochen hätte. Aber das ging nicht, denn der Schmerz würde nur vergehen, wenn Mallory wieder in seinen Armen lag. Sein Leben war auf die einfachsten Dimensionen reduziert: Mallory oder Leere. Er musste sie finden. Es gab keine zweite oder dritte Möglichkeit. Er musste Mallory finden und es irgendwie schaffen, durch den Schmerz und das Entsetzen, die sie erfasst hatten und ihm entfremdeten, zu ihr vorzudringen.

Sie war nicht zu Hause und in der Werkstatt ebenso wenig. Da Peter gesehen hatte, wie sie aus seiner Einfahrt gerast war, überprüfte er vorsichtshalber sämtliche Krankenhäuser der Stadt. Nichts.

Er versuchte es im Golden Gate Park, in ihrem Fitnessclub, in der Gärtnerei, überall dort, wo sie sein könnte. Nichts.

Er fuhr zu ihrem Haus, doch er brauchte gar nicht erst zu läuten, um zu wissen, dass sie nicht da war. Aber Peter hatte auch nicht die Absicht zu läuten. Als sie am Samstag das Haus verlassen hatten, hatte sie die Tür zwar abgeschlossen, sich aber nicht die Zeit genommen, auch den Sicherheitsriegel vorzulegen. Er brauchte nur zwanzig Sekunden, um das Türschloss zu knacken, und trat ein.

Horace begrüßte ihn mit einem lauten »Miau«, bevor er zielstrebig in Richtung Küche voranging. Pflichtschuldigst gab Peter ihm sein Frühstück, obwohl es sich in Wahrheit schon um sein Mittagessen handelte. Dann ging er ins Wohnzimmer. Auf dem Kaminsims standen die Fotos von all den Menschen, die Mallory geliebt und verloren hatte. Peter betrachtete sie und spürte wieder ihr Entsetzen und ihren Schmerz. Was hatte sie nur gesehen? Wie konnte sie von seinem nahen Tod überzeugt sein, wo sie doch dazu bestimmt waren, ihr Leben gemeinsam zu verbringen? Was war geschehen?

Zitternd setzte Peter sich auf die Couch, um auf Mallory und die Antworten zu warten, die er herbeisehnte.

Als er am Montagmorgen aufwachte, lag er immer noch auf der Couch. Zum ersten Mal in seiner Laufbahn meldete er sich krank. Mallory war noch nicht wieder zurückgekommen.

Um zehn Uhr durchstreifte er ruhelos ihr Haus, gegen Mittag hatte er das Gefühl, den Verstand zu verlieren.

»Sie ist irgendwo in der Stadt«, schäumte er und funkelte Horace an, der sich auf einer Fensterbank sonnte. »Ich weiß es. Ich *fühle* es.« Abrupt hielt er inne. »Ich kann ihre Gegenwart *fühlen*!«, flüsterte er.

Den ganzen Sonntag über hatte er ihre Verzweiflung und ihren Schmerz gespürt; die ganze Nacht über hatte er sie in seinem Traum gesehen, ihre unaufhörlich fließenden Tränen gesehen, wie sie zusammengekauert in irgendeinem fremden Bett lag.

Seine Erleichterung war schier grenzenlos. Die unzertrennliche Verbindung, die durch ihre Liebesnacht entstanden war, hatte gehalten! War er in der Lage, ihre Gegenwart zu spüren, konnte sie das umgekehrt vielleicht auch, wenn er sich Mühe gab. Schließlich hatte sie erst vor einer Woche gespürt, wie Bertochs Messer ihn aufschlitzte. Sie *musste* ihn einfach spüren können, denn sein gegenwärtiger Schmerz war um vieles größer als der, den ihm der Messerstich zugefügt hatte.

Peter setzte sich auf den Fußboden in Mallorys Wohnzimmer und begann zu meditieren – oder er versuchte es zumindest. Er musste länger als dreißig Minuten tief und gleichmäßig atmen, um die innere Ruhe und Konzentration für die Meditation zu finden.

Dann öffnete er sein Herzchakra, und sein sechster Sinn schickte seine Liebe hinaus in die Stadt auf die Suche nach Mallory, sandte ihr in Gedanken immer wieder dieselbe Botschaft: »Komm nach Hause.«

Eine Stunde lang konzentrierte er seine Gedanken ausschließlich auf diese Nachricht, dann eine weitere Stunde und noch eine. Er hatte so etwas noch nie bewusst probiert, doch als er nun auf Mallorys Holzfußboden saß, spürte er, wie er über die Stadt glitt und Straße für Straße nach ihr absuchte, vom Ocean Drive bis zur Fähre, vom Glen Park bis zum Hafen.

Er bekam gar nicht mit, wie der Tag verging. Er registrierte nicht, dass im Wohnzimmer automatisch das Licht anging, als irgendwo eine Uhr acht schlug. Hin und wieder schliefen seine Beine ein, worauf er seine Position veränderte, aber er blieb immer auf das eine fokussiert: auf Mallory. Es gab nur Mallory. Und er musste sie finden.

Er arbeitete die ganze Nacht hindurch bis zum Morgen, aber es gab keine Verbindung. Sein flehentliches Rufen blieb ohne Antwort. Steifbeinig erhob er sich, fütterte Horace und rief im Büro an. Consuela war am Apparat.

»Ich komme heute nicht zur Arbeit«, sagte er mit tonloser Stimme.

»Peter, was ist los? Geht es dir gut?«

»Nein. Mallory ist verschwunden, Consuela. Ich kann sie nicht finden. Ich komme erst wieder, wenn ich sie gefunden habe. Sag George, ich habe die Grippe.«

»Aber –«

»Bis dann.«

Er legte den Hörer auf, ging zurück ins Wohnzimmer und versetzte sich wieder in Trance. Auch der Dienstag verstrich, ohne dass er es bemerkte.

Um acht Uhr abends schaltete sich erneut automatisch das Licht im Wohnzimmer an. Um ihn herum wurde es dunkler, und seine Entschlossenheit wuchs. Er schickte ihr Bilder von ihrer Liebesnacht und wiederholte im Geiste jeden einzelnen Moment dieses unglaublichen Samstags. »Das ist die Wahrheit«, beteuerte er wieder und wieder. »Nicht mein Tod. Meine Liebe ist es.«

Als sich die Nacht allmählich über die Stadt senkte, suchte er immer noch nach ihr. Er spürte keinen Hunger. Sein Körper war wie betäubt. Es gab nur noch seine Liebe und Mallory, und diese beiden Teile zu vereinen, war alles, was für ihn zählte.

Er begann wieder von vorn, rief sich ihren ersten elektrisierenden Kuss ins Gedächtnis, als er aus der Dusche gekommen war und sie ihn umarmt hatte. Langsam ließ er an sich vorbeiziehen, wie er sie entkleidet hatte, das Gefühl seiner Lippen an ihren Brustwarzen, seiner Hände, die ihre seidenweiche Haut erforscht hatten, wie er sich an sie gepresst und sein Mund ihr feuchtes, heißes Zentrum in Besitz genommen hatte.

»Hör auf, hör auf, *hör auf*!«, rief Mallory verzweifelt und schlug die Haustür so heftig hinter sich zu, dass das ganze Haus erbebte.

Peter schlug die Augen auf und sprang auf die Füße. Oder versuchte es jedenfalls, aber die gesamte untere Hälfte seines Körpers war taub und trug ihn nicht.

»Mallory –«, sagte er schwach.

»Was zum Teufel tust du da eigentlich?!«, wütete sie und kam drohend auf ihn zu. »Wie kannst du es *wagen*, mich den ganzen Tag und die ganze Nacht zu verfolgen, so dass ich keinen klaren Gedanken fassen kann?! Ich bin eben beinahe überfahren worden, als ich über die verdammte Straße gehen wollte!«

Unwillkürlich brach Peter in Gelächter aus. Es hatte funktioniert, es hatte tatsächlich funktioniert!

»Hör sofort auf mit diesem albernen Gekicher, Peter Drake, und verlass auf der Stelle mein Haus, bevor ich dich wegen Einbruchs verhaften lasse!«

Da er nicht aufstehen konnte, blieb Mallory nichts anderes übrig, als zu ihm zu gehen. Peter ergriff ihre Hände und riss sie in seine Arme.

»Lass mich los!«, schrie sie und begann zu strampeln.

»Nein«, antwortete Peter. Er hatte sie wieder und gewiss nicht die Absicht, sie jemals wieder gehen zu lassen, egal wohin. Er presste sie auf den Boden, legte sich auf sie und drückte ihre geballten Fäuste hinter ihrem Kopf auf den Fußboden. »Wir müssen reden.«

»Ich hasse dich, Peter Drake. Ich hasse dich unglaublich!«

»Das ist bedauerlich«, murmelte Peter und küsste ihr sanft die Tränen von den Wangen, »weil ich dich nämlich über alles liebe.«

»Eine Liebe, die auf Lügen und Täuschung basiert«, höhnte Mallory und wandte den Kopf ab.

Mit reiner Willenskraft zwang er sie, ihm in die Augen

zu schauen. »Du bist erfüllt von meiner Liebe, Mallory, und du weißt, dass das nicht wahr ist. Ich habe dich nie belogen. Von Anfang an nicht. Damals kannte ich dich noch gar nicht, liebte dich noch nicht. Wir sind Seelenverwandte, Mallory Atkinson. Wir sind füreinander bestimmt. Wir *werden* zusammen leben. Es ist mir egal, was du gesehen hast. Wir sind untrennbar miteinander verbunden. Niemand kann uns das nehmen. Wir gehören zusammen. Nichts kann das beenden. Nichts.«

»Außer einer Kugel«, widersprach sie bitter.

»Nein, nicht einmal das. Es gibt keine Kugel auf dieser Welt, die unsere Verbindung zerstören kann, Mallory. Ich liebe dich. Ich werde dich ehren und mein Leben lang auf Händen tragen. Ich brauche dich so dringend wie die Luft zum Atmen. Vor dieser Wahrheit kannst du dich nirgendwo verstecken. Am Samstag bist du für immer mein geworden, und das weißt du.«

»Nein!«, schluchzte Mallory und versuchte, ihre Hände aus seinem Griff zu lösen. »Verdammt, hör auf damit! Sieh mich nicht so an. O Gott, sieh mich bitte nicht so an! Ich hätte nie zurückkommen dürfen. Nie, nie, nie.« Tränen strömten über ihr qualvoll verzogenes Gesicht. »Ich kann dich nicht in mein Leben lassen, Peter. Es geht einfach nicht. Ich würde es nicht überleben.«

»Du hast es bereits getan.«

»Nein –«

Er erstickte ihre Proteste mit einem stürmischen Kuss. »Ich bin ein Teil von dir, Mallory«, sagte er und blickte ihr tief in die Augen, »du bist ein Teil von mir. Gemeinsam können wir alles schaffen. *Gemeinsam* sind wir unbesiegbar, Liebste.«

Sie starrte ihn mit riesigen Augen an. »Ich habe deinen

Tod gesehen, Peter«, wisperte sie. »Ich habe gesehen, wie du auf einem nachtblauen Fliesenfußboden liegst und das Blut aus dir strömt, und deine Haut war so seltsam grünlich wie bei einer Leiche. Diese Vision war schon schrecklich genug. Die Realität würde ich nicht überleben.«

»Mallory, ich werde nicht sterben.«

»Doch, das wirst du, Peter«, widersprach sie und schluchzte erneut. »Ich habe den Tod aller Menschen, die ich liebte, vorhergesehen. Ich konnte nichts dagegen tun, konnte sie nicht davor bewahren, nichts daran ändern. Und auch deinen Tod kann ich nicht verhindern.«

Peter setzte sich auf, zog sie in seine Arme und begann, sie zu wiegen und sie beruhigend zu streicheln. »Mallory, auch ich habe meine Zukunft gesehen. Und darin kamst du vor, außerdem vier Kinder und sehr viel Freude. Ich werde nicht auf einem gefliesten Fußboden sterben, sondern erst in vielen, vielen Jahren als sehr alter und sehr glücklicher Mann mein Leben aushauchen. Und in diesen Jahren wirst du an meiner Seite sein.«

Verwirrung spiegelte sich auf ihrem Gesicht. Sie hatte bereits eine Kostprobe seines sechsten Sinns bekommen, und sie vertraute ihm. Doch ihre Verwirrung wich wieder einem gequälten Ausdruck.

Denn ihrem eigenen sechsten Sinn vertraute sie ebenso.

»Nein«, sagte sie.

Peter hob ihr Kinn und liebkoste ihr Gesicht. »Na schön, nehmen wir rein theoretisch an, dass ich nächsten Montag sterbe. Willst du deswegen meine und deine Gefühle verleugnen, und auf alle Freuden verzichten, die wir in den nächsten fünf Tagen noch erleben könnten? Willst du dich wegen deiner Angst vor einem Tod, der irgendwann zu jedem von uns kommt, dem Leben verschließen?«

»Ja«, sagte sie tonlos.

»Nein!«, rief Peter und zog sie eng an sich, wollte seine Wärme auf sie übertragen. Kalt. Sie war so kalt. »Mallory, du bist eine leidenschaftliche und lebendige Frau, und du hast genug Liebe in dir für mindestens zwanzig Leben. Lass nicht zu, dass die Angst deine Seele auffrisst. Verleugne nicht, wer und was du bist. Großer Gott, Mallory, welchen Sinn macht das Leben, wenn wir nicht jede einzelne Minute davon bewusst genießen?«

»Ich weiß es nicht mehr«, flüsterte sie und blinzelte die Tränen weg.

»Das hier ist der Sinn des Lebens!«, sagte Peter und presste seinen Mund auf ihren. Sie hatte das Gefühl, bis ins Innerste zu erglühen. Sie wehrte sich nicht dagegen, aber sie erwiderte seinen Kuss auch nicht. Stattdessen lag sie wie leblos in seinen Armen.

»Bitte nicht«, bat sie dumpf.

Peter war von Verzweiflung, Begehren, Furcht und Liebe getrieben. Eine Hand war in ihrem rotbraunen Haar vergraben, während seine andere hungrig ihren Körper erforschte. Er küsste sie erneut mit einer Wildheit, die dem tobenden Inferno in ihm entsprang.

Und er spürte, dass sich etwas in ihr zu regen begann.

»Mallory«, murmelte er und vertiefte seinen Kuss, reizte ihre Lippen, ihre Zähne, ihre Zunge, und als sie leise stöhnte, drang seine Zunge noch ein wenig tiefer in ihren Mund.

Er spürte, wie sich ihre Arme um seinen Hals legten, und sein Kuss wurde leidenschaftlicher, fordernder, drängender, bis sie ihn schließlich erwiderte.

Er veränderte seine Position und zog sie auf seinen Schoß, presste sie an seinen erregten Körper und begann sich zu bewegen, als lägen sie im Bett und liebten sich. Er legte seine ganze Liebe hinein, und mit einem Mal erwachte auch ihre eigene Begierde.

»Ich will dich nicht lieben. Ich will es nicht!«, weinte sie.

Doch sie konnte sich seiner ungestümen Leidenschaft nicht entziehen.

»Mein Liebes!«, stöhnte Peter, als ihr Mund seinen Hals mit Küssen bedeckte. Sie zitterte in seinen Armen.

»Ich habe solche Angst«, stieß sie mit erstickter Stimme hervor. »Ich habe so schreckliche Angst, Peter! Ich kann sie nicht ablegen, sie bringt mich noch um. Ich fühle mich so leer. Ich kann nicht … es ist zu schwer … Oh, bitte hilf mir, Peter«, weinte Mallory und presste sich an ihn. »Erwecke mich zum Leben. Bitte. Oh, bitte! Gib mir dein Feuer, ich brauche es so sehr. Jetzt, Peter. Jetzt!«

Mit einem unterdrückten Schrei riss Peter ihr die Kleider vom Leib, bedeckte sie mit Küssen und ließ seine fiebrigen Hände über ihren heißen Körper wandern.

»Ich will deine Hitze in mir spüren«, keuchte Mallory, zerrte ihm den Pullover über den Kopf und streichelte seine nackte Brust. »Gib sie mir. Gib mir deine ganze Hitze.«

Vier Hände zerrten an seinen Jeans, eh sie sich mit einem Jubelschrei auf ihn setzte.

»Nimm es dir«, forderte er sie auf und bewegte ihre Hüften rhythmisch auf und ab. »Nimm es dir. Nimm dir alles, was du brauchst. Nimm mich ganz. Ich gehöre dir ganz. Ganz und gar.«

»Ja«, stöhnte Mallory. »Lass mich … ja … o Peter!«, schrie sie auf, als sie ihn in sich aufnahm.

»Alles«, keuchte Peter und drang noch tiefer in sie ein, spürte ihre Hitze.

Sie bewegte sich langsam, ihre Hüften hoben und senkten sich über ihm, nahmen ihn ganz auf. Ihr zerzaustes rotbraunes Haar fiel ihr ins Gesicht, verbarg es, während ihre Hände jeden Körperteil von ihm streichelten, den sie zu fassen bekamen.

Peter keuchte atemlos, während diese Frau sich in völliger Hingabe mit ihm vereinte. Es war ein so intensives Erlebnis, dass sie beide erschauerten. Noch nie hatte er so etwas erlebt, noch nie sich so sehr gewünscht, sich so danach verzehrt, sich in einer Frau aufzulösen, eins mit ihr zu werden, jetzt und für alle Zeit.

»Mallory. O mein Liebling!«, rief er und liebkoste ihre Brüste, strich über ihre aufgerichteten harten Brustwarzen. Er war dem Höhepunkt nahe. Ganz nahe. Die Hitze war schier unerträglich. »Meine Liebste«, stieß er stöhnend hervor, ehe er sich in ihr verströmte.

»Peter!«

Mallory warf den Kopf in den Nacken, so dass sich ihr Haar über ihren Rücken ergoss. Peter spürte ihren Höhepunkt, und ein Gefühl der Erfüllung umfing ihn, als er die Hingabe und Erlösung in Mallorys Gesicht sah.

Weinend vor Freude hielt er sie umfangen, während ihr Höhepunkt sie wieder und wieder erbeben ließ. Tränen liefen ihm übers Gesicht, als er seine Geliebte fest umschlungen hielt, seine Hitze sich mit ihrer verschmolz, bis sie eins geworden waren. Er hatte sie wieder und würde sie nie mehr loslassen.

Sie streckte die Hand aus und wischte ihm sanft die Tränen ab. »Oh, was fange ich nur mit dir an?«, flüsterte sie.

Er blickte in ihre meergrünen Augen und sah, dass sie

ihn wieder offen anblickten. Da waren keine Mauern mehr. »Liebe mich, Mallory. Liebe mich einfach.«

Ein angedeutetes Lächeln umspielte ihre Lippen. »Ah, Mr. Drake, dieser Teil ist am leichtesten.«

»Dann bleib bei mir«, drängte er sie.

»Du lässt einem Mädchen wirklich keine Wahl, wie? Mir dröhnen immer noch die Ohren von deiner verdammten Hetzjagd.«

»Gib mir dein Wort, Mallory«, forderte Peter leise und nahm ihr Gesicht in seine Hände. »Ich will dein Wort darauf. Du hast mich noch nie belogen, und du würdest es auch jetzt nicht tun.«

Sie wandte den Blick ab und schwieg für einen Moment, der ihm wie eine Ewigkeit erschien. Furcht kroch wieder in ihm hoch. Dann spürte er, wie sie zitternd tief Luft holte und ihn ansah. »Ich bleibe so lange bei dir, wie du bei mir bleibst.«

»Das heißt, für immer«, sagte Peter erleichtert.

Er hob sie hoch und trug sie ins Schlafzimmer. Zum Glück hatten sich seine Beine inzwischen wieder erholt, ebenso wie alles andere, was er im Verlaufe der verbliebenen Nacht mehrfach unter Beweis stellte. Um sechs Uhr morgens wachte er auf, griff nach Mallorys Telefon neben dem Bett und meldete sich ein drittes Mal krank, schwor aber hoch und heilig, am nächsten Tag wieder zur Arbeit zu kommen. Dann stellte er das Telefon zurück auf den Nachttisch, zog Mallory eng an sich und schlief sofort wieder ein.

Ganz im Gegensatz zu Mallory. Sie lagen auf der Seite, die Gesichter einander zugewandt, die Beine ineinander verschlungen. Sein Arm lag besitzergreifend über ihrer Hüfte. Sie hielt ihn fest umschlungen und betrachtete sein

Gesicht wieder und wieder, als hätte sie sich nicht schon vor langer Zeit jede Einzelheit eingeprägt.

Wie viel Zeit blieb ihr wohl noch? Fünf Tage, wie Peter gemutmaßt hatte? Weniger? Mehr? Hatte sie den Mut, jeden einzelnen davon in vollen Zügen zu genießen? Reichte ihre Tapferkeit, um Peter ihre ganze Liebe zu geben und seine entgegenzunehmen, stets in dem Wissen, dass das Ende so nah war?

Was ist der Sinn des Lebens?

Sie drückte ihm einen Kuss auf die raue Wange und sah, dass er im Schlaf lächelte.

Er hatte Recht. Genau das war der Sinn des Lebens. Fünf Tage, vielleicht mehr, vielleicht weniger, würde sie in Peters Armen liegen, in Peters Bett. Sie würde diese Zeit genießen und keine Minute bedauern, sondern jede einzelne wie ein Geschenk betrachten und in Erinnerung behalten. Weil diese Minuten für ein ganzes Leben würden ausreichen müssen.

Peter würde bald sterben. Sie wusste das mit absoluter Gewissheit. Und es gab nichts, was sie dagegen unternehmen konnte.

Was ist der Sinn des Lebens?

Fünf Tage, vielleicht mehr, vielleicht auch weniger.

11

Nachdem Mallory Mike angerufen und ihm versichert hatte, dass sie gesund und munter sei und am Donnerstag wieder zur Arbeit komme, verbrachten Peter und sie den ganzen Mittwoch bei ihr zu Hause … nun ja, größtenteils in ihrem Bett, das sie nur für einen gelegentlichen Abstecher in die Küche verließen. Als verantwortungsbewusster Mann hatte Peter sie darauf hingewiesen, dass der Vorrat an Kondomen in *seiner* Nachttischschublade lag, aber sie hatte ihm versichert, sie befände sich in der unfruchtbaren Phase ihres Zyklus.

Am Donnerstagmorgen verließ Peter Mallory äußerst widerwillig und fuhr in seine Wohnung, um sich umzuziehen, was dringend notwendig war, während sie in die Werkstatt fuhr, nachdem sie ihm geschworen hatte, spätestens um zweiundzwanzig Minuten nach sechs zu ihm zu kommen.

Er fuhr zur Arbeit, war aber den ganzen Tag nicht richtig bei der Sache. Mallory war so häufig auf Distanz gegangen, sowohl emotional als auch körperlich, dass er befürchtete, sie könnte es nun erneut tun. Bei Mallory konnte man sich nie sicher sein, außer was ihre Liebe zu ihm betraf. Würde sie bleiben, wie sie es versprochen hatte? Oder würde sie so weit weglaufen, dass ihre Verbindung unterbrochen war und er damit keine Möglichkeit hatte, Kontakt zu ihr aufzunehmen und sie zu finden?

Mallorys Gesicht, ihr Geruch, ihre Berührungen verfolgten ihn den ganzen Tag und machten es kaum möglich, auch nur ein annähernd vernünftiges Gespräch mit Consuela zu führen. Er bekam kaum etwas von Captain George Bennetts Gebrüll mit. Er vergaß das Mittagessen. Er stolperte zwar nicht gerade über die Büromöbel, aber es fehlte nicht viel.

Um halb sechs war er bereits in seiner Wohnung und musste sich zwingen, nicht in der Werkstatt anzurufen, um sich zu vergewissern, dass sie da war und sich an ihr Versprechen hielt. Stattdessen stürzte er ein halbes Glas Wein hinunter. Dann rasierte er sich, duschte und zog sich eine Jogginghose und ein blaues T-Shirt an.

Er sah auf die Uhr. Zwei Minuten vor sechs. Er stöhnte.

Eine Minute vor sechs begann er, in der Wohnung auf und ab zu gehen.

Um neunzehn Minuten nach sechs machte er vor Freude einen Luftsprung, sodass er sich fast den Kopf an der Zimmerdecke gestoßen hätte. Er spürte Mallorys Gegenwart, wusste, dass sie gerade die Treppen zu seiner Wohnung heraufkam. Er lief zur Tür und riss sie auf.

Und hätte sie fast umgerannt. Er zog die schwankende Gestalt in seine Arme und gab ihr einen stürmischen Kuss.

Dann warf er sie sich über die Schulter und trug sie in sein Bett.

Am Freitagmorgen krochen sie mühsam genau aus diesem Bett und machten sich widerstrebend auf den Weg zur Arbeit. Dieses Mal konzentrierte Peter sich tatsächlich auf seine Aufgabe, wofür Consuela ihm höchst dankbar war. Es war nicht gerade leicht, einem liebestrunkenen

Partner bei Captain George Bennett Rückendeckung zu geben, der wütend durch die Korridore schoss und *umgehend* Resultate im Fall des Amokschützen verlangte.

Gegen Mittag rief er Mallory in der Werkstatt an.

»Hi«, sagte er, als sie an den Apparat kam.

»Hi«, sagte sie, und ihr Lächeln, das er förmlich vor sich sah, ließ eine angenehme Wärme in ihm aufsteigen.

»Ich dachte –«, begann er.

»Das klingt nicht gut.«

Er lachte. »Nein, nein. Ich habe nur erfreuliche Gedanken, und sie alle haben natürlich mit dir zu tun.«

»Natürlich.«

»Ich dachte –«

»Schon wieder?«

»Halt den Mund und hör zu, du scharfzüngiges Frauenzimmer. Ich habe mir überlegt, ob wir nicht wegfahren sollten. Wir haben das ganze Wochenende vor uns, und es wäre bestimmt sehr schön, es zusammen in Lake Tahoe zu verbringen.«

Er spürte ihre Freude, ohne dass sie auch nur ein Wort sagte. »Peter! Was für eine wundervolle Idee.«

»Danke sehr. Ich habe nur noch wundervolle Ideen, seit ich dich kenne. Wir könnten heute Abend fliegen und am Sonntagabend zurückkommen. Wir brauchen nur unsere Zahnbürsten einzupacken und meinen stark geschrumpften Vorrat.«

»Keine Kleider zum Wechseln?«

»Mallory, mach dir nichts vor.«

»Richtig. Tut mir Leid. Etwas anderes zum Anziehen ist nicht notwendig. Und wie es der Zufall will, auch dein Vorrat nicht.«

»Soll das eine Drohung sein?«

Sie lachte. »Nein, ein Versprechen. Ich war bei meiner wunderbaren Frauenärztin.«

»Dauert es denn nicht eine gewisse Zeit, bis die Pille wirkt?«

»Ja. Deswegen habe ich mich für ein Pessar entschieden. Damit kann ich mir ersparen, täglich daran zu denken, eine Tablette nehmen zu müssen. Genauso wie diese Hantirerei mit den Kondomen. Stattdessen genieße ich völligen Schutz ohne irgendwelchen Aufwand.

»Ich liebe fortschrittliche Technologie.«

»Ich besorge die Tickets, du buchst das Hotel.«

»Gut. Ich hole dich um sechs in der Werkstatt ab.«

Um Punkt sechs betrat Peter das Büro, blieb wie angewurzelt stehen und starrte sie wie vom Donner gerührt an.

»Du trägst ein Kleid«, stieß er mühsam hervor.

»Es schien mir angemessen zu sein für Tahoe«, erwiderte Mallory und drehte sich anmutig vor ihm.

Es war aus weißer Seide. Ärmellos. Mit engem Oberteil. Der weite Rock umspielte ihre Knie.

»Gefällt's dir?«, fragte Mallory.

»Wir schaffen es nie bis Tahoe.«

Ihr Lächeln hätte Tahoe *und* Las Vegas erleuchten können. »Es gefällt dir! Schließt du bitte ab, Mike?«

Erst in diesem Moment bemerkte Peter, dass Mike Gramble hinter seinem Schreibtisch saß und ihn wissend angrinste.

»Klar, Boss«, sagte er. »Der Smoking ist schon bestellt«, klärte er Peter auf. »Wann soll ich ihn abholen?«

»Lieber früher als später«, gab Peter zurück, während Mallory den Gürtel ihres Wollmantels schloss und sich bei ihm unterhakte.

»Komm schon, mein Märchenprinz. Mal sehen, wie schnell uns deine Kutsche zum Flughafen bringt.«

Obwohl er am Steuer saß, konnte Peter nicht die Finger von Mallory lassen. Immer wieder fand seine Hand ihre Hüften und ihren Oberschenkel. Und als sie im Flugzeug saßen, sparte er sich die Mühe, sich zu beherrschen.

Sie küssten sich, bis sie Lake Tahoe erreichten.

Es schneite leicht, während sich ihr Taxi durch den Verkehr quälte und sie vor dem hell erleuchteten Hoteleingang absetzte. Ein Portier in einem roten Mantel mit riesigen Messingknöpfen kam ihnen mit einem Schirm entgegen und begleitete sie zur Tür.

»Ihr Gepäck, Sir?«, fragte der Portier.

Peter zog seine Zahnbürste aus seiner Manteltasche. »Ich habe es bei mir, danke.«

»Verstehe, Sir«, erwiderte der Portier mit unbewegter Miene.

Mallory errötete bis unter die Haarwurzeln. »Nur weiter so, bring mich ruhig vor dem gesamten Hotelpersonal in Verlegenheit. Macht ja nichts.«

»Gut«, grinste Peter.

Sie trat ihm heftig auf den Fuß.

Leicht humpelnd führte er sie zum Empfang, der sich in der mit Marmor ausgestatteten Lobby befand.

»Ah, ja, Mr. Drake«, sagte der Empfangschef, nachdem Peter seinen Namen genannt hatte, »hier ist Ihre Reservierung. Die Hochzeitssuite.«

»Die *was*?!«

Peter lächelte sie an. »Ich hielt es für eine gute Idee, dich an den Gedanken zu gewöhnen.«

»Ein Page wird Ihr Gepäck nach oben bringen«, fuhr der Empfangschef fort.

Mallory steckte die Hand in die Manteltasche und beförderte mit einem grimmigen Lächeln ihre Zahnbürste zu Tage. »Wir haben es bei uns, danke.«

»Ja, Mrs. Drake.«

Mallory zuckte zusammen, schaffte es aber trotzdem, ihr gezwungenes Lächeln aufrechtzuerhalten. Peter nahm den Kartenschlüssel entgegen und führte sie zu den funkelnden Fahrstühlen.

»Nur weiter so«, murmelte er ihr ins Ohr, »bring mich ruhig vor dem gesamten Hotelpersonal in Verlegenheit. Mal sehen, ob es mir was ausmacht.«

Die Türen glitten auseinander, und sie trat in den Fahrstuhl. »Du bist ein raffinierter, hinterhältiger –«

Weiter kam sie nicht. Kaum hatten sich die Fahrstuhltüren geschlossen, stürzte Peter sich auf sie und ließ sie erst wieder los, als sie sich in ihrem Stockwerk wieder öffneten.

»– Nichtsnutz«, vollendete Mallory mit schwacher Stimme ihren Satz.

»Aber du liebst mich trotzdem«, grinste Peter.

»Ja«, seufzte sie. »Dieses Kreuz scheine ich tragen zu müssen.«

Er fand ihre Suite und öffnete die Tür, dann hob er Mallory hoch und trug sie über die Schwelle in die Hochzeitssuite.

»Peter, du Idiot, lass mich runter!«, rief Mallory.

»Nur dass du dich schon mal an den Gedanken gewöhnst«, murmelte er und küsste sie ungestüm.

Sie schwankte leicht, als er sie freigab. »Ich vergebe dir«, stieß sie ein wenig atemlos hervor. Dann weiteten sich ihre grünen Augen, als sie ihren Blick durch die Suite schweifen ließ.

Überall standen Vasen mit exotischen Blumen, und ein Sofa, eine Chaiselongue und Sessel waren um einen Marmorkamin gruppiert, in dem ein einladendes Feuer knisterte. Auf der Bar standen ein riesiger Früchtekorb und ein Eiskübel mit Champagner. Sie nahm seine Hand und zog ihn quer durch den Raum zu einer Flügeltür, die sie zögernd öffnete. »*Großer Gott*«, keuchte sie. Das Bett war riesig, die Daunendecke mit Satinbettwäsche bezogen, außerdem lag mindestens ein Dutzend Kissen auf dem Bett. Auch hier prasselte ein fröhliches Feuer im Kamin. »Ich traue mich kaum ins Badezimmer«, murmelte sie, drehte sich um und starrte Peter an. »Hast du wirklich genug Geld, um das hier zu bezahlen?«

»Noch nicht.«

Sie wurde blass. »Was?!«

»Aber bald.«

»Was soll das heißen?«

Er lächelte sie an. »Komm, ich zeige es dir. Wir mischen uns für einen Abend unters Volk, nur um dem Hotelpersonal zu beweisen, dass wir nicht ganz und gar verkommen sind.«

Sie ließen ihre Mäntel und Zahnbürsten in der Suite und gingen hinunter ins Casino, das an diesem verschneiten Freitagabend völlig überfüllt war. Reihen über Reihen glänzender Spielautomaten hatten die ungeteilte Aufmerksamkeit Dutzender Männer und Frauen. Peter zog Mallory weiter zu den Roulettischen. Auch sie waren überfüllt, aber Peter fand noch zwei Plätze.

Wortlos kaufte er einige Chips und setzte sie auf 29 Rot. Die Kugel landete auf 29 Rot. Er setzte seinen gesamten Gewinn auf 6 Schwarz. Die Kugel landete auf 6 Schwarz.

»So bist du also zu deinem BMW gekommen«, flüsterte Mallory ihm ins Ohr.

»So habe ich meine Altersvorsorge finanziert und das Konto für meinen Lebenstraum eingerichtet.«

»Welchen Lebenstraum?«

»Ich spare für eine Anzahlung auf ein großes Haus mit einem riesigen Garten, in dem alle Kinder der Nachbarschaft spielen können.«

Eine bezaubernde Röte überzog Mallorys Wangen. »Aber warum hast du das Geld für den BMW nicht beim Roulette besorgt?«, fragte sie, während er seinen Gewinn erneut verdoppelte.

»Mein heißer Schlitten bedeutet mir deswegen so viel, weil ich hart gearbeitet habe, um ihn mir leisten zu können.«

»Hm«, sagte Mallory. »Die Werkstatt bedeutet mir bestimmt genauso viel, auch wenn ich keine zehn Jahre gespart habe, um sie kaufen zu können.«

Peter starrte sie an. »Du auch?«

Sie lächelte ihn an. »Mein Spiel ist Blackjack. Ich habe jedes Casino in Tahoe, Reno und Vegas abgeklappert, um genug Startkapital zu haben.«

»Das will ich sehen«, sagte Peter und sammelte seinen Gewinn ein.

»Bist du sicher, dass du genug hast, um die Suite bezahlen zu können?«

»Und noch einiges mehr«, erwiderte er trocken.

Er setzte sich neben Mallory und sah ihr eine halbe Stunde beim Blackjack zu. Sie war vorsichtig. Von Zeit zu Zeit verlor sie auch, um den Kartengeber nicht misstrauisch zu machen, aber als sie den Tisch verließ, hatte sie Chips im Wert von über dreitausend Dollar.

»Danke«, sagte sie und gab dem Kartengeber ein großzügiges Trinkgeld, »hat Spaß gemacht.«

»Jedes Casino in Tahoe, Reno und Vegas muss dich hassen«, murmelte Peter.

»Deshalb habe ich auch vier Jahre lang keines mehr betreten. Ich möchte in Vergessenheit geraten sein, bevor es Zeit wird, die Werkstatt auszubauen.«

Sie schlenderten Arm in Arm durchs Casino und blieben hier und da stehen, um den Leuten beim Pokern oder Würfeln zuzusehen. Dann platzierten sie noch eine Wette für den Super Bowl am Sonntag und setzten auf die Niners, die mit vier Punkten Vorsprung gewinnen würden. Sie gingen an einem grell erleuchteten Spielautomaten vorbei, der einen Höchstgewinn von einer Viertelmillion Dollar versprach, als Mallory plötzlich stehen blieb und die Hand auf die Schulter einer grauhaarigen Frau in einem geblümten Kleid legte, die gerade entnervt aufstehen und gehen wollte.

»Noch fünf Einsätze, und Sie gewinnen«, sagte Mallory leise.

»Was?« Die Frau starrte sie völlig verdattert an.

»Vertrauen Sie mir«, sagte Mallory und drückte ihr aufmunternd die Schulter, bevor sie weiterging.

»Wieso führen wir eigentlich ein so normales, durchschnittliches Leben, wenn wir uns doch ein Luxusdasein auf irgendeiner Karibikinsel leisten könnten?«, fragte Peter, während sie auf den Fahrstuhl warteten.

Mallory grinste ihn an und schlang den Arm um seine Taille. »Vielleicht, weil wir unsere Arbeit lieben und die Karibik auch nicht alles ist.«

In dem Moment, als die Fahrstuhltüren aufglitten, ertönte ein Höllenlärm aus dem Casino. Es klingelte, schepperte, Musik erschallte, dennoch war der schrille Schrei einer Frau nicht zu überhören.

»Wer hätte das gedacht?«, murmelte Mallory und betrat den Fahrstuhl. »Jackpot.«

»Du bist wirklich eine gefährliche Frau«, sagte Peter und drückte auf den Knopf für ihr Stockwerk.

»Hast du es erst jetzt gemerkt?«

»Oh, das wusste ich von Anfang an«, sagte Peter und zog sie in seine Arme.

Den Rest des Wochenendes verbrachten sie in ihrer Suite. Am Sonntagabend holten sie ihren Super-Bowl-Gewinn ab – die Niners hatten mit vier Punkten Vorsprung gewonnen –, bestellten ein Taxi zum Flughafen und küssten sich den gesamten Weg zurück nach San Francisco.

Am Montag schoss der Amokschütze in einem Einkaufszentrum am Union Square in die Menge. Sechsunddreißig Menschen wurden getroffen, neunzehn davon tödlich, darunter auch die beiden Polizisten, die dazu abkommandiert waren, den Haupteingang zu bewachen.

12

Hochzufrieden kuschelte Mallory sich an Peters warmen Körper in ihrem Bett. Neun Tage. Wie viele Menschen konnten schon von sich behaupten, dass sie neun perfekte Tage höchsten Glücks verlebt hatten? Sie konnte es jedenfalls. Obwohl es an manchen Tagen nicht ganz einfach gewesen war.

Für sie war es immer noch das reinste Wunder, dass sie die Begegnung mit Peters Eltern überlebt hatte, dabei waren es absolut reizende Menschen. Als Peter und sie sein Elternhaus betreten hatten, feierten Roger und Louise Drake die glückliche Rückkehr ihres verlorenen Sohnes mit Glocken, Gongschlägen, Luftschlangen und Verbeugungen vor ihm. Peter hatte ihren Sarkasmus ziemlich souverän aufgenommen, indem er seine Eltern umarmte und geküsst und ihnen dann Mallory vorgestellt hatte.

Seine Eltern waren sehr nett, aber während des ganzen Abendessens hatten sie sich dezente Andeutungen über Enkelkinder nicht verkneifen können. »Wir werden schließlich auch nicht jünger, Peter«, und »Findest du nicht auch, dass es am schönsten ist, im Frühling zu heiraten?«, hatten sie ständig gesagt.

Mallory konnte sich des Eindrucks nicht erwehren, dass ihr Auftauchen und ihre Bedeutung für Peter in den Augen seiner Eltern an ein Wunder grenzte, das zwangsläufig zu Heirat und Kindern führen musste. Das war das

Schwierigste daran: dazusitzen und zu wissen, dass nichts davon je passieren würde. Dass sie einander wahrscheinlich beim nächsten Mal an Peters Grab begegnen würden. Sie hatte lächeln und lachen und gegen ständiges Erröten ankämpfen müssen, während Peters Eltern sie beide schamlos geneckt hatten. Dennoch fühlte sie sich von ihnen aufgenommen, so als hätte sie eine neue Familie gefunden. Es war schwierig gewesen, ihre aufsteigenden Tränen zu unterdrücken.

Während dieser neun Tage hatte es nur Peter für sie gegeben, jede Minute des Tages, egal, ob er bei ihr war oder nicht. Aber sie musste all ihren ganzen Mut zusammennehmen, um die Angst und die Verzweiflung, die im Hintergrund lauerten, abzuwehren.

Sie wollte sie nicht zulassen, jedenfalls jetzt noch nicht. Sie würden noch schnell genug ihre ständigen Begleiter sein. Für den Moment gab es nur … Unzertrennlichkeit, und sie wollte jede Sekunde davon auskosten. Sie machten Puzzles, unternahmen lange Spaziergänge Hand in Hand, hörten sich eine Sinatra-CD nach der anderen an und tanzten in seinem Wohnzimmer – Mallory hatte nicht gewusst, dass das Leben solche Erfüllung, so viel Freude bereithalten konnte.

Träge fuhr Peters Hand ihr Rückgrat entlang.

»Guten Morgen, Mr. Drake.«

»Guten Morgen, Ms. Atkinson«, murmelte er.

»Ich dachte gerade –«

»Schon wieder?«

Mallory knuffte ihn zärtlich in die Rippen. »Vorsicht, sonst entgeht dir noch eine Einladung zum Essen.«

»Du hast meine ungeteilte Aufmerksamkeit«, versicherte er eilig.

»Danke. Was hältst du davon, wenn ich dich heute zur Arbeit fahre, heute Abend wieder abhole und zum Essen ausführe?«

»Ich finde es einfach wunderbar, im einundzwanzigsten Jahrhundert zu leben. Das klingt fantastisch. Und jetzt mache ich dir einen Vorschlag: lass uns duschen.«

»Zusammen?«

»Mm-hm.«

»Peter, als wir das letzte Mal zusammen geduscht haben, sind wir fast eine Stunde zu spät zur Arbeit gekommen.«

»Ich gebe mir Mühe, versprochen.«

»Worauf warten wir dann noch?«

Lachend stand Peter auf, packte sie, warf sie sich über seine Schulter und trug sie in die Dusche.

Sie kamen nur eine Dreiviertelstunde zu spät zur Arbeit.

An diesem Abend fuhr Mallory auf den Besucherparkplatz und suchte nach dem Eingang in dem grauen Betonklotz. Kein sonderlich attraktiver Arbeitsplatz, dachte sie, aber Peter hatte schließlich auch keinen sonderlich attraktiven Job.

Sie ging durch einen grell erleuchteten Korridor, bis sie zu einem Schild mit der Aufschrift »Besucheranmeldung« gelangte.

»Entschuldigen Sie bitte«, machte Mallory sich bemerkbar.

Die Polizeibeamtin, eine junge stupsnasige Brünette mit Sommersprossen, drehte sich um, so dass Mallory ihr Namensschild erkennen konnte. Sergeant Maggie Flynn. »Ja?«

»Ich suche Inspector Peter Drake.«

Sergeant Flynn grinste. »Sind Sie vielleicht die geheimnisvolle Frau?«

Mallory sah sie erstaunt an. »Eigentlich habe ich mich bisher nicht für besonders geheimnisvoll gehalten.«

Das Grinsen wurde noch eine Spur breiter. »Hurra! Gewonnen! Ich wusste, dass Drake nicht auf Blondinen steht.«

»Da bin ich aber beruhigt.«

Sergeant Flynn lachte. »Oh, tut mir Leid, aber wir alle rätseln seit Wochen. Nur Consuela wusste Bescheid, und aus der war kein Wort herauszukriegen. Drake strahlt geradezu vor Glück, müssen Sie wissen. *Und* er kommt zu spät zum Dienst. *Und* geht jeden Abend pünktlich um sechs nach Hause. Für uns war klar, dass da etwas im Busch ist und dass es etwas mit einer Frau zu tun haben musste.«

»Natürlich«, grinste Mallory sie verständnisvoll an. »Er strahlt vor Glück, hm? Wie schmeichelhaft.«

»Finde ich auch. Ich hoffe nur, ich finde auch eines Tages einen Kerl, der meinetwegen vor Glück strahlt.«

Mallory neigte den Kopf. »Leihen Sie sich häufiger ein Buch in der Zentralbibliothek aus?«

»Eigentlich nicht.«

»Das sollten Sie aber tun. Also, wo ist Peter?«, fragte Mallory, während Sergeant Flynn sie verblüfft anstarrte.

»Dem hält Captain Bennett gerade eine Standpauke. Es wird wohl noch einige Zeit dauern. Der Captain ist auf hundertachtzig, weil der Bürgermeister *ihm* gerade eine halbstündige Standpauke gehalten hat. Zwei Schießereien in fünf Tagen. Ziemlich üble Sache.«

»Wo ist Consuela?«

»Oh, die ist auch dabei.«

»Die Ärmsten. Kann ich in ihrem Büro warten?«

»Klar. Die letzte Tür rechts.«

Mallory betrat Peters Büro und sah sich neugierig um. Peter wusste zwar, wo sie arbeitete, aber sie hatte bisher noch keine Gelegenheit gehabt, seinen Schreibtisch zu Gesicht zu bekommen. In dem Büro standen zwei Metallschreibtische im üblichen Einheitsgrau, die Kopf an Kopf in der Mitte des winzigen Raums standen. Da auf einem drei gerahmte Fotos eines muskulösen Hispano-Amerikaners standen, schloss sie, dass der andere Peter gehören musste.

Langsam ging sie um den Schreibtisch herum. Hm, sehr sauber und ordentlich, bis auf die Tüte mit den Doughnuts. Sie riskierte einen Blick. Ah, noch einer mit Glasur. Er hätte sicher nichts dagegen, wenn sie ihn nahm. Schließlich liebte er sie. Das behauptete er jedenfalls. Allerdings wusste man nie so genau, wie ein Mann reagierte, wenn ihm sein letzter glasierter Doughnut weggegessen wurde. Mallory beschloss, lieber kein Risiko einzugehen und ließ den Doughnut wieder in die Tüte fallen.

Sie drehte sich um und ließ ihren Blick durch den Raum wandern. An einer Wand war das große Schwarze Brett mit den Lageberichten angebracht. Es war gespickt mit Karteikarten, die in der Mehrzahl Peters Handschrift trugen, aber sie erkannte auch Consuelas Handschrift. Es dauerte nicht lange, bis Mallory klar war, dass das gesamte Schwarze Brett sich nur mit dem Amokschützen befasste. Da sie nirgendwo Zeitschriften zum Durchblättern liegen sah, begann sie, die Karteikarten zu studieren, eine unangenehme und dennoch höchst faszinierende Lektüre. Sie wollte gerade von vorn anfangen, als Peter und Consuela das Büro betraten.

»Und? Alles in Ordnung?«, fragte sie.

»Geht so«, stöhnte Consuela. »Ich frage mich, wie die Kollegen, die den Zodiac Killer gejagt haben, wohl überlebt haben?«

»Sie hatten einen netteren Captain«, schäumte Peter, zog Mallory in seine Arme und küsste sie. »Danke, das brauchte ich dringend.«

»Das Vergnügen ist ganz auf meiner Seite«, murmelte Mallory in Peters Armen. »Glaubst du, dein Captain erlaubt mir, dich zum Abendessen zu entführen?«

Peter warf einen Blick auf seine Uhr, ohne Mallory loszulassen. »Tja, mein Achtstundentag dauert zwar erst knapp zehn Stunden, aber ich glaube, ich kann verschwinden. Kannst du hier noch ein bisschen aufräumen, Consuela?«

Detective Herrera dachte einen Augenblick nach. »Nur wenn ich den letzten Doughnut kriege.«

»Klar«, sagte Peter, griff an Mallory vorbei nach der Tüte und warf sie Consuela zu. »Du bist eine billige Verabredung, Consuela.«

»Aber eine verdammt gute Ermittlerin«, erwiderte Consuela und biss in den glasierten Doughnut.

Mallory fuhr mit ihm zu ihrem Lieblingsmexikaner im Mission-Bezirk. Der Fußboden war rissig, die Vinylbänke in den Nischen mit Klebeband geflickt, die Beleuchtung ließ zu wünschen übrig, aber das Essen war fantastisch und die Portionen riesig.

Sie saß Peter gegenüber, schlürfte ihr Bier und ließ ihren nackten Fuß an seinem Bein hinaufwandern. Das Leben konnte wunderbar sein. Womit hatte sie nur einen Mann wie Peter Drake verdient? Welchem Gott hatte sie es zu verdanken, dass Peter mit seinem Lächeln, seinem Humor und seiner Liebe ihr Leben so bereichert hatte? Während der letzten sieben Jahre hatte sie zwar existiert, aber niemals wirklich gelebt, sondern sich in ihrem Kummer und ihrer Angst vergraben, bis er plötzlich in ihr Leben geplatzt war und sie zurück ins Leben katapultiert hatte. Sie versuchte verzweifelt, sich jede seiner Gesten, jeden Augenblick, jedes Gefühl einzuprägen, um sich später daran erinnern zu können, wenn er nicht mehr bei ihr war.

»Woran denkst du gerade?«, murmelte Peter.

Sie blickte zu ihm auf und starrte ihn ewige Sekunden wie versteinert an, ehe sie sich entspannte. »Ich habe mir nur gerade gewünscht, dass du fünf oder sechs Jahre früher in mein Leben getreten wärst, damit ich mehr Zeit mit dir gehabt hätte. Dich länger hätte lieben können.«

»Wir holen die verlorene Zeit nach, ich verspreche es.«

Mallory trank schweigend einen Schluck Bier.

»Mallory?«

»Hm?«

»Mallory, wir *holen* die verlorene Zeit nach«, wiederholte Peter, die blauen Augen fest auf sie gerichtet. »Aber du glaubst nicht daran, hab ich Recht?«

Mallory seufzte und schob ihren Fuß zurück in ihren Schuh. »Ich glaube, dass du das Beste bist, was mir jemals passiert ist, Peter, und ich habe die Absicht, jeden Augenblick unseres Zusammenseins zu genießen.«

Er beugte sich vor und nahm ihre Hand in seine. »Mallory, du kannst doch nach allem, was wir diese Woche gemeinsam erlebt haben, nicht immer noch ernsthaft glauben, dass ich sterbe.«

Sie lächelte ihn an, und ihre Augen schimmerten vor Tränen. »Es war eine wundervolle Woche, findest du nicht auch?«

»O Liebes, wann fängst du endlich an, an unsere Zukunft zu glauben?«

Sie sah den Schmerz in seinen Augen und hasste sich selbst dafür, ihm nicht das geben zu können, was er sich so sehnlichst wünschte. »Peter, ich habe mich in meinem ganzen Leben noch nie glücklicher, erfüllter oder zufriedener gefühlt als in diesem Moment hier mit dir. Reicht dir das denn nicht?«

Er seufzte, drückte ihre Hand und gab sie wieder frei. »Tut mir Leid, Liebes. Ich führe mich schon wieder wie ein Elefant im Porzellanladen auf. Reich mir bitte die Salsa.«

Nach dem Essen fuhren sie in sein Apartment, und sie liebten sich, bis er um Gnade bettelte. Doch sie gewährte sie ihm nicht.

Sie betrachtete jeden Tag als Geschenk und schob ihre Ängste beiseite, verleugnete den zunehmenden Schmerz, weigerte sich, darüber nachzugrübeln, warum die Götter ihr so viel Glück schenkten und gleichzeitig vorhatten, es ihr so schnell wieder zu nehmen, wie eine Kugel brauchte, um Peters Körper zu durchschlagen. Sie hatte noch ihr ganzes Leben Zeit, sich mit der Angst auseinander zu setzen, die Schmerzen zu akzeptieren und sich mit all diesen Fragen zu quälen, aber nur diese wenigen kostbaren Momente, um sie mit Peter zu genießen.

Sie hatte ihre Prioritäten gesetzt.

Sie schliefen abwechselnd bei ihr oder bei ihm, damit Horace sie nicht zu sehr vermisste und Peter Zugang zu seinem Kleiderschrank hatte. Am Freitag übernachtete sie bei ihm, obwohl sie ziemlich wenig Schlaf bekamen.

»Hör auf damit«, befahl Peter kurz vor elf Uhr am Samstagmorgen und nahm ihre Hand weg, »oder es wird nie etwas mit deinem Frühstück.«

»Haferschleim ist doch kein Frühstück«, gab Mallory zurück und kitzelte ihn weiter.

»Dies ist kein Haferschleim, sondern der beste Porridge in ganz San Francisco.«

Mallory stellte sich auf die Zehenspitzen und spähte über seine Schulter. »Für mich sieht es aus wie Haferschleim.«

Peter seufzte tief. »Wieso musste ich mich ausgerechnet in eine so dickköpfige, rechthaberische Frau verlieben?«

»Das zeugt allerdings nicht gerade von gesundem Menschenverstand«, stimmte Mallory zu.

Peter ließ den Holzlöffel in den Porridgetopf fallen und packte sie. »Es ist das Beste, was mir je widerfahren ist, vergiss das ja nicht«, knurrte er und küsste sie so ungestüm, dass ihre Knie nachzugeben drohten.

Goldenes Licht umgab sie wieder, als Mallory seinen Kuss mit der gewohnten Leidenschaft erwiderte. Wann immer er mich küsst, egal wie, kann ich einfach nicht genug von ihm bekommen, dachte sie benommen.

In diesem Augenblick fuhren sie erschrocken auseinander, ehe zwei Sekunden später Peters Piepser ertönte .

»Ich muss gehen«, sagte er leise.

»Der Amokschütze«, sagte Mallory. Es war keine Frage. Sie wussten es beide.

Peter nickte. »Dieses Mal wird es bestimmt sehr lange dauern.«

»Ich warte auf dich.«

»Ich komme vielleicht erst nachts zurück oder sogar noch später.«

»Ich warte auf dich.«

»Aber –«

»Dann habe ich endlich Gelegenheit, dein Tagebuch zu suchen.«

Er lachte. »Liebling, wie konnte ich nur ohne dich leben?« Er gab ihr einen liebevollen Kuss, dann wandte er sich ab und zog sein Jackett über. »Ich komme wieder.«

»Ich bin hier.«

Die Tür schloss sich, und Mallory starrte ihm nach. Er würde sie brauchen, wenn er nach Hause kam. Sie konnte nicht sagen, warum. Sie wusste nur, dass er sie brauchen würde, und dass sie da sein musste.

Peter kam nach Hause. Mallory schreckte aus dem Schlaf. Er war bereits im zweiten Stock. Sie schaltete den Fernseher mit der Fernbedienung aus und warf einen Blick auf die Digitaluhr. Beinahe Mitternacht. Inzwischen hellwach, lief sie zur Tür, und ihr Herz klopfte noch heftiger, als sie spürte, welcher Gefühlssturm in ihm tobte. Großer Gott, was war passiert?

Sie riss die Tür auf, noch während er in seiner Tasche nach dem Schlüssel kramte. Mit einem Stöhnen betrat er die Wohnung, trat die Tür zu, riss sie in seine Arme und küsste sie gierig. Sie erwiderte seinen Kuss mit derselben Hemmungslosigkeit, wollte seine Aufgewühltheit mit ihrer Hitze und Leidenschaft und ihrer Liebe lindern.

»Ich brauche dich!«, stieß er mit rauer Stimme hervor. »Ich habe noch nie in meinem Leben jemanden gebraucht, aber, Mallory, dich brauche ich so sehr!«

»Du hast mich. Ganz und gar. Nimm mich. Nimm alles, was du brauchst.«

Voller Leidenschaft bedeckte er ihr Gesicht mit Küssen, während sie sein Hemd aufknöpfte und an seinem Gürtel zerrte. Ihre eigene Begierde überschwemmte sie, und sie wollte ihn nackt in ihren Armen halten, *jetzt.*

»Mallory«, stöhnte er.

Sie spürte seine Finger an den Knöpfen ihres Hemdes – *seines* Hemdes, um die Wahrheit zu sagen – und hörte den heftigen Fluch, den er ausstieß. Seine Hände zitterten so sehr, dass die Knöpfe des einzigen Kleidungsstückes, das sie trug, zu einer unüberwindlichen Barriere wurden.

Sie schlang ihre Arme um seinen Hals. »Reiß es auf!«, flüsterte sie.

Das Geräusch reißender Seide brachte sie beinahe zum Höhepunkt. Dann presste er sie mit seinem gesamten Körpergewicht gegen die Wand.

»Ja!«, keuchte sie und wölbte sich ihm entgegen. »Jetzt, Peter! Nimm mich!«

Er hob sie hoch, und ihre Hände krallten sich in seine Schultern, ihre Lippen pressten sich auf seine. Er drang in sie ein, so dass sich ihre Schreie vereinten. Seine Zunge bewegte sich in ihrem Mund im Rhythmus seiner wilden Stöße. Begierig kam sie ihm mit ihren Hüften entgegen, wieder und wieder, wollte ihn noch tiefer in sich aufnehmen.

Mallorys Höhepunkt kam explosionsartig, doch Peter ließ nicht von ihr ab, trieb sie immer weiter, so dass ihr nichts anderes blieb, als sich an ihn zu klammern und die Flut von Gefühlen auszukosten, die er in ihr auslöste, während er flehentlich wieder und wieder ihren Namen rief. Sie antwortete ihm, gab sich ihm hin mit Leib und Seele.

Als er endlich aufschrie, spannte sie sich an, umschloss ihn, nahm ihn für alle Zeit gefangen, während sie sich atemlos und schwitzend aneinander festkrallten. Er war immer noch in ihr, immer noch erregt, trotz des aufwühlenden Höhepunkts.

Mallory bekam kaum noch Luft. Sie hörte, wie auch Peters Atem stoßweise kam, und blickte zu ihm auf. Sein schönes Gesicht war zu einer gequälten Maske verzerrt.

»Trag mich ins Bett«, sagte sie, und hielt ihn mit ihren Beinen umschlungen, während er sie ins Schlafzimmer trug und sich mit ihr aufs Bett sinken ließ. »Mach weiter!«, forderte sie ihn auf und hielt ihn in sich fest, während sie ihn auf den Rücken rollte.

Sie hob seine Hände an ihre Brüste und stöhnte unter seinen Liebkosungen. Ihre Finger fanden seine Brustwarzen und drückten sie lustvoll zusammen, während er einen wohligen Seufzer ausstieß. Ihre Bewegungen wurden immer heftiger, ihr Keuchen vermischte sich zu einer untrennbaren Einheit.

»Ja«, keuchte er. »Nimm mich. Nimm dir alles!«

Sie beugte sich vor und hob seinen Kopf, um ihn küssen zu können, genauso wild, wie er sie geküsst hatte, ohne ihren hämmernden Rhythmus zu unterbrechen. Sie forderte alles von ihm und nahm, was er zu geben hatte.

Schließlich sank er in die Kissen zurück. »Ich kann nicht …!«, keuchte er verzweifelt. »Ich kann nicht … O Gott!«, schrie er, als die erste Woge ihres Höhepunkts ihn erfasste.

»Ich werde alles aus dir rausholen«, sagte Mallory, während die nächste Woge über sie hinwegspülte. Sie trieb ihn an, noch tiefer in sie einzudringen und erschauerte, als hätte er das Innerste ihrer Seele erreicht. »Ich lasse nichts übrig. Ich nehme alles, hörst du mich, Peter? Es gibt nichts, was du vor mir zurückhalten kannst. Alles gehört mir. Alles –«

Ihr Schrei vermischte sich mit seinem lustvollen Aufstöhnen, ehe sie auf seiner Brust zusammensank. Sie konnte sich nicht mehr bewegen, konnte nicht einmal mehr atmen.

»Du bist mein!«, wisperte sie.

Er fand ihren Mund, küsste sie, heftig zunächst, dann immer sanfter. Sanfte Küsse voller Liebe. Nach einer Weile, die ihnen wie Stunden vorkam, ließen sie voneinander ab, erst als sie das Gefühl hatte, dass ihr Körper genug Zärtlichkeiten für zwanzig Leben in sich aufgesogen hatte. Am liebsten hätte sie geweint angesichts der Liebe, die dieser liebevolle, leidenschaftliche Mann ihr schenkte.

Sie rückte so weit ab, dass ihre Blicke sich trafen.

»Erzähl es mir«, sagte sie und streichelte ihn sanft.

»Nicht jetzt«, antwortete er und wandte den Blick ab.

Sie zog seinen Kopf wieder zu sich. »Um einen Mann zu zitieren, der gelegentliche Anfälle von Weisheit zeigt: Das Verleugnen des menschlichen Bedürfnisses nach Wärme und Gesellschaft ist gleichbedeutend mit Körperverletzung. Ich kann dir helfen. *Erzähl es mir.*«

Sie erkannte den Schmerz in seinen Augen, als er sich ihr zuwandte. Einen Moment lang schwieg er, ehe er einen tiefen Seufzer ausstieß und ihr eine rotbraune Strähne aus dem Gesicht strich. »Hast du die Nachrichten gesehen?«

»Nur die Schlagzeilen. Ich habe bei Katastrophen noch nie gern die Schaulustige gespielt. Diesmal war der Amokschütze im Noe Valley Supermarkt.«

Peter nickte langsam. »Dreiundzwanzig Verletzte, siebzehn Tote, neun davon Kinder.«

»O Gott!«, flüsterte Mallory und zog seinen Kopf an ihre Brust. Sein Körper fühlte sich eiskalt an.

»Der Laden ist nur einen Block von hier entfernt. Ich

war da, bevor die Sanitäter kamen«, fuhr er stockend fort. »Zwei Notarzt-Teams haben einige der Verletzten behandelt, aber der Rest …« Ein Schauder durchfuhr ihn. »Es war wie auf einem Schlachtfeld, Mallory. Überall Blut, und alle schrien durcheinander, die Leute weinten. Ein Mann ging pausenlos auf und ab, während ihm das Blut aus einer Kopfwunde strömte. Er bekam nicht einmal mit, dass er getroffen war. Er wollte auf mich losgehen, als ich versucht habe, ihn dazu zu bringen, sich hinzusetzen. Und da habe ich sie gesehen. Sie war höchstens fünfundzwanzig.

Eine dieser reichen New-Age-Anhängerinnen, in Sandalen, langem Rock und weißem Bauernhemd, nur dass das Hemd jetzt rot war, über und über mit Blut besudelt. Aber nicht mit ihrem Blut. Sie … kniete nur da, schaukelte vor und zurück und hielt ein zwei Jahre altes Mädchen in ihren Armen. Sie wiegte sie und summte leise, sagte, dass alles wieder gut würde. Aber das kleine Mädchen war tot. Aus einer Wunde in ihrer Brust strömte Blut und tränkte das Hemd ihrer Mutter. Das Kind hing völlig schlaff in ihren Armen, wie ein alter Luftballon, den man zu oft aufgeblasen hat.« Er zitterte. »Zwölf Jahre habe ich versucht, mich gegen den Tod um mich herum immun zu machen.«

»Ich weiß«, sagte Mallory weich.

»Aber der Tod … der Schmerz … war die ganze Zeit in mir. O Gott, Mallory, es tut so schrecklich weh!«

Sie spürte seine Tränen auf ihrer Brust. Sie konnte nichts anderes tun, als ihn in ihre Liebe zu hüllen und ihm zu helfen, das Gift aus seinem Inneren zu tilgen. »Und dann?«, murmelte sie, als sein Schluchzen langsam verebbte, und fuhr zärtlich durch sein dichtes blondes Haar.

Nach und nach erzählte er ihr von den Toten, den Kindern, den Männern, den Frauen. »Immer mehr Rettungswagen und Polizeiwagen trafen ein und trotzdem gab es nichts, was einer von uns tun konnte, weder für diese Kinder noch für die Männer oder die Frauen. Absolut nichts!«

Wieder strömten Tränen über Peters gequältes Gesicht. Er klammerte sich an sie, als wäre sie der einzige Halt, den er in diesem Leben hatte. Sie öffnete sich und versuchte, etwas von seinem Kummer in sich aufzunehmen, seinem Herzen ein wenig Erleichterung zu verschaffen. Der Anblick der Bilder, die ihn verfolgten, jagte ihr einen Schauer über den Rücken. Sie fragte sich, wie jemand wie Peter nicht nur einmal, sondern schon so oft Zeuge derartiger Horrorszenarien geworden sein und dennoch so sehr an die Liebe und an das Gute im Menschen glauben konnte.

Dass er das tat, war ein reines Wunder, und sie würde alles in ihrer Macht Stehende tun, damit dieses Wunder bestehen blieb.

Es dauerte eine Viertelstunde, ehe er zitternd tief Luft holte und seine verzweifelte Umklammerung löste.

»Es ist gut«, murmelte sie und wischte ihm zärtlich die Tränen ab, »du kannst nichts mehr für diese Menschen tun, sondern nur dafür sorgen, dass ihre Freunde und Verwandten kein weiteres Gemetzel erleben müssen.«

»Wir schaffen es nicht. Wir kriegen ihn einfach nicht!«, explodierte Peter.

»Du findest ihn, Peter. Du wirst ihn zu Fall bringen. Nichts wird dich daran hindern, und es wird schon bald passieren. Ich spüre es ganz deutlich, und du weißt, dass ich mich nie irre.«

Er schwieg, aber sie spürte, wie allmählich etwas von

ihrer Wärme, ihrer Liebe und Zuversicht auf ihn überging.

»In Wahrheit habe ich gelogen«, sagte sie leichthin.

Er hob den Kopf. »Du hast was?!«

»Ich habe gelogen. Es *gibt* doch etwas, was du für diese Menschen, die heute gestorben sind, tun kannst.«

»Was?«

Ihre Finger fuhren sanft über seine gerunzelte Stirn. »Lass sie los«, sagte sie sanft.

»Was –«

»Stell dich nicht dümmer, als du bist, Peter, du weißt genau, was ich meine. Lass sie los. Sie haben schon genug damit zu tun, unsere Welt zu verlassen. Sei nicht so egoistisch. Hör auf, dich an sie zu klammern. Lass sie gehen.«

»Ich bin nicht der Einzige, der sie zurückhält«, verteidigte er sich.

»Nein, natürlich nicht. Aber einer weniger, der an ihnen zerrt, wird eine große Erleichterung für sie sein, meinst du nicht auch?«

Er blickte sie finster an. »Es gibt Zeiten, in denen ich es wirklich hasse, wenn du Recht hast.«

»Komm schon«, sagte sie und schob sich neben ihn, »ich helfe dir. Ich habe mehr als genug Erfahrung damit. Schließ die Augen und atme tief und gleichmäßig. Komm schon.«

Seufzend legte er sich auf den Rücken, schloss die Augen und begann, tief und gleichmäßig zu atmen.

»Wir fangen mit dem kleinen Mädchen an«, erklärte Mallory sanft. »Welche Farbe soll ihre Rose haben?«

»Weiß.«

»In Ordnung. Lass sie sanft in die Blütenblätter einer weißen Rose gleiten. Oh, deine Herzchakren sind ja vollkommen zu. Du musst eine Sperre nach der anderen lösen und sie vollständig ausmerzen, von der Wurzel an. So ist es richtig. Grabe ganz tief.«

Sie arbeitete zwei Stunden mit ihm und half ihm, die seelische Verbindung zu jedem einzelnen der Toten zu kappen, auch zu den Verwundeten und all denen, die im Gegensatz zu einem geliebten Menschen überlebt hatten. Als die letzte Verbindung aufgelöst und die letzte Rose zur Sonne emporgeschickt worden war, hatte sich Peters Haut wieder erwärmt und fühlte sich wieder lebendig an. Die Anspannung war aus seinem Körper gewichen und er war langsam in erholsamen, heilenden Schlaf gesunken.

Aber Mallory schlief nicht, sondern lag halb aufgerichtet neben ihm und streichelte sein volles Haar. Wie konnte ein Mann, der so viel Tod und Blutvergießen gesehen hatte, immer noch das Leben bejahen? Wie schaffte er es, sich ihr gegenüber so freudig zu öffnen, als wäre Verletzbarkeit etwas Anstrebenswertes und nicht etwas, das es zu vermeiden galt.

»Mein Geliebter«, murmelte sie und küsste ihn sanft auf die Stirn, »ich habe noch so viel von dir zu lernen. Ich hoffe nur, dass mir genug Zeit bleibt.«

13

Am Montag lagen die Morgenzeitungen mit ihren sensationslüsternen Schlagzeilen ausgebreitet vor ihnen auf Peters Esstisch, während sie ihren Kaffee tranken.

»Warum machen sie dich persönlich dafür verantwortlich?«, fragte Mallory in die Stille hinein.

»Ich leite das Sonderkommando«, antwortete Peter, der einen Bericht auf Seite fünf überflog.

»Aber Consuela doch auch.«

»Aber ich bin nun mal derjenige, der den Reportern als Ansprechpartner zur Verfügung steht, also hacken sie auf mir herum.«

»Kann so etwas deiner Karriere schaden?«

Sie deutete auf die Zeitung.

»Nicht langfristig«, erklärte Peter und trank einen Schluck Kaffee. »Die Mordkommission steht hinter mir, aber eine Beförderung oder Gehaltserhöhung wird es wohl erst geben, wenn sich der Wirbel wieder gelegt hat.«

Am Dienstagmorgen fing es an. Mallory wachte mit bleischwerem Herzen auf, ohne zu wissen, warum sie so niedergeschlagen war. Sie hatte keine schlechten Träume gehabt, keine Visionen. Stattdessen hatten Peter und sie einen wunderschönen Abend und eine noch schönere Nacht verbracht. Sie war in seinen Armen aufgewacht. Was stimmte also nicht?

Da sie wieder einmal zu spät zur Arbeit gekommen

war, musste sie mit ihrer Meditation bis zur Mittagspause warten, um die Ursache ihres Unbehagens herauszufinden. Eine Minute nach zwölf meldete sie sich bei Mike ab und joggte die drei Häuserblocks hinüber in den Golden Gate Park. Laufen half ihr immer, einen klaren Kopf zu bekommen, damit sie sich konzentrieren konnte.

Sie fand eine Bank in einer kleinen Lichtung, ignorierte den beißenden Wind, der plötzlich aufgekommen war, und versetzte sich in Trance.

Die Antwort ließ nicht lange auf sich warten. Ihre Zeit mit Peter neigte sich dem Ende zu. Er würde schon bald sterben. Schon in den nächsten Tagen.

Mallorys riss die Augen auf und starrte blind die Hecke vor sich an, während der kalte Wind ihre Tränen trocknete. »Noch nicht, bitte noch nicht!«, wisperte sie, obwohl sie wusste, dass es nichts nützte.

Am liebsten wäre sie zu Peter gelaufen und hätte ihn gekidnappt, ihn so weit von San Francisco weggebracht, wie sie nur konnte. Aber auch das würde nicht helfen. Wo auch immer sie ihn hinbringen würde, die Kugel träfe ihn trotzdem.

Daran gab es nicht den geringsten Zweifel.

Sie ließ ihren Tränen freien Lauf. Nichts sollte die Freude dieser letzten kostbaren Stunden mit Peter trüben. Er verdiente es nicht, dass sie ihm in den verbleibenden Stunden seines Lebens etwas vorheulte. Sie weinte, bis ihr ganzer Körper schmerzte, bis sie nur noch erstickt schluchzen konnte.

Dann wischte sie sich das Gesicht ab, putzte sich die Nase und ging zurück zur Werkstatt, wobei sie geflissentlich Mikes besorgten Blick ignorierte, als sie das Büro durchquerte. Sie hatte noch fünf Stunden, um sich wieder zu fangen. Fünf Stunden, um einigermaßen passabel auszusehen, damit Peter nichts merkte.

Falls er heute Abend überhaupt zurückkäme.

Am Mittwochmorgen schreckte Mallory aus dem Schlaf hoch. Das Herz war ihr immer noch schwer, aber sie lag in Peters Armen, und sie bedankte sich im Stillen bei dem Gott, der ihr diese letzte Nacht geschenkt hatte. Dann konzentrierte sie sich darauf, den Kummer aus ihren Augen zu verbannen und ein glaubwürdiges Lächeln aufzusetzen.

»Hm?«, brummte Peter und bewegte sich leicht im Schlaf.

Sie küsste seine Augen, seine Wangen, seine Nase, seinen Mund. Peter war wach. Hellwach sogar.

Diese Tatsache machte sich Mallory hemmungslos zunutze.

Als sie am Mittwochmittag wieder in den Golden Gate Park ging, nahm sie sich fest vor, zu meditieren und nicht zu weinen, um die innere Kraft und den Mut zu finden, Peter ihre Liebe zu geben, solange sie noch die Gelegenheit dazu hatte. Sie wollte ihm ihre Liebe zeigen, nicht ihren Schmerz, ihre Furcht. Nur ihre Liebe.

Schließlich kehrte sie in die Werkstatt zurück und konzentrierte sich auf den BMW 2002 auf ihrer Hebebühne und die Verbindung zwischen ihr und Peter, die ihr sagte, dass er immer noch am Leben war. Solange sie diese Realität spürte, konnte sie arbeiten und vor seiner Tür auf ihn warten, ohne eine Panikattacke zu bekommen, obwohl er an diesem Abend zwanzig Minuten zu spät kam.

Sie kochten gemeinsam in seiner Küche und stießen immer wieder zusammen, nicht, weil sie so ungeschickt waren, sondern weil sie von dem unüberwindlichen Verlangen nach Berührung getrieben waren. Während des Essens saß Mallory ihm gegenüber und sog seinen Anblick in sich ein: wie das Kerzenlicht in seinen hellen Haarspitzen glitzerte, wie es die Konturen seines Gesichts abwechselnd in Licht und Schatten tauchte, wenn er lachte oder sich vorbeugte, um seinen Worten Nachdruck zu verleihen. Sie liebte es, ihn beim Sprechen zu beobachten. Alles war da: seine Intelligenz, seine Intensität, sein Humor, sein Schmerz, seine Liebe. Er verbarg nichts vor ihr, entblößte stets sein Innerstes.

Der Anblick seiner schmalen Hände, mit denen er sein Besteck hielt oder sie ausstreckte, um sie zu berühren, raubte ihr den Atem, da sie jedes Mal daran erinnert wurde, welches Feuer sie in ihr entfachten, wie sie dahinschmolz, wenn sie sich liebten. Sie genoss seine volle Stimme und sog sie mit jeder Faser ihres Körpers ein. Es spielte keine Rolle, was er sagte, allein seine Stimme genügte ihr.

Nach dem Essen nahm sie seine Hand, versicherte ihm, dass der Abwasch warten konnte, und zog ihn ins Schlafzimmer. Er folgte ihr bereitwillig. Sie liebten sich stundenlang, ehe sie erschöpft einschliefen.

Plötzlich sah sie Peter, der sich mit gezogener Pistole vorsichtig vorwärts schob. Er war bis zum Äußersten gespannt, ließ seine Augen wachsam über seine Umgebung schweifen. Überall um ihn herum waren Leute, die schrien und wegrannten, aber ihre Gesichter und Körper waren verschwommen. Nur Peter war deutlich zu sehen, nur das Entsetzen deutlich spürbar. Plötzlich knallten Schüsse. Sie konnte ihr ohrenbetäubendes Echo hören. Peters Körper zuckte, wirbelte herum und fiel dann wie in Zeitlupe zu Boden. Blut strömte auf die nachtblauen Fliesen.

»*Peter*!«, schrie Mallory.

»Schhh, Liebes, ist ja schon gut, ich bin hier«, murmelte Peter und wiegte sie in seinen Armen.

Doch sie konnte nicht aufhören zu zittern.

»Ein schlechter Traum?«, fragte Peter leise.

Mallory brachte kein Wort heraus.

»Atme tief durch«, sagte Peter sanft. »Leg den bösen Traum in eine Rose und schicke sie hinauf zur Sonne.«

Sie zwang sich, zu nicken und spürte, wie er allmählich einschlief. Sie lag mit weit aufgerissenen Augen da und starrte in die Dunkelheit, die langsam vom Grau der Morgendämmerung vertrieben wurde.

Heute. Heute würde er sterben.

Von Kummer überwältigt presste sie sich an ihn und unterdrückte mit aller Kraft die Tränen, als sie spürte, wie sich seine Arme instinktiv um sie schlossen.

Sie rührte sich nicht einmal, als der Wecker eine Stunde später klingelte.

»Verdammt«, brummte Peter und verpasste dem Wecker einen Schlag. »Ich hatte so einen schönen Traum. Er handelte von einem englischen Schäferhund, der wie wild in deinen Blumenbeeten wühlte. Magst du englische Schäferhunde?«

»Nicht, wenn sie meine Blumenbeete verwüsten«, antwortete Mallory, deren Kehle wie zugeschnürt war.

Peter lachte, küsste sie und machte Anstalten aufzustehen. »Die Pflicht ruft.«

»Peter, geh nicht, bitte!«, stieß sie hervor

»Tut mir Leid, Liebes«, sagte Peter und küsste sie auf die Stirn. »Ich würde nur zu gern bleiben, aber ich muss zur Arbeit.«

»Nein, Peter, nicht heute«, beharrte Mallory und umklammerte seinen Arm.

»Was ist los?«, fragte er leise.

»Ich habe eine schreckliche Ahnung, Peter«, flüsterte sie kaum hörbar. »Heute passiert es. *Heute* wirst du erschossen.«

»Nein«, sagte er sanft, »das wird nicht passieren.«

»Peter –«

Er legte die Hand an ihre Wange. »Mallory, ich vertraue ja deinen Vorahnungen, aber meinen eigenen vertraue ich eben auch. Möglicherweise gerate ich heute in Gefahr. Vielleicht feuert heute jemand einen Schuss auf mich ab, aber ich werde nicht sterben.«

Zitternd umfasste Mallory seine Hände. »Ich dachte, ich wäre mutig genug, aber ich bin es nicht! Wenn du mich liebst, bleib hier. Melde dich krank. Sag, du hast plötzlich die Grippe. Bitte!«

Peter strich ihr zärtlich eine Haarsträhne hinters Ohr. »Nein, Liebes, ich habe eine Verantwortung Consuela, George und vielen anderen gegenüber. Ich muss meinen Job machen, aber ich bin vorsichtig, ich verspreche es dir.«

»Peter –«

»Ich trage den ganzen Tag eine kugelsichere Weste, okay?«

»Die Weste schützt aber nicht deinen Kopf, Peter.«

»Dann ziehe ich ihn eben ein.«

»Verdammt, Peter, hör endlich auf damit! Das hier ist kein Spiel!«, schrie Mallory, sprang aus dem Bett und funkelte ihn wütend an. »Es ist auch mein Leben, mit dem du hier spielst. Wenn du heute stirbst, sterbe ich mit dir!«

Peter stieg ebenfalls aus dem Bett und zog sie in seine Arme. »Mallory, Liebes, keiner von uns wird heute sterben. Wir beide sind noch zusammen, wenn wir alt und grau sind, glaub mir.«

Sie zitterte. Tränen benetzten seine Brust. »Geh nicht, Peter«, schluchzte sie. »Bitte geh nicht.«

»Schhh, Liebes, ist schon okay«, sagte er und streichelte ihr sanft über den Kopf.

»Nein, es ist nicht okay!«, schrie Mallory. »Du wirst sterben. I-i-ich werde dich bald blutüberströmt daliegen sehen! Ich werde dich bald verlieren!«

Der Rest verlor sich in ihrem verzweifelten Schluchzen. Sie brachte kein Wort mehr hervor. Es gab nur noch den Schmerz und die schreckliche Angst, die sie so lange zurückgehalten hatte. Weder Peters Worte noch die Wärme seines Körpers noch das liebevolle Streicheln seiner Hände vermochten ihr Inneres zu erreichen. Sie klammerte sich an ihn, als wollte sie ihn nie wieder loslassen. Schließlich setzte er sich aufs Bett und zog sie zu sich, hielt sie wie ein Kind auf seinem Schoß. Sie schlang die Arme um ihn und barg ihren Kopf an seiner Brust, während sie immer noch schluchzte.

Er wiegte sie langsam hin und her, sagte nichts, sondern umhüllte sie nur mit seiner Liebe.

Endlich hörte sie auf zu weinen und lag erschöpft in seinen Armen.

»Erinnerst du dich, dass du einmal gesagt hast, du hättest einen freien Willen?«

Sie nickte schwach.

»Nun, ich habe auch einen freien Willen«, erklärte er. »Wir alle haben das. Unsere Träume und Visionen handeln von einer möglichen Zukunft, von möglichen Konsequenzen möglicher Handlungen. Wir können jederzeit eine andere Richtung einschlagen, eine andere Wahl treffen und die Zukunft damit beeinflussen. Als ich davon geträumt habe, dich zu finden, hätte ich auch eine andere Richtung einschlagen und alles tun können, um dir aus dem Weg zu gehen. Und wenn ich dir trotzdem zufällig begegnet wäre und dich erkannt hätte, dann hätte ich Nein sagen können. Ich hätte nach Las Vegas verschwinden und eine Tänzerin heiraten können. Ich hätte nach Florida umziehen können, hätte mit meinem Wagen ins Meer stürzen können. Jede einzelne dieser Handlungen oder alle zusammen hätten meine Vision Lügen gestraft. Stattdessen habe ich mich bewusst für diese Zukunft entschieden, was aber nicht heißt, dass es die Zukunft ist, die *du* gesehen hast. Ich will nicht auf nachtblauen Fliesen liegen und spüren, wie das Blut aus mir herausfließt. Also werde ich mich den ganzen Tag über vorsichtig genug verhalten, damit das auch nicht passiert. Ich will die Zukunft, die *ich* gesehen habe, die *ich* mir wünsche. Nichts anderes. Wenn ich heute Abend also ohne einen einzigen Kratzer von der Arbeit komme, werde ich dich bitten, mich zu heiraten. Und du solltest lieber Ja sagen!«

Sie lächelte ihn flüchtig an. Sanft löste er sich von ihr, blieb neben ihr stehen und strich zärtlich über ihre blassen Wangen.

»Ich weiß, dass du nicht überzeugt bist«, sagte er und sah ihr in die Augen. »Aber meine Erfahrung sagt mir, dass das Leben nicht linear verläuft. Die Zukunft ist nicht in Beton gegossen, sondern ist ständig in Bewegung wie das Wasser. Genau das werde ich dir heute beweisen, und wenn es mir gelingt, bist du vielleicht endlich in der Lage, dich aus deinem Gefängnis aus ständiger Angst zu befreien. Und jetzt muss ich duschen. Kommst du mit?«

Sie schüttelte wortlos den Kopf, ohne den Blick von ihm zu wenden. Er gab ihr einen Kuss und verschwand im Badezimmer.

Als er geduscht, rasiert und angezogen zurückkam, saß

sie in Meditationshaltung auf seinem Bett und beobachtete jede seiner Bewegungen.

»Willst du heute denn nicht aufstehen?«, fragte er.

»Nein. Ich gehe heute nicht arbeiten«, antwortete sie leise. »Ich habe Mike schon angerufen.«

»Mallory –«

»Geh einfach, okay?«

Er musterte sie, dann setzte er sich neben sie und legte seine Stirn an ihre. »Ich liebe dich, Mallory Atkinson.«

»Ich liebe dich auch, Peter Drake«, wisperte sie und krallte die Hände im Schoß ineinander, um zu verhindern, dass sie sich an ihn klammerte

»Ich sehe dich dann heute Abend, Liebste«, sagte er und erhob sich.

Sie schwieg.

»Mallory?«

Sie zwang sich, zu ihm aufzublicken.

»Ich *komme* heute Abend zurück«, sagte Peter fest.

»Das wäre sehr schön«, flüsterte sie kaum hörbar.

Er warf ihr ein letztes liebevolles Lächeln zu, ehe er sich auf den Weg machte.

Mallory hörte, wie sich die Eingangstür hinter ihm schloss, und sah, wie er die Treppen hinunter zu seinem BMW ging. Dann begann sie – obwohl es ihr in Wahrheit sinnlos erschien – zu meditieren, um sich innerlich gegen Consuela Herreras Anruf zu wappnen, der ihr mitteilen würde, dass Peter tot war.

Um kurz nach zwölf betrat Mallory die Bell Tower Mall durch den Südeingang und wurde sofort in den Strom von Menschen gezogen – Teenager, die die Schule schwänzten, Mütter mit Kinderwagen und quengelnden Kleinkindern im Schlepptau, Singles und Paare, ältere Menschen, die sich langsam mit Hilfe eines Stocks oder am Arm eines Begleiters durch die Gänge schoben. Offenbar hatte die gesamte Stadt beschlossen, heute einkaufen zu gehen.

Als sie aufblickte, erkannte sie, dass der zweite Stock des Einkaufszentrums genauso überfüllt war. Ein steter Menschenstrom bewegte sich über den gefliesten Fußboden über ihr, einige blickten gelegentlich nach unten, doch die meisten waren mit ihren Einkäufen oder der Suche nach einem hübschen Plätzchen fürs Mittagessen beschäftigt. Es herrschte ein unglaublicher Lärm.

Und dann sah sie ihn.

Er musste unmittelbar nach ihr hereingekommen sein, denn während sie stehen blieb und das Geschehen betrachtete, ging er ihr an ihr vorbei, ehe er vielleicht einen Meter vor ihr wieder stehen blieb. Er war knapp einen Meter achtzig groß und hatte braunes Haar. Seine Miene war völlig ausdruckslos. Er trug einen braunen Regenmantel, der ihm bis zu den Schienbeinen reichte. Seine Hosen waren braun, ebenso seine Schuhe. Keiner der ihn einmal gesehen hatte, würde ihn wiedererkennen.

Aber sie.

Sie spürte, wie der Wahnsinn in ihm brodelte und seinen Verstand ganz und gar beherrschte.

Sie beobachtete, wie er fast in Zeitlupe die Uzi unter dem Regenmantel hervorzog. In ihren Ohren begann es zu rauschen, und dann sah sie, wie er in aller Seelenruhe das Einkaufszentrum mit Kugeln durchsiebte.

Und sie sah Peter, der vom zweiten Stockwerk aus heruntersah.

»Peter!«, schrie sie, als die Kugeln um ihn herum einschlugen.

»Peter!«

Mallory wurde von ihren eigenen Schreien aus ihrer Trance gerissen. Sie saß mit verschränkten Beinen auf Peters Bett und zitterte so heftig, dass es unter ihr vibrierte.

Sie hatte den Amokschützen gesehen.

Und er würde Peter töten!

Hektisch warf sie einen Blick auf die Nachttischuhr. Eine Woge der Übelkeit wallte in ihr auf. Elf Uhr siebenundvierzig.

Peter würde um zwölf Uhr sterben.

Sie sprang aus dem Bett, griff nach ihrer Jeans und ihrer Bluse, die auf dem Fußboden lagen, und zog sie in aller Eile über, ehe sie aus Peters Apartment und die Treppe hinunterstürzte. Auf der drittletzten Stufe stolperte sie und landete unsanft neben der Haustür. Sie hatte sich das Knie aufgeschlagen, und ihr Kopf schmerzte ein wenig vom Aufprall. Doch sie rappelte sich auf und lief weiter.

Sie brauchte beide Hände, um den Mercedes aufzuschließen. Dann glitt sie auf den grünen Ledersitz und ließ den Motor an, noch ehe sie die Wagentür geschlossen hatte. Rückwärts schoss sie aus der schmalen Parklücke, schaltete in den ersten Gang und sauste die unbelebte Straße hinunter. Sie warf einen Blick auf die Uhr im Wagen.

Elf Uhr neunundvierzig.

Sie überfuhr drei Stoppschilder, ehe sie heftig auf die Bremse treten musste, um gerade noch einen Zusammenstoß mit zwei Wagen zu vermeiden, die vorschriftsmäßig an einer roten Ampel hielten.

»Okay, okay«, sagte sie mit zittriger Stimme. »Ich brauche Hilfe. Allein schaffe ich das nicht. Ich brauche Hilfe. Okay. Hilfe.«

Gerade als die Ampel auf Grün schaltete, fiel ihr Blick auf das Autotelefon. Sie schaltete in den ersten Gang und wählte Peters Nummer. Sie schaltete in den zweiten Gang. Das Telefon klingelte. Dritter Gang. Das Telefon klingelte immer noch. Sie überholte zwei Wagen vor ihr und rammte dabei fast einen entgegenkommenden Lastwagen.

»Mordkommission, Officer Flynn am Apparat. Was kann ich für Sie tun?«

»Geben Sie mir Peter Drake!«, schrie Mallory.

»Äh … es tut mir Leid, Ma'am, Inspector Drake ist nicht an seinem Platz. Kann ich Ihnen helfen?«

»Ist Consuela da?!«, brüllte Mallory.

»Inspector Herrera? Ja, ich sehe sie. Einen Moment bitte.«

Mallory raste mit über hundertfünfzig Sachen über den Freeway. Nur noch zwei Ausfahrten bis zum Einkaufszentrum.

»Detective Herrera am Apparat.«

»Consuela, ich habe den Amokschützen gesehen!«

»Mallory, sind Sie es?«

»Ja, ja. Bitte, hören Sie mir einfach nur zu! Der Uzischütze wird um zwölf Uhr in der Bell Tower Mall um sich schießen. Haben Sie mich verstanden? Um zwölf! Ich habe ihn gesehen!«

»Sie haben ihn gese … Großer Gott. Okay, Mallory, sagen Sie mir, wie er aussieht.«

»Knapp einsachtzig groß. Braunes Haar, brauner Regenmantel, braune Hosen und Schuhe. Er kommt durch den Südeingang im ersten Stock. Die Uzi hat er unter dem Regenmantel. Er fängt um zwölf Uhr an zu feuern.«

»Okay, wir schicken jeden verfügbaren Polizisten hin. Machen Sie sich keine Sorgen.«

»Consuela! Consuela! Halten Sie Peter zurück. Der Schütze wird ihn umbringen. Versprechen Sie mir, dass Sie Peter von ihm fern halten!«

»Ich sorge dafür, dass er mindestens hundert Meter von dem Scheißkerl entfernt bleibt.«

»Nein!«, jammerte Mallory. »Sorgen Sie dafür, dass er nicht in die Nähe des Einkaufszentrums kommt!«

Aber Consuela hatte bereits aufgelegt.

»O Gott«, schluchzte Mallory. »Ich habe Peter gerade in den Tod geschickt!«

»Also deshalb hast du den ganzen Tag den Hohn und Spott der anderen über dich ergehen lassen, weil du eine kugelsichere Weste trägst«, meinte Consuela, während er den BMW mit quietschenden Reifen die Ausfahrt hinunterlenkte.

»Ich wusste, dass irgendjemand auftaucht, aber mir war nicht klar, ob es wirklich der Amokschütze ist«, stieß Peter zwischen zusammengebissenen Zähnen hervor, während er sich mit heulender Sirene durch den dichten Verkehr schlängelte.

»Du solltest diesem Kerl nicht zu nahe kommen.«

»Glaub mir, das weiß ich.«

»Mallory hat mir alle Informationen gegeben, die wir brauchen. Und sie ist schon unterwegs.«

»Versuchen wir, vor ihr da zu sein.«

Um zwei Minuten vor zwölf blieb Peter mit quietschenden Bremsen vor dem Osteingang des Einkaufszentrums stehen.

»Erster Stock, Südeingang?«, fragte er, während sie mit ihren Gewehren aus dem Wagen stürzten.

»Ja.«

»Wir gehen durch den Osteingang im zweiten Stock.«

»Verstanden«, rief Consuela, die ihm dicht auf den Fersen blieb, während inzwischen ein Streifenwagen nach dem anderen eintraf.

»Polizei! Alle *sofort* raus hier!«, schrien Peter und Consuela laut, liefen die Rolltreppe zum zweiten Stock hinauf und stürzten durch die Glastüren.

Ein Blick auf ihre Gewehre, und die Menschen im zweiten Stock des Einkaufszentrums stoben auseinander und liefen schreiend zum nächsten Ausgang.

Peter und Consuela schlängelten sich durch die hysterischen Menschenmassen, rannten zum Geländer im Gang des zweiten Stocks und suchten verzweifelt das Stockwerk darunter ab.

»Siehst du ihn?«, fragte Peter.

»Noch nicht. Moment mal, ich glaube –«

Während Peter fieberhaft seinen Blick durch das Einkaufszentrum wandern ließ, erhielt sein Gehirn plötzlich eine verzweifelte Botschaft. »Großer Gott! Los runter!«

Er packte Consuelas Arm und drückte sie hinter sich auf den nachtblau gefliesten Fußboden, als er Mallory »*Peter*!« schreien hörte. Kugeln durchsiebten die Wand hinter ihnen.

Mit dem Gewehr im Anschlag spähte er vorsichtig übers Geländer und sah den Mann im braunen Regenmantel, der mit Mallory rang. Sie hielt die Uzi fest, doch der Schütze schaffte es, sie wegzustoßen. Mallory schlitterte über den Fußboden, ehe er die Uzi auf sie richtete.

»*Nein*!«, schrie Peter und feuerte den Bruchteil einer Sekunde vor dem Schützen. Aber es war zu spät.

Die Menschen schrien, rannten wie wild durcheinander und krümmten sich am Boden, während ein Schwarm von Polizisten den ersten Stock stürmte, aber Peter sah nur, wie Mallorys Körper, getroffen von einer Kugel, zusammenzuckte. Im nächsten Moment brach der Amokschütze zusammen, und die Uzi glitt ihm aus den Händen, während mindestens ein Dutzend Polizisten zu feuern begannen.

Peter lief die Rolltreppe hinunter, sprang auf halber Höhe übers Geländer und stürzte los. »Mallory!«, schrie er. »*Mallory*!«

Er sah, dass sie nicht einmal einen Meter von dem Amokschützen entfernt lag. Und er sah das Blut, das sich auf ihrer Bluse ausbreitete

»Mallory!«

Endlich war er bei ihr, kniete sich neben sie, zog sie in seine Arme und rief wieder und wieder ihren Namen.

Mühsam schlug sie die Augen auf.

»Peter?«

»Liebling, was zum Teufel hast du hier zu suchen?«, fragte Peter und begann, ihre Bluse aufzureißen.

»Peter, geht es dir … gut?«

Er riss einen Ärmel von seinem Hemd ab und presste ihn auf ihre blutende Wunde.

»Kein einziger Kratzer«, keuchte er und presste den Stoff noch fester auf ihre Haut.

»Wer hätte das gedacht?«, murmelte sie. »Also kann man die Zukunft tatsächlich beeinflussen.«

Dann verlor sie das Bewusstsein.

14

Die Fahrt in die Notaufnahme war der schlimmste Albtraum seines Lebens. Er hielt Mallorys kalte Hand fest, während die Sanitäter sich darum bemühten, sie lange genug am Leben zu halten, bis die Ärzte sich um sie kümmern konnten.

Peter starrte in ihr leichenblasses Gesicht, auf die Kanülen in ihren Armen und auf den blutdurchtränkten Verband um ihre Brust. Er konnte nichts weiter tun, als zu beten und sie innerlich anzuflehen, ihn nicht zu verlassen.

Mitten in diesem Albtraum wurde ihm schlagartig bewusst, wie viel Kummer und Leid Mallory hatte ertragen müssen, als der Tod ihr Familie und Freunde entrissen hatte. Mein Gott! Dass sie diese Hölle wieder und wieder durchlebt hatte und ihn dennoch so vorbehaltlos liebte. Dass sie immer noch lachen und arbeiten und weinen und ihre Angst abwehren konnte, um ihn ebenso vorbehaltlos zu lieben wie er sie.

Seine Hände schlangen sich um ihre Finger, als er endlich begriff, durch welche Hölle er sie mit seinem unermüdlichen Werben geschickt hatte. Der Gedanke, Mallory für immer zu verlieren, tat so weh, als schlüge ihn ein Beil mitten entzwei. Sie hatte seinen Tod in ihren Träumen gesehen, hatte keine Sekunde daran gezweifelt. Und trotzdem hatte sie diesem Schmerz getrotzt und ihn geliebt.

»Liebes«, wisperte er und presste tränenüberströmt ihre leblose Hand an seine Lippen, »womit habe ich dich nur verdient?«

Als der Notarztwagen endlich das Krankenhaus erreichte, wurde sie sofort in den Operationssaal geschoben. Die Ärzte und Schwestern mussten ihn mit Gewalt zurückhalten.

»Verdammt, ich kann sie am Leben halten!«, brüllte er den Sanitätern nach. »Lassen Sie mich nur ihre Hand halten!«

Sie ignorierten ihn.

Er konnte nicht still sitzen. Unruhig ging er im Warteraum auf und ab. Er richtete all seine Kraft, all seine Gefühle und Gedanken ausschließlich auf Mallory, beschwor sie mit seinem Willen, am Leben zu bleiben, verstärkte die Verbindung, die sie in diesen wenigen Wochen unzertrennlich zusammengeschmiedet hatte. Verschwommen nahm er wahr, dass Consuela und Mike Gramble inzwischen gekommen waren. Doch er wechselte kein Wort mit ihnen. Er war mit jeder Faser seines Körpers auf Mallory konzentriert.

»Inspector Drake«, sagte die erschöpfte Krankenschwester, »Sie dürfen nicht hier drinnen sein.«

»O doch, das darf ich.« Peter hielt Mallorys Hand und streichelte mit seinem Daumen sanft ihren schwachen Puls am Handgelenk.

»Aber laut Vorschriften –«

»Ihre Vorschriften können Sie sich sonst wohin stecken«, herrschte Peter sie an, ohne den Blick auch nur eine Sekunde von Mallorys weißem Gesicht zu wenden.

»Muss ich erst den Sicherheitsdienst rufen?«

»Das würde verdammt wenig nützen, und das wissen Sie genau.«

Die Krankenschwester seufzte resignierend.

»Gibt es hier ein Problem, Schwester?«

»Dr. Cartwright, Gott sei Dank«, sagte die Schwester erleichtert. »Inspector Drake weigert sich zu gehen.«

»Hi, Pete«, begrüßte Dr. Cartwright ihn.

»Hi, Sheila«, sagte Peter, ohne sie anzusehen.

»Sie kennen sich?«, fragte die Schwester.

»Ihm habe ich einige meiner übelsten Fälle zu verdanken. Ist das eine Freundin von dir, Pete?«

»Meine zukünftige Frau, wenn du es schaffst, dass sie überlebt.«

»Ich tue mein Bestes.«

Der Sicherheitsdienst wurde nicht gerufen. Peter blieb genau da, wo er war.

Er wusste nicht, welcher Tag, welche Woche, welcher Monat war. Er hatte jegliches Zeitgefühl verloren. Sein gesamtes Sein war auf Mallory konzentriert, darauf, sie mit seiner Liebe zu umhüllen, sie zu beschützen und mit aller Kraft zum Weiterleben zu zwingen. Moralische Bedenken hatte er in dem Augenblick über Bord geworfen, als er nach der dreistündigen Operation endlich an ihrem Bett saß. Die Narkose und ihre Bewusstlosigkeit hatten sämtliche Barrieren niedergerissen, so dass er mühelos in ihre Gedanken eindringen konnte. Und er tat es.

Während der zwei Stunden, die sie auf der Intensivstation lag, redete er unaufhörlich mit ihr, obwohl die Ärzte und Krankenschwestern, die ihn umschwirrten, kein einziges Wort davon hören konnten. Bild für Bild führte er ihr ihr zukünftiges Leben vor Augen – bis ins kleinste Detail und in den schillerndsten Farben.

Er konzentrierte sich auf ihren Körper, versicherte ihr, dass er wieder heilen und den Schaden verwinden würde, den die Kugel angerichtet hatte. Wieder und wieder beschwor er sie. Brachte ihren Körper dazu, die vielen Medikamente, die durch unzählige Kanülen an ihren Armen in sie tropften, aufzunehmen und sie wirken zu lassen.

Als sie schließlich mit all den Kanülen und Schläuchen um sich herum von der Intensiv- auf eine normale Station verlegt wurde, ging er neben ihr und hielt beharrlich ihre Hand. Die Stationsschwester wollte zwar protestieren, aber Dr. Cartwright sah sie an: »Ich glaube, dass er ihr sehr gut tut. Glauben Sie nicht auch?«, meinte sie

Die Schwestern akzeptierten schweigend seine Gegenwart und arbeiteten weiter.

Eine Stunde später begann Mallory sich zu rühren, trotzdem dauerte es eine weitere halbe Stunde, bis sie die Augen aufschlug. Als es ihr schließlich gelang, sah sie Peters blasses stoppeliges Gesicht, das auf sie herablächelte.

»Hattest du nicht gesagt, dass du nicht verletzt worden bist«, murmelte sie.

»Bin ich auch nicht.«

»Du siehst aber grauenhaft aus.«

Peter lachte leise und gab ihr einen zarten Kuss. »Ich liebe dich auch.«

Sie lächelte kaum wahrnehmbar, ehe sie wieder in Schlaf sank, und bald darauf schlief auch Peter auf dem unbequemen Holzstuhl neben ihrem Bett ein.

Mike Gramble war in der Nacht zweimal vorbeigekommen, doch Peter hatte seine Gegenwart kaum wahrgenommen.

Consuela schien Frühschicht zu haben. Kurz nach

sechs stieß sie die Tür des Einzelzimmers auf, trat neben Peter, hob sein Kinn und musterte ihn eingehend.

»Du siehst grauenhaft aus.«

»Das wurde mir bereits gesagt«, lächelte Peter müde und schob ihre Hand beiseite, so dass er sich wieder zu Mallory umdrehen konnte.

»Hier«, sagte Consuela und drückte ihm eine Tüte mit Rasierzeug in die Hand, »wasch dich und benutze gefälligst den Rasierer zu dem Zweck, für den er vorgesehen ist.«

»Ich bleibe hier, danke. Mallory liebt mich um meiner selbst willen, nicht wegen meines guten Aussehens.«

Consuela hielt ihm einen Spiegel vors Gesicht. »Keine Frau ist so blind.«

Seufzend nahm er die Sachen und machte sich auf den Weg in die Waschräume.

Als er zurückkam, hatte Consuela sich einen zweiten Stuhl herangezogen.

»Hast du schon was gegessen?«, fragte sie, als er sich neben sie setzte und sofort wieder nach Mallorys Hand – seinem Lebensfaden – griff.

»Ich bin nicht hungrig.«

»Wenn du so weitermachst, bist du noch derjenige, der nicht überlebt. Es ist jetzt beinahe achtzehn Stunden her, dass sie angeschossen wurde.«

»Ich kriege irgendwann schon wieder Hunger, wenn sie erst einmal hier raus ist und mir versprochen hat, dass sie mich heiratet.«

»Okay, ich geb's auf … vorübergehend jedenfalls. Beim nächsten Mal bringe ich dir zwei Dutzend glasierte Doughnuts mit. Dagegen bist du wehrlos.«

Peter drehte sich zu ihr um und lächelte sie an. »Du bist eine gute Freundin, Consuela.«

»Und eine noch bessere Kriminalbeamtin«, gab Consuela zurück. »Kurz bevor du mein Gesicht auf den Fußboden gedrückt hast – und mir damit das Leben gerettet hast, übrigens vielen Dank dafür – habe ich gesehen, wie Mallory sich auf den Amokschützen gestürzt hat. Er ist zwar nicht zu Boden gegangen, hat aber das Gleichgewicht verloren und mehr oder weniger ins Leere geschossen. Kurz darauf hat er uns gesehen. In diesem Moment hat er geschossen … zu spät. Mallory hat eine Menge Leute davor bewahrt, erschossen zu werden, uns eingeschlossen. Natürlich hätte sie nicht dort sein dürfen. Kein vernünftiger Mensch wäre in voller Absicht da hineingegangen, denn sie wusste ja, dass es eine tödliche Falle war. Sie muss dich sehr lieben.«

»Obwohl ich sie barfuß durch die Hölle geschickt habe«, meinte Peter, der sich nicht von Mallorys Anblick losreißen konnte.

Consuela musterte ihn eine Weile. »Was hältst du davon, wenn wir mit der Tradition brechen? Statt eines Trauzeugen bekommst du eine Trauzeugin … mich.«

Peter lächelte sie liebevoll an. »Okay. Ich glaube, Mallory hätte gern Mike Gramble, meinen Blutsbruder, als Trauzeugen.«

»Gute Wahl. Sag mir nur das Datum und welche Kirche, damit ich mir einen Smoking besorgen kann.«

»Kümmere dich lieber gleich darum.«

»Oh, ihr heißblütigen Weißen«, grinste Consuela. »Möchtest du wissen, was mit dem Amokschützen ist?«

»Er ist tot, oder?«

»Ja.«

»Das ist alles, worauf es ankommt.«

»Dasselbe gilt auch für ihn, schätze ich.«

Peter warf Consuela einen Blick zu. »Was willst du damit sagen?«

»Unser Amokschütze war ein gewisser Earl Bodine, der dritte Sohn von Ralph Bodine. Mal von ihm gehört?«

»Der Name kommt mir irgendwie bekannt vor. Wer ist das?«

»1972 hat Ralph mit einem Maschinengewehr in der Stonestown Mall neun Menschen erschossen, darunter seine Frau und zwei Kinder, dann hat er das Gewehr auf sich selbst gerichtet. Earl ist damals verletzt worden, hat aber alles mit angesehen.«

Peter überlief ein Schauder, während Bitterkeit in ihm aufstieg. »So betrachtet ergibt alles einen schrecklichen Sinn, hab ich Recht?«

Consuela nickte, holte tief Luft und erhob sich. »Tja, einer von uns sollte sich wohl an die Arbeit machen, und es sieht so aus, als wäre ich das. Du schuldest mir was, Partner.«

»Ich kümmere mich den ganzen nächsten Monat um den Papierkram, Ehrenwort.«

»Hätte ich gewusst, dass Liebe dich so zum Vorteil verändert, hätte ich schon vor Jahren versucht, dich mit jemandem zu verkuppeln.«

Peter lächelte. »Es hätte dir nichts genutzt. Ich habe auf Mallory gewartet.«

»Wie nett von ihr, dass sie dich gefunden hat.«

»Finde ich auch.«

Allmählich kam Mallory wieder zu sich. Trotz der starken Schmerzen in ihrer Brust und all der Infusionen war es gar nicht mal so übel. Peter bedeckte ihr Gesicht mit liebevollen Küssen.

»Daran könnte ich mich gewöhnen«, murmelte sie, bevor sie die Augen ganz öffnete und Peters erfreutes Lächeln sah. »Du hast dich rasiert.«

»Das hast du bemerkt?«

»Das kommt davon, wenn man sich ständig mit Kriminalbeamten herumtreibt. Ich fühle mich absolut grauenhaft.«

»Du siehst auch genauso aus.«

»Gott sei Dank bleibt mein Selbstbewusstsein auch ohne deine Unterstützung ungebrochen. Mein Mund und meine Kehle fühlen sich staubtrocken an. Gibt es hier so etwas wie Wasser?«

Peter nahm den Plastikkrug, der auf ihrem Nachttisch stand, füllte einen Becher und stützte sie, so dass sie ein paar Schlucke trinken konnte.

»Danke!«, murmelte sie. »Jetzt fühle ich mich wenigstens wieder annähernd wie ein Mensch.« Sie schwieg einen Moment und betrachtete Peter mit besorgtem Blick. »Ist alles … in Ordnung?«

»Alles bestens«, versicherte ihr Peter und legte ihre Hand an seine Wange.

»Der Amokschütze …?«

»Tot. Und dieses Mal ist er der Einzige. Und du bist die am schwersten Verwundete.«

Mallory runzelte die Stirn. »Eigentlich solltest du das doch sein?«

»Ich habe dir ja gesagt, dass man die Zukunft beeinflussen kann.«

»Das hast du«, murmelte Mallory. »Ich bin froh, sehr froh darüber. Die Vorstellung, neben deinen Eltern zu stehen und auf dein Grab blicken zu müssen, war ziemlich beängstigend.«

Sie spürte, wie seine Hand zuckte. »Ich muss mich bei dir entschuldigen, Liebes.«

»Ach ja?«, fragte Mallory und blickte fragend in seine ernsten blauen Augen.

Er nickte. »Erst als ich im Notarztwagen neben dir saß und deine leblose Hand hielt, wurde mir klar, durch welche Hölle ich dich in den vergangenen Wochen geschickt habe. Seit ich dir begegnet bin, habe ich nichts anderes getan, als daran zu denken, was *ich* wollte, an *meine* Zukunft. Ich war mir so *sicher*, dass ich mit dir das Leben führen könnte, das ich mir wünschte, dass ich auf deine Ängste und deine Erfahrungen viel zu wenig eingegangen bin. Aber gestern habe ich begriffen, dass ich tatsächlich ein arroganter Mistkerl bin. Nun ja, ich habe gelernt, was Demut heißt. Ich hatte so schreckliche Angst, dass die Götter dich mir nehmen würden zum Beweis dafür, dass ich dich nicht verdiene und dass ich nicht bekomme, was ich will. Ich war mir ganz sicher, dass ich dafür bestraft werde, dass ich dich fast einen ganzen Monat lang durch die Hölle geschickt habe. Es tut mir so Leid, Mallory. Ich hätte dir das nie antun dürfen.«

Obwohl sie mit Medikamenten vollgepumpt war, brachte sie es fertig, ihn anzufunkeln. »Du bist ein Idiot, Peter Drake. Weißt du denn immer noch nicht, dass du mir an dem Tag, als du in die Werkstatt gekommen bist, das Leben gerettet hast?«

Peter holte tief Luft. »Ich danke dir, dass du bei mir geblieben bist. Von ganzem Herzen. Mein Leben liegt jetzt in deiner Hand, Liebling. Und ich lasse nicht zu, dass du es zurückweist.«

»Wahrscheinlich finde ich die eine oder andere Verwendung dafür«, beruhigte Mallory ihn und drückte schwach seine Hand. Doch plötzlich weiteten sich ihre Augen. »Woher um alles in der Welt kommen all diese Blumen?«

Peter blickte sich um. »Tja, die Veilchen sind von mir, die roten Rosen von Mike, die Tulpen von Consuela, und die ... äh ... Iris sind von Captain George Bennett als Dank, dass du meinen Hintern gerettet hast. Die Mohnblumen auf deinem Nachttisch –«

»*Pfingstrosen*«, korrigierte Mallory.

»Was auch immer. Sie sind von Sergeant Maggie Flynn, die sich für den Tipp mit der Bibliothek bedanken will, was auch immer damit gemeint ist. All die anderen Blumensträuße sind von deinen vielen treuen zufriedenen Kunden, die alle wollen, dass du so schnell wie möglich wieder gesund wirst und hoch und heilig schwören, nicht einmal einen Ölwechsel in einer anderen Werkstatt vornehmen zu lassen. Es scheint, als hättest du deinen Freundeskreis beträchtlich erweitert, ohne es zu merken.«

»Solange du im Mittelpunkt dieses Freundeskreises stehst, soll es mir recht sein.«

»Worauf du dich verlassen kannst«, sagte Peter und küsste ihre schmalen Finger. »Ich glaube, ich habe dir gestern versprochen, dir eine Frage zu stellen, wenn ich gesund von der Arbeit komme. Es ist hier zwar nicht so schön wie zu Hause, aber es wird reichen müssen. Wie du siehst, habe ich meinen Arbeitstag unbeschadet überstanden.«

Mallorys grüne Augen weiteten sich. »Peter, du ... du kannst doch nicht ... doch nicht jetzt. Nicht hier. Ich sehe grauenhaft aus. Ich hänge an tausend Schläuchen. Das ist so ... unromantisch.«

»Es ist aber absolut lebensnotwendig für mich.«

Sie errötete. »Oh.«

»Willst du mich heiraten, Mallory Atkinson?«

Ihr strahlendes Lächeln strafte die Infusionen und Schläuche und die Sterilität des Krankenzimmers Lügen. »O ja, Peter Drake, das will ich.«

Sein Kuss war betäubender als das Morphium.

Schließlich zog er eine kleine schwarze Schatulle aus Samt aus seiner Tasche und öffnete sie. »Mal sehen, ob er passt.«

Mallory wusste nicht, was sie sagen sollte, als ihr Blick auf den schmalen Brillantring fiel. »Wie ... wann ...?«, stammelte sie.

»Warum wollte ich wohl unbedingt nach Lake Tahoe? Seitdem trage ich ihn als Talisman bei mir«, erklärte Peter mit belegter Stimme, nahm ihre zitternde Hand und steckte ihr den Ring an. »Wer hätte das gedacht? Er passt. Genau wie deine Hand in meine. Dein Körper zu meinem. Dein Leben zu meinem.«

»Lass uns so schnell es geht von hier verschwinden und heiraten«, flüsterte Mallory, die vor Glück weinte.

»Bald, Liebste«, sagte Peter und wischte ihr sanft die Tränen ab. »Kein einziges Organ wurde verletzt. Dr. Cartwright sagt, dass du nur noch eine Woche hierbleiben musst. In diesen sieben Tagen haben wir noch viel vor uns, müssen Pläne schmieden. Wir müssen zum Beispiel ein Haus mit vielen Schlafzimmern und einem großen Garten finden, in dem viele Kinder spielen können.«

Mallory lachte. »Und Enten? Du willst Enten, die durch unseren Garten watscheln?«

Peter grinste sie an. »Du erinnerst dich also daran?«

»Selbst an die winzigste Kleinigkeit unserer Zukunft, die du mir so farbig ausgemalt hast. Manchmal war ich drauf und dran aufzugeben, aber dann warst du da und hast mir diese üppigen Blumenbeete im Garten gezeigt, und die Kinder … und die Enten. *Du* warst immer da, deshalb konnte ich nicht gehen.«

»Ich danke dir«, sagte Peter leise.

»Nein, nein, Liebster, ich danke *dir*. Du hast mir das Leben gerettet.«

»Dann sind wir ja quitt.«

»Wie meinst du das?«

»Du hast mir von meinem Tod erzählt. Ich habe diese nachtblauen Fliesen gesehen und mich so schnell zu Boden geworfen, dass die Kugeln nicht getroffen haben. Und Consuela lässt dir ebenfalls danken. Sie will meine Trauzeugin sein. Wird Mike dein Trauzeuge sein, denn als Brautjungfer ist er ja vielleicht nicht ganz so gut geeignet?«

Mallory kicherte. »Dabei würde er in einem Reifrock bestimmt süß aussehen.«

»Ich glaube, er würde eher nach Tibet auswandern. Aber vielleicht hat er ja Lust, ein Schraubenschlüssel-Bouquet in der Hand zu halten.«

Mallory stöhnte. »Der Himmel bewahre uns davor, dass unsere Kinder deinen Sinn für Humor bekommen. Von *wie vielen* Kindern hast du noch mal geträumt?«

»Von vier.«

»Vier? Okay, das schaffe ich gerade noch.«

»Hm, ich glaube, ich habe auch geträumt, dass du schwanger bist.«

»Schwanger, aha. Also fünf. Fünf Kinder. Okay, das ist machbar.«

»Aber du könntest natürlich auch mit Zwillingen schwanger sein, das hieße dann sechs.«

»Du bist ein echter Komiker, weißt du das?«

Peter beugte sich vor und fuhr ihr sanft durchs Haar. »Ich weiß zwar nicht, ob es Jahrzehnte dauert und wie viele Kinder dazu nötig sind, aber ich habe mir fest vorgenommen, dich genau davon zu überzeugen.«

»Abgemacht, Liebster«, sagte Mallory und drückte seine Hand.

»Abgemacht.«